講談社文庫

改訂完全版

斜め屋敷の犯罪

島田荘司

JN179799

講談社

目次

第二幕

第三幕

改訂完全版　斜め屋敷の犯罪

プロローグ

「我は雨国《あまぐに》の王者と似たり。富みたれど不能なり、若くして老衰者なり。狩の獲物も、愛鷹も、おばしまの下に来て、飢えて死ぬ民草も、何ものも、この王を慰めず」

（ボードレール「幽鬱《スプリーン》」）

南フランスのオートリヴという村に、「シュヴァルの神殿」と呼ばれる奇妙な建築物がある。一九一二年、貧しい一介の郵便配達人フェルディナン・シュヴァルという男が、三十三年の時間をかけ、まったくの独力で完成した理想の宮殿だ。

アラビア寺院ふうの一角があるかと思えばインドふうの神殿があり、中世ヨーロッパの城門的な入口の脇にはスイスふうの牧人小屋があるといった調子で、統一性には少々難があるけれども、誰しも子供時分に空想する夢の城はこういったものに違いない。様式だの経済性だの世間体だの、そういったつまらないおとなの雑念が、彼らの住居を結局東京にひしめく兎小屋にする。

シュヴァルはしかし無学な男であったことは間違いなく、彼の遺したメモには間違いだらけの文字で、いかにして自分が神の啓示を受け、この独創的な神殿を創りあげるにいたったかが、熱く語られている。

それによれば、この仕事は郵便配達のかたわら、道に落ちている変わったかたちの小石を拾ってポケットに詰めることから始まったという。この時シュヴァルはすでに四十三歳だった。やがて彼は郵便物の入ったバッグと一緒に、石を入れるための大きな籠《かご》を肩から提《さ》げるようになり、ついには手押し車を押して郵便配達をするようになった。

この風変わりな郵便配達人が、退屈な田舎町にあってどんなふうに遇されたか、想像は容易だ。シュヴァルは、集めたこれらの石とセメントを用いて、宮殿の基礎工事にかかった。

長さ二十六メートル、幅十四メートル、高さ十二メートルの宮殿本体の完成には三年を要した。やがてその壁面に鶴《つる》や豹《ひょう》、駝鳥《だちょう》や象、鰐《わに》などのセメント像が現われはじめ、ついには覆《おお》いつくした。さらに彼は滝を作り、巨大な三つの巨人像を作った。

彼が七十六歳の時、宮殿は見事に完成した。彼は一番よく働いてくれた手押し車を宮殿内の一番良い場所に安置し、自分は入口のところに小さな家を建てて、郵便局を定年退職してからはその家で、宮殿を眺めながら暮らした。宮殿に住もうという発想はなかったらしい。

写真で見るシュヴァルの宮殿は、こんにゃくのような柔《やわ》らかい材料でできているような印象がある。アンコールワットよりもさらに細《こま》かいさまざまなセメント像や装飾が、入り組んで宮殿を覆いつくし、全体の形状や、壁面も定かでないが、建物全体はそれらの重みや、バランスの狂いで奇妙にたわんでいるように見える。こういった仕事に興味を感じない人々には、自分の後半生を賭けたシュヴァルの作品は、用ずみの骨董品とか、くず鉄の山にしか見えないかもしれない。

シュヴァルを、オートリヴの村人たちに混じって狂人と呼ぶことは簡単だが、この宮殿に表われた創意には、スペインの天才建築家アントニ・ガウディの創意にも一脈通じるものがある。この「シュヴァルの神殿」は、ほかに見るところもないオートリヴの田舎村の、今では唯一の観光資源になっている。

建築狂の奇人といえば、もう一人忘れてならないのがバイエルンの狂王、ルートヴィッヒ二世であろう。彼は音楽家ワーグナーのパトロンとしても世に知られるが、彼がその生涯において興味を抱けた事柄は、ワーグナーを尊敬することと、城を造ることだけだった。

彼の最初にして最高の傑作は、リンダーホフ城と呼ばれるものだが、これはフランス、ルイ王朝文化の猿真似と多くの後世人が口を揃える。しかしこの建造物の裏山にある回転する岩の扉を押し、高い天井《てんじょう》のトンネルへと入っていくなら、これがそんなありふれた代物《しろもの》とはだいぶ違っていることに誰しも気づく。

そこには雄大な人工の洞窟《グロッタ》と、黒々とした湖面が広がり、大きな真珠貝を象《かたど》った舟が浮かんでいる。色とりどりの照明が明滅し、水辺のテーブルは模造珊瑚《さんご》の枝で造られ、壁は精密な幻想画のスクリーンで飾られている。こういった道具だてに、空想力を刺激されぬ人間などいないであろう。

愛するワーグナーに去られたルートヴィッヒ二世は、昼間からこの薄暗い地底にこもり、一人彼をしのびながら、毎日この模造珊瑚のテーブルで食事をしたという。

欧米にはこういった建造物や、からくり屋敷の類《たぐ》いがたくさんある。一方日本に目を向けると、残念ながらわが国にはあまり多くない。

忍者屋敷などは数少ないからくり屋敷だが、これはいたって実用的なものであった。

もうひとつ、関東大震災後に、東京深川に「二笑亭《にしょうてい》」という風変わりな住宅が建てられていたことは比較的よく知られる。梯子《はしご》が天井にぶつかっていたり、ドアの節穴にガラスが塡められて覗《のぞ》き窓になっていたり、玄関の窓は五角形になっていた、などと記録には残っている。

あるいはこれらのほかにも、日本に「シュヴァルの宮殿」は存在するのかもしれないが、私は寡聞《かぶん》にして知らない。知っているものはあとひとつ、北海道の「斜め屋敷」と呼ばれるものだけだ。


日本の最も北の果て、北海道、宗谷岬《そうやみさき》のはずれのオホーツク海を見下ろす高台に、土地の人が「斜め屋敷」と呼ぶ風変わりな建造物が建っている。

エリザベス王朝ふうの、白壁に柱を浮き立たせた三階建ての西洋館と、その東に隣接した、ピサの斜塔を模したふうの円筒形の塔とから成っている。

ピサの斜塔と違う点は、その円筒形の壁面にびっしりとガラスが塡められていること、そしてこのガラスに、アルミニウムを真空蒸着した、いわゆる鏡面フィルムが貼《は》られていることだ。そのために、晴れた日には周囲の風景がこの円柱に映る。

　高台のはずれには丘があり、その上から見おろすこの円筒形の巨大なガラス、いや鏡と言うべきかもしれないが、このガラスの塔と西洋館とは、何とも幻想的な眺めだった。

　周囲は、視界の及ぶ限り人家などなく、一面は枯《か》れ葉色の草が風に震《ふる》える荒野だった。人家の集落に出遭うには、この屋敷の脇を抜け、高台を下って十分ばかり歩かなくてはならない。

　夕陽が落ちる時刻、荒涼とした寒風のすさぶ草原《くさはら》のただ中で、この塔が夕陽を受けて金色に輝く時刻があった。背後には北の海が広がっている。

　北の冷えた海は、何故か濃《こ》い藍色《あいいろ》に沈む。丘を駈け降り、その水にさっと手を浸すなら、指がインクの色に染まりそうに思える。その手前で、金色に光るこの巨大な円柱は、宗教建造物のようにも見え、またどんな神仏像を前にするよりも荘厳だった。

　西洋館の手前には、彫刻が点在する石敷きの広場があり、小さい池や、石段も見える。塔のふもとには、扇形の花壇らしいものもある。らしいというのは、それらは今はすでに寂れ、手を入れる者もなく荒れはてているからだ。

西洋館も塔も現在は空家で、売りに出されて久しいが買い手はまずつきそうではない。それは辺鄙《へんぴ》な場所のせいよりも、この屋敷で殺人があったためと思われる。

その殺人事件は、思えば実に不思議な要素を持つもので、好事家《こうずか》をも充分に驚かせるものだった。そんな人たちのために、私は今からこの「斜め屋敷の犯罪」を語らなくてはならない。

実際、これほど申し分のないほどに奇妙な道具だての揃った事件を、私はほかに知らない。舞台はむろん、寒々とした高台の、この斜め屋敷だった。

この西洋館と塔とは、シュヴァルの宮殿というよりは、ルートヴィッヒ二世の城に近い。何故ならこの建物を造った人物は、現代の王のように、富と権力とを持つ富豪だったからだ。

ハマー・ディーゼル株式会社会長、浜本幸三郎《はまもとこうざぶろう》は、しかしシュヴァルや、ましてルートヴィッヒ二世のように精神が常人と異なっていたというわけではなく、単にきわめて趣味人であったというにすぎない。その打ち込み方が、財力もあって、一般人よりいくらか嵩《こう》じていたというだけだ。

もっとも、頂上をきわめた者にたいてい訪れる退屈、それとも憂鬱《ゆううつ》に、彼も辟易《へきえき》していた可能性はある。頭上に貯えた金貨の重みが、多かれ少なかれその人間の精神を押しゆがめることは、洋の東西を問わず、往々にして起こる。

西洋館も、塔も、その構造にはとりたてて驚くものは見あたらない。中に若干迷路めいた仕かけはあるが、一度説明を受ければ、二度三度と迷子《まいご》になるほどに凝《こ》ったものではない。回転する壁板も、地下の洞窟も、落ちてくる天井もない。この建造物が人々の関心をひくのは、土地の人が呼ぶ通り、それらふたつが、最初から傾けて建てられていたという一点によってである。したがってガラスの塔は文字通りの「斜塔」であった。

西洋館に関しては、読者はマッチ箱を摩擦面を下にして置き、ちょっと指で押し傾けたところを想像していただけるとよい。傾斜角は五度かせいぜい六度といったところで、外からではほとんど解らない。しかしいったん中へ入れば、ずいぶん面喰らわされる場面にぶつかった。

西洋館は南北の方向、北から南の方へ向かって傾いている。北側、西南の窓はもちろん普通の家と同じように付いているわけだが、東側、西側の壁が問題だった。この二面の壁の窓や額は、地面に対し正常な角度で取りつけられていたから、部屋の様子に視覚で馴染《なじ》むと、床に落としたゆで卵が坂の上をめがけて転《ころ》がっていくようによく感じた。この感じは、あの建物にいっとき滞在した者でなくては解るまい。長くいると、いささか頭の調子がおかしくなる。

斜め屋敷の主《あるじ》、浜本幸三郎は、要するに自分のこのおかしな屋敷に招いた客が、そんなふうに戸惑うのを見て楽しむような稚気《ちき》を持った人物だったといえば、あの事件の常識はずれの舞台装置の説明として充分だろうか。それにしても、ずいぶんと金のかかる稚気もあったものだ。

彼は七十歳の少し手前で、すでに妻は亡くし、この北の果てに生涯をかけて得た名声とともに隠遁する身であった。

好きなクラシック音楽を聴き、ミステリーを愛好し、西洋のからくり玩具や機械人形の研究を道楽にする趣味人で、中小企業の資本金ほどに金のかかったそれらの収集品は、この館《やかた》の中の「天狗《てんぐ》の部屋」と呼ばれる、壁面が天狗の面で埋まった三号室に保管されていた。

ここにゴーレムとかジャックと彼が呼んでいる、嵐の夜になると動きだすという伝説を欧州時代から持つ等身大の人形もすわっていた。実はこの人形こそが、この北の館で展開した一連の不可解な事件の、主役を演じたといってよい。

浜本幸三郎は、風変わりな趣味のわりには決して変人ではなく、館の周囲の景観が、人を楽しませそうな風情を見せる季節には人を屋敷に招き、大いに語ることを好んだ。おそらくそれは同好の士を求めてのことだったに相違ないが、しかしその願望がかなえられることはまずなかった。その理由は、やがて幕があがるなら、読者はたちまちのうちに理解されるであろう。

事件が起こったのは、一九八三年のクリスマスの夜であった。その時代の斜め屋敷、いや「流氷館」は、むろん住み込みの執事、早川康平《はやかわこうへい》、千賀子《ちかこ》夫婦によって念入りに手入れが行き届いていた。庭の植込みも、石を敷いた広場も、隅々まできちんと手が入ってはいたが、その上を厚く雪が覆っていた。

周りは、あれほどの狂暴な吹雪《ふぶき》の結果とはどうしても信じられない、優しく柔らかい白一色の起伏が連なり、枯れ草色の地面はその下に眠っていた。白いフランネルのシーツのようなその白色の上に、人工の構築物は、世界の果てまで探してもこの斜め屋敷がひとつだけであるように思われた。

陽が落ち、暗い色に沈んだオホーツク海を、水平線から手前に向かって日に日に蓮《はす》の葉のような流氷が押し寄せ、埋めていくのが望まれた。陰鬱《いんうつ》な色に染まった上空で、高く低く、寒風の呻《うめ》くようなささやきが絶えず聞こえた。

　やがて館に灯がともり、またちらちらと雪が舞いはじめ、そういう景色は、誰の気持ちをもほろ苦《にが》い気分にさせた。

図1

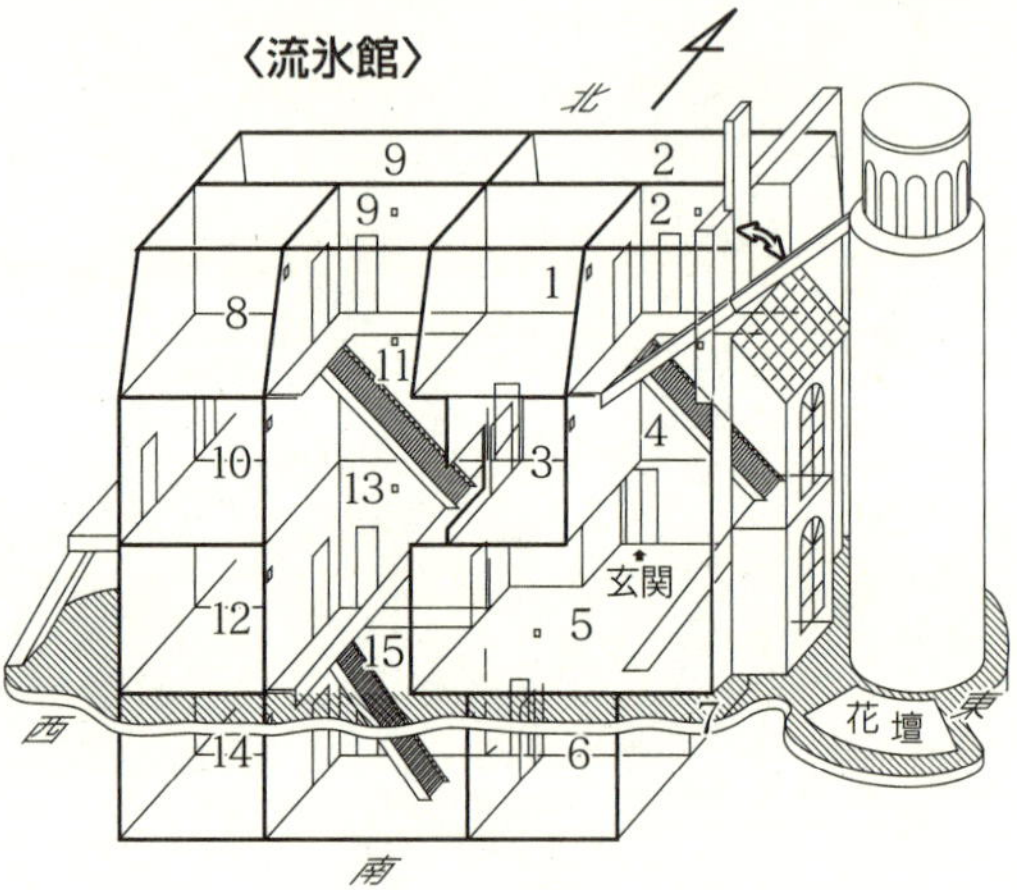

〈流氷館〉クリスマスの夜の部屋割り

1号室　相倉クミ
2号室　浜本英子
3号室　(骨董品室)
4号室　(図書室)
5号室　(サロン)
6号室　梶原春男
7号室　早川康平夫婦
8号室　浜本嘉彦
9号室　金井道男夫婦
10号室　上田一哉
(スポーツ用具置き場)
11号室　(室内卓球場)
12号室　戸飼正樹
13号室　日下　瞬
14号室　菊岡栄吉(書斎)
15号室　(空室)
塔　浜本幸三郎

登場人物

〈流氷館の住人〉

浜本幸三郎（68）ハマー・ディーゼル会長、流氷館の主人。

浜本英子《えいこ》（23）幸三郎の末娘。

早川康平（50）住み込み運転手兼執事。

千賀子（44）その妻、家政婦。

梶原《かじわら》春男《はるお》（27）住み込みのコック。

〈招待客〉

菊岡《きくおか》栄吉《えいきち》（65）キクオカ・ベアリング社長。

相倉《あいくら》クミ（22）菊岡の秘書兼愛人。

上田《うえだ》一哉《かずや》（30）菊岡のおかかえ運転手。

金井《かない》道男《みちお》（47）キクオカ・ベアリング重役。

初江《はつえ》（38）その妻。

日下《くさか》瞬《しゅん》（26）慈恵医大生。

戸飼《とがい》正樹《まさき》（24）東大生。

浜本嘉彦《よしひこ》（19）慶応大学一年、幸三郎の兄の孫。

〈警察関係者〉

牛越《うしこし》佐武郎《さぶろう》　札幌署、部長刑事。

尾崎《おざき》　同、刑事。

大熊《おおくま》　稚内署警部補。

阿南《あなん》　同、巡査。

御手洗《みたらい》潔《きよし》　占星術師。

石岡《いしおか》和巳《かずみ》　その友人。

第一幕

「もし、真の退屈をまぎらわせる踊りがこの世にあるとすれば、死者のそれだ」

第一場　流氷館の玄関

奥のサロンから、ホワイト・クリスマスと人のざわめきが洩れてくる。

小雪のちらつく中を、チェーンの音をきしませて、黒いベンツが坂を昇ってくる。パーティの招待客である。

玄関の、開け放した観音開きのドアの前に、パイプをくわえた浜本幸三郎が立っている。派手なアスコットタイを喉もとに見せて、髪は完全な銀髪、高い鼻、体に贅肉もなく、ちょっと年齢をはかり難《がた》いところがある。パイプを口から離し、白い煙を吐くと、笑顔になって横を見た。

そこに末娘の英子《えいこ》が立っている。見るからに高価そうなカクテル・ドレスを着て、露出した肩が寒そうだ。髪はアップにしている。父親譲りのわし鼻、顎の骨がかなり張ってはいるが、美人と呼べる部類の顔だちだろう。背が高い。父親より少し高いくらいである。

化粧は、こういう夜に女性たちが決まってする程度には濃く、唇の端を、まるで組合員の言い分を黙って聞いている時の社長のように結んでいる。

車が黄色い明かりを滲《にじ》ませる車寄せに走り込み、二人のすぐ目の下に停まると、停まるか停まらないかのうち、勢いよくドアが開き、恰幅のいい、髪の薄い大男がせっかちに降りてきて雪を踏んだ。

「これはこれは。わざわざお出迎え恐縮です！」

盛大に白い息を吐きながら、大柄な菊岡栄吉《きくおかえいきち》は、不必要なほどの大声で言う。口を開けば大声になる性分らしい。こういう生まれついての現場監督向きの男は、割合世間でお目にかかる。そのせいか、彼の声はがらがらである。

館の主は鷹揚《おうよう》に頷《うなず》き、英子はお疲れさまですと言った。

栄吉に次いで小柄な女が降りた。これは館の二人、少なくとも娘の方にとっては思いもかけぬ不安な出来事であった。黒いドレスに、豹の毛皮のコートを腕を通さずにはおり、なかなか優雅な腰の動きとともに降り立った。浜本親子ははじめて見る女性である。小猫を思わせる、小さくて愛くるしい顔だちだ。

「ご紹介申しあげます。秘書の相倉《あいくら》クミ君です。……こちらが浜本さんだ」

菊岡の言葉には、懸命に押し殺しているにもかかわらず、一種の自慢めいた響《ひび》きがあった。

相倉クミは嫣然《えんぜん》とほほえみ、びっくりするほどの高い声で、お会いできて光栄ですと言った。

その声を英子は少しも聞いてはいず、さっさと運転席を覗き込んで、顔見知りの上《うえ》田《だ》一哉《かずや》に車を置く場所の指示を与えていた。

後ろにひかえていた早川康平が、二人をサロンへ案内して消えると、浜本幸三郎の顔に、愉快そうな微笑が少しの間浮かんだ。相倉クミは、菊岡の何人目の秘書になるのか――？　メモでもしておかなければ憶えられるものではない。彼女もこれからせいぜい菊岡の膝に載ったり、腕を組んで銀座を歩いたりという秘書の業務に精をだして、ひと財産を作るのであろう。

「お父様」

と英子が言った。

「何だね？」

幸三郎はパイプをくわえたままで答える。

「お父様はもうよろしいわよ。あとは戸飼《とがい》クンか金井《かない》さんたちでしょう？　お父様がわざわざお出迎えになることはないわ。私と康平さんとで充分。お父様は菊岡さんのお相手でもなすってて」

「ふむ。ではそうするかな……。だがお前、その格好じゃ寒いだろう？　風邪《かぜ》をひくぞ」

「そうね……、じゃおばさんに言って、ミンク出させて下さる？　どれでもいいわ、それ日下《くさか》クンに持たせて、ここへ寄こして下さるかしら。戸飼クンそろそろ来る頃だから、日下クンにも出迎えさせた方がいいわ」

「解った。康平さん、千賀さんはどこ？」

幸三郎は後ろを振り返り、言う。

「キッチンの方におりましたが……」

などと言葉をかわしながら、二人は奥へと消えた。

一人になると、さすがに英子はむき出しの両腕を抱《だ》くようにする。そうしたまま、しばらくコール・ポーターの音楽を聴いていると、肩にふわりと毛皮がかけられた。

「ありがと」

英子はちょっとふり返ると、日下瞬《しゅん》にそっけなく言った。

「戸飼は遅いね」

日下は言う。色白の、なかなかハンサムな顔だちの青年である。

「雪道でどうせまいってんのよ。あの人運転下手《へた》だから」

「そうかもしれない」

「あなた、彼来るまでそこで待ってるのよ」

「ああ……」

少しの沈黙。やがて英子がさりげなく切りだす。

「さっきの菊岡さんの秘書見た？」

「ああ、うん、見たけど……？」

「大したセンスね」

「……？」

「人間、育ちね」

眉根にしわを寄せて言った。彼女の発する言葉は、たいていの場合、抑えた感情の見本のようなものである。それが彼女の周りにいる若い男性たちには、謎めいた効果を生むのであった。

国産の中型セダンが、喘ぐようなエンジン音をたて、坂を昇ってくる。

「来たみたいだ！」

車が横づけになり、大あわてで窓が開く。銀縁眼鏡をかけた、肉づきのよい顔が覗く。驚いたことに少し汗が浮かんでいる。ドアをちょっと開けたが、すわったまま、英子さんご招待どうも、とせかせか言う。

「遅いのね」

「いや雪道でね、まいっちゃった。へえ！　今夜はまた一段と綺麗ですね、英子さん、これクリスマス・プレゼント」

長細い包みを差し出す。

「ありがと」

「おう、日下。そこにいたのか」

「いたよ、冷凍になるところだったぞ。早く車置いてこいよ」

「そうだな」

二人は、東京では時たま会って一杯やる仲である。

「早く置いてきて。場所解るわね？　いつものところ」

「うん、解ります」

中型車は、小雪の中をよたよたと裏へ廻っていく。日下は、小走りになってそれを追っていった。

入れ替わりにタクシーが昇ってくる。ドアが開き、えらく痩《や》せた男が雪の上に降り立った。菊岡の部下の金井道男《みちお》である。彼が腰を屈め、まだタクシーの中に取り残されている愛妻を待っている様子は、どことなく雪原に単身飛来した鶴を連想させる。そして今ようやく狭いシートから、全力を振り絞って脱出したというふうの、これは対照的に恰幅のよい妻の初江《はつえ》。

「これはこれは。どうもお嬢さん、またお世話になります」

痩せた亭主の方が笑顔で言った。この金井道男という男は、そう言っては気の毒だが、どうも愛想笑いのしすぎで、顔の筋肉が固定してしまったようなところがある。一種の職業病というべきか。ほんのちょっとでも顔の筋肉に力を込めると、それはたちまち持ち主の意志とは無関係に愛想笑いを形造るといったふうだった。いや、むしろ笑い顔以外の表情をしている時にこそ、彼は顔の筋肉に力を込めているのかもしれない。

この男の顔を後で思い出そうとすると、どうしても普通の表情が思い浮かばない、と英子はよく思った。金井の普通の顔を思い描くくらいなら、どうしたことか一度も見たことのないはずの聖徳太子《しょうとくたいし》の笑い顔の方が、よほど想像しやすいのである。つねに目尻に皺《しわ》を作り、歯をむき出している。生まれて以来、ずっとこんな顔をしているのではあるまいかと彼女は思っていた。

「お待ちしてましたわ。お疲れでしょう」

「とんでもない！　うちの社長来てますか？」

「ええ。もういらしてますわ」

「ちぇっ！　遅れちゃったか」

初江は雪の上にずっしりと立つと、鷹揚そうなその体格からは想像もできない素早い目の動きで、英子の髪から爪先までをさっと点検する。そして次の瞬間、顔をくしゃくしゃにほころばせ、まあ、素敵なお洋服！　と英子のドレスのみを褒《ほ》めちぎるのであった。

客はこれだけのはずである。

二人が奥へ消えると、英子もとり澄ました仕草で踵《きびす》を返し、奥のサロンへ向かう。コール・ポーターの音楽が次第に近づいてくる。その足どりは、控え室から舞台のそでを通り、ステージへ向かう舞台女優の、あの適度の緊張と自信とに充ちている。

第二場　流氷館のサロン

サロンには豪勢なシャンデリアが下がっている。これは、そんなものはこの家には合わないと主張した父を、英子が押し切る格好で付けさせた。

一階ホールの西の隅《すみ》には円形の暖炉《だんろ》があり、その脇の床には木の枝や丸太がむき出しのままで重ねられているのが見える。暖炉の上には特大の漏斗《じょうご》を伏せたような黒い煙突がかぶさり、煉瓦を積んだ囲いの上に、金属製のコーヒーカップがひとつ、忘れられている。その手前に、幸三郎の愛用するロッキング・チェアがあった。

客たちは全員、蠟燭《ろうそく》形のランプでできた、小さな空中の森のように見える豪勢なシャンデリアの下の、細長いテーブルについている。音楽がクリスマス・ソングのメドレーになった。

サロンの床は斜めになっているから、テーブルや椅子は足を切って、うまく平らになるように調整されている。

客たちの前にそれぞれワイングラスと蠟燭が置かれている。客たちはめいめいそれらを見つめながら、英子が口を開くのをじっと待っていた。やがて音楽が絞られたので、女王のお出ましの時間がきたことを、みなが了解した。

「みな様、遠いところ、ようこそおいで下さいました」

若い女主人のかん高い声は、ホール中によく通る。

「若い人もいるけど、お年の方もいらっしゃるからちょっぴりお疲れじゃないかしら。でもきっとそれだけのことはありましてよ。今夜はクリスマス、クリスマスには白い雪がなくっちゃつまりませんもの！　それも綿《わた》や紙のじゃなくて本物の雪。それには北海道の別荘が一番ですわよ、ねえみな様。今夜は私ども、みな様のために特別製のクリスマス・ツリーをご用意致しましたのよ！」

彼女がそう叫ぶと同時に、シャンデリアの明かりがすうっと絞られ、消えた。ホールのどこかで、使用人の梶原《かじわら》がスウィッチを絞ったのである。そして音楽が、荘厳な賛美歌の大合唱に変わった。

このあたりの段どりは、英子の指図であらかじめ千回も練習がなされていた。その完璧の期し方は、軍隊にも見学させた方がよかろうと思われるほどであった。

「窓の外をごらん下さいませ、みな様！」

いっせいに客たちの口から、感嘆のどよめきが起こった。裏庭に大きな本物のもみの木が植えられ、その木に巻きつけられた無数のランプに今、スウィッチが入ったところであった。色とりどりの光が明滅する。その上にしんしんと、本物の雪が積もりつつあった。

「明かりを！」

まるでモーゼの悲鳴に世界がしたがうように、間髪を入れずどこかでスウィッチがひねられる。音楽がクリスマス・ソングのメドレーに戻った。

「さあみな様、ツリーはあとでいくらでもご覧になれますわ。寒さを我慢してツリーの下に立てば、オホーツクの海に、流氷がぎしぎしと音をたてるのを聴くこともできましてよ。こんな本物のクリスマスは、東京にいては絶対に味わえませんことよ。では次には、私たちにこんな素敵なクリスマスを与えて下さった方のお話を聞いてあげなくちゃなりませんわね。私の誇り、私の自慢のお父様がみな様にご挨拶《あいさつ》しますわ！」

と言うなり英子は、素晴らしい勢いで自ら拍手をした。客たちもあわててしたがう。

浜本幸三郎が立ちあがる。相変わらずパイプは左手に握られている。

「英子、あんまり私を持ち上げるのは次からよしてくれ、くすぐったい」

客たちが笑った。

「みなさんも迷惑されておる」

「あら、そんなことはないわ！　みな様もパパとお近づきでいられることを誇りに思ってらっしゃるわ。ねえみな様⁉」

小羊の群れは力強く、ここぞとばかりにてんでに顎を引いた。一番力を込めていたのは菊岡栄吉であったろう。それは彼の会社の浮沈が、ひとえにハマー・ディーゼルにかかっているという、まことに切実な理由からである。

「みなさんも、この老人の酔狂《すいきょう》な道楽館に来られるのはこれで二度目、三度目になられるだろうから、傾いた床にも馴《な》れてしまわれたろう。したがって足をとられて転《ころ》ぶこともうないだろうから、私も楽しみがなくなってしまった。また別な家を考えなきゃあならん」

客たちは、お愛想でなく笑った。

「いずれにしてもだ。今夜はクリスマスとかいって、日本中の飲み屋が大儲けするための日だ。ここに来られたみな様方は賢明でしたぞ。

お、そうだ乾杯しなくてはいけませんな、ワインが温まってしまう。なに、温まったとしても、外に五分も出しておけばそれでよいんだが。私が音頭をとりましょう、では……」

幸三郎がグラスを握ると、みな素早く自分のグラスに手を伸ばした。そして幸三郎がクリスマスに乾杯と言うと、口々に、今後ともどうかよろしくお願いします、などとつい商売気を出した。

乾杯がすむと幸三郎はグラスを置き、さて、と言う。

「今夜はじめて顔を合わせる方々もいらっしゃいますな。若いのも、髪が白くなったのもいるが、これは私からご紹介しておいた方がいいな。

そうだ、それにこの家には、住み込んでいろいろとやってもらっておる者もいるんで、一応お目見得しておいた方がよかろうな。英子、康平さんや千賀さんなんかもみなさんにご紹介しておこう」

英子はさっと右手をあげ、きっぱりとした口調で言う。

「それは私がやりますわ。お父様じきじきになさらなくてけっこうよ。

日下クン、ちょっと梶原クンや康平さんやおばさんたちを呼んできて！」

そして使用人とコックがゾロゾロと集まると、壁を背にして並ぶように、と女主人は指図をした。

「夏にもすでにいらした菊岡さん金井さんは、もう家《うち》の者たちの顔は憶えておいででしょうが、でも日下クンや戸飼クンなどとお会いになるのははじめてですわね？ご紹介致します。上座《かみざ》の方から参《まい》りますわね、みんなもよおく聞いてしっかりお名前憶えて、そそうのないようにしてね。

まずこちらの恰幅のよい紳士から。みな様もよくご存知キクオカ・ベアリングの社長でいらっしゃる菊岡栄吉様。雑誌のグラビアなどでごらんになった方もおありになるんじゃないかしら？　本物をよっくごらんになるといいと思うわ、この機会に」

菊岡は二度ばかり大きく週刊誌のグラビアに登場していた。一度は女との手切れ金のゴタゴタで裁判沙汰になった時と、もう一度は女優に手を出して振られた時である。

菊岡は歴戦で薄くなった頭をテーブルの上に下げ、幸三郎に向かってまた一度下げた。

「何かひと言おっしゃって下さらなくちゃ」

「おう、そうですな。これは失礼。

あー、いつ来ても素晴らしい家ですなー。場所がまた素晴らしい！　こういう家で、浜本さんのすぐ隣りにすわってワインをいただけるのは光栄のいたりであります」

「そのお隣りにいらっしゃる素敵なお洋服の方が、菊岡さんの秘書でいらっしゃる相倉さん。お名前の方は、何ておっしゃるんでしたかしら？」

むろんクミという名を彼女ははっきりと憶えており、本名ではないなとも踏んでいた。

しかし敵もさるものでまったく動じる気配はなく、堂々と砂糖をまぶしたような猫撫で声で、クミです、よろしく、と言った。

この女はもまれている、と英子は即座に判断した。やはりホステス稼業の経験があるに違いない。

「まあ、素敵なお名前！　普通の方じゃないみたい！」

それからせいぜい時間を置いて、

「タレントさんみたいだわ」

と言った。

「本当に名前負けしちゃうんです」

相倉クミはいっこうに男性用の声のトーンを崩さない。

「私ってこんなおチビちゃんだから、もっとスタイルいいと名前負けしないんですけど。英子さんみたいに背が高いといいんだけどなァ」

　英子は一メートル七十三ある。そのためいつも地下タビのごときペタンコの靴しか履けないでいる。ハイヒールなど履けば、たちまち一メートル八十を越えるからである。英子もさすがに言葉に詰まった。

「そのお隣りがキクオカ・ベアリングの社長でいらっしゃる金井道男様」

ちょっと自分を見失い、妙な言葉を口走ってしまったらしい。そして、おいおい、お前いつから社長になったんだ？　と部下に言う菊岡の声を聞いても、しばらくは自分の失敗に気づかないありさまであった。

　金井は立ちあがり、例の笑い顔で、幸三郎をめちゃめちゃに褒めあげ、さりげなく自分の社長をも忘れずもちあげるという、巧みな演説をひとしきりやった。彼はこのへんの芸ひとつでここまでのしあがったのである。

「そのお隣りのグラマーな女性が奥様の初江様」

と言ってから英子はたび重なる自分の失策に気づいた。

「美容体操を休んでやってきましたの」

　案の定、そんなふうに初江は言った。ちらと目を走らせて見るクミは、明らかににんまりと居心地がよさそうである。

「私ってこんなおデブさんだから、ここの空気を吸って痩せたいと思います」

彼女は相当気にした様子であった。ほかのことを言おうとしない。

しかし紹介が男の子たちに戻ると、英子はたちまちいつもの余裕を取り戻した。

「こっちの色白でハンサムな若い彼が日下瞬クン。慈恵医大の六年生。もうすぐ医師国家試験なんだけど、パパの健康チェックのアルバイトも兼ねて、冬休みの間中泊まり込んでもらってますの」

ああ何て男の紹介は楽なのだろう、と英子は思う。

「食事はうまいし、空気はいいし、うるさい電話のベルは鳴らないし、こんないいところで病気になれる人がいたら、医学生としては顔が見たいです」

などと日下は言った。浜本幸三郎は有名な電話嫌いで、この流氷館のどこにも電話はないのだった。

「そのお隣りが日下クンのお友達でもあり、将来が有望な東大生、戸飼正樹《まさき》クンです。お父様は参議院議員の戸飼俊作《しゅんさく》さん、ご存知でいらっしゃいましょう？」

一同にかすかなどよめきの声。それは、ここにもうひとつ金のもとが転がっていたか、という素朴な感動の響きである。

「毛並みのよいサラブレッドというところ……、さあサラブレッドさんどうぞ」

色白の戸飼は立ちあがると、銀縁の眼鏡をちょっと気にするようなしぐさをして、

「お招きいただいて光栄です。父に言うと、父も喜んでくれました」

それだけ言ってすわった。

「彼の隣りのちょっとスキー焼けした坊や、彼は私の甥《おい》っていうのかしら、正確に言うと、パパの兄の孫です。嘉彦《よしひこ》。なかなかハンサムでしょう？　当年まだ十九歳。慶応大学の一年生で、冬休みの間中ここに滞在しておりますの」

スキー焼けした、白いセーターの青年が立ちあがる。はにかんだような様子でよろしくと言い、すぐにすわろうとした。

「それだけ？　駄目《だめ》よ嘉彦、ちゃんとしゃべらなきゃ」

「だって何もしゃべることないもん」

「駄目ねえ、本当にひっ込み思案なんだから。趣味とか、大学のこととか、しゃべることはいくらでもあるでしょ。駄目、話しなさい！」

しかし無駄であった。

「さあ、これでお客様方はすみましたわね。あとはうちの使用人たちをみな様にご紹介させていただきたいと存じます。

まずあちらの方から。早川康平。家が、鎌倉にありました時代から、もう二十年近くも働いてもらっております。運転手も兼ねております。

その隣りのおばさんが千賀子と申しまして、いろいろな雑用一般、やってもらってますの。みな様も何なりとお申しつけ下さい。

　さて、それからこっちの一番手前がうち自慢のコック、梶原春男《はるお》。この通りまだ二十代で若いんだけど、腕は超一流、何しろホテル・オーハラから、手放したがらないのを無理に引き抜いたんですもの。彼の腕のほどはじきにみな様がご自分の舌でご確認なさると思います。

　さあ、もういいわ。あなた方は自分の持ち場にそれぞれ戻ってちょうだい。

　お顔合わせはこれで終わりますわ。このテーブルについていらっしゃる方々は、それぞれ南へ帰ればエリートと呼ばれ馴れていらっしゃる方ばかり。名前やお顔を憶えるのはきっと得意でいらっしゃいましょう。

　ではこれからディナーが運ばれますまでの間、みな様めいめいツリーでも眺めながら、おしゃべりに花を咲かせていただきましょうかしら。嘉彦ちゃん、それから日下クン、戸飼クン、テーブルの蠟燭に火をつけて下さる？　それがすみましたらサロンの明かりを絞ります。ではみな様、ごゆっくりお楽しみ下さいませ」

　浜本幸三郎の周りにはさっそく中高年組が駈けつけ、談笑が始まったが、派手に笑い声をたてるのはキクオカ・ベアリング組ばかりで、幸三郎の口は終始パイプをくわえているばかりだった。

英子は、クミのためにもうひとつ失策をしでかしていた。菊岡の運転手、上田の紹介を忘れていたのだ。大柄な戸飼の陰で見えにくかったせいもある。だがまあいいわ、とすぐに思った。彼は運転手にすぎないのだ。

そして夕食になり、遠路はるばる駈けつけた客たちは、豪華な七面鳥料理によって、英子の言葉通り東京の一流ホテルの味が、この北の果てまで遠征してきていることを自らの舌で確かめた。

食後の紅茶の後、日下瞬は立ちあがり、クリスマス・ツリーを見るために一人で窓に寄った。ツリーは相変わらず雪の中で、孤独な明滅を続けている。

しばらく見入っていたが、その時日下は雪の上に妙なものを見つけた。

サロンから庭へ出入りできるガラス戸のところに、細い棒が一本ぽつんと立っているのだった。軒下《のきした》から、およそ二メートルくらいの位置になるだろうか。

雪の上に、誰かが突き刺しておいたのだろう。雪の上に出ている部分はせいぜい一メートルくらい、棒はどうやらサロンにある、暖炉用の薪の一本らしかった。それも比較的真っすぐなものを選んであるようにみえる。大わらわでツリーの飾りつけをやっていた今日の昼間には、こんなものはなかった。

何だろうと思い、日下は窓ガラスの水滴を手で拭い、目をこらした。すると、ずっと西の方、流氷館の西の角のあたりにも、雪の舞う闇にまぎれるように、もう一本棒が立っている。遠く、暗いのでよくは解らないが、こっちも同じく暖炉用の薪らしい細い枝で、やはり一メートルばかり雪の上に突き出している。

そのほかには、サロンの窓から目の届く限りには、棒はなかった。その二本だけである。

日下は、戸飼でも呼んで意見を聞きたいと思ったが、戸飼は英子と話し込んでいたし、嘉彦は、幸三郎や菊岡、金井など中高年組の談笑とも商売ともつかぬ輪の中にいる。梶原や早川も厨房《ちゅうぼう》の方にいるとみえて、姿が見えなかった。

「若い諸君、年寄りのおしゃべりにつき合っているばかりでは退屈だろう？　何か面白い話でもして、私を楽しませてくれんかね？」

突然幸三郎が大声で言いだし、日下はそれでディナー・テーブルの自分の席に戻ったので、不可解な雪の上の棒は、そのままになった。

浜本幸三郎は、さっきから自分を取り巻くごますり部隊のおざなりさにうんざりしていて、少々機嫌が悪かった。そういう俗な一切合切《いっさいがっさい》から逃げ出すために、こんな北のはずれに、この風変わりな家を建てたのだ。

しかし彼らアニマルの進撃ぶりは、数百キロの距離などものともせず、怒濤のごとく突進してくる。そして訪ねた家の床が傾いていようと、貴重な骨董品を鼻先に突きつけられようと、ろくに見もしないで褒めまくり、自分の体から金《かね》の匂いがすっかり消えない限り、世界の果てまでつきまとう。

彼は若い連中に期待したい気分になっていた。

「君たち、ミステリーは好きかね？」

幸三郎は彼らに話しかける。

「私は大好きなんだよ。ひとつ私が君らに問題を出そうか？　ここに集まっている諸君は、みな最高学府をきわめた頭のいい人たちばかりだ。たとえばこんな話を知っているかね？　メキシコの砂金採掘《さいくつ》所の近くの国境を越えて、一人の少年が毎日アメリカへ入国してくる。毎日自転車に砂袋を積んで、国境を越えてメキシコから入ってくるんだ。

税関の連中がこれは密輸だとにらみ、怪しんで袋を開けてみるんだが、中には正真正銘の砂が入っているばかり。少年はいったい何をどうやって密輸していたのだろうというクイズだよ。どうかね？　どうです、菊岡さん、解りますか？」

「いやあ……、解りません」

「私も解りませんなあ」

金井も言った。この二人は考えている様子がない。

「嘉彦君、解らんかね？」

嘉彦は黙って首をひねった。

「諸君も解らんかね？　これはちっともむずかしい問題じゃない。密輸品は、自転車だったんだよ」

わははははと一番大仰《おおぎょう》な声をたてたのは菊岡栄吉であった。

自転車だったんですか、いやなるほど、などと金井も言った。

「これはね、ペリー・メイスンが友人のドレイクと秘書のデラに出題したクイズさ、なかなかいいだろう？　自転車を密輸するなら砂金採掘場のそばに限るというわけだ。

もうひとつ出してみようかね？　こんどは答えは言わんぞ。そうだな……、何がいいかな……、うん、昔、私の友人が実際にやった手柄話《てがらばなし》でもするかな、私はこれには感心して、以前新入社員訓辞などで何度かしゃべった記憶もあるんだがね、あれは昭和三十年頃のことだった。

今では国鉄や私鉄は、雪が降るとレールのところに小さなバーナーみたいな炎をともして、レールに雪が厚くかぶさったり、凍結したりするのを防いでいるが、当時は日本が貧しい時代で、そんな設備など持っている鉄道はなかった。

昭和三十年頃のある冬、東京に大雪が降った。ひと晩に五十センチも積もったというから、当然東京中の私鉄、国鉄は、一夜明けて全部運休という始末になった。

今はどうか知らんが、雪なぞほとんど降らない東京に、除雪車なんか用意してあるわけもなし、出勤してきた職員が総出で雪かきなんぞやってもこれは大変な時間がかかる。朝のラッシュ時に間《ま》に合うはずもない。

ところが、だ、現在私の友人が社長をやっておる浜急電鉄《はまきゅう》だけは、始発がほんの少々遅れただけであとはすべてダイヤ通りに運行し、ラッシュ時も何の支障もなく走り通した。どんな方法を用いたと思うね？

これは私の友人が、ミステリーふうに言えばあるトリックを用いたからだ。ただし、レールの雪をかかせるために、自分の一存で大勢の人間を動員できるなどという立場には、当時その男はなかったし、特殊な道具を使おうにも、そんなものはなかった。彼はこの才知で、以降一躍社内でその名を知られた」

「ほう。そういうことがあったんですか。こりゃ不思議だ」

菊岡が言った。

「いや、本当ですな、不思議ですなあ……」

感に堪えぬという調子で金井も合槌を打った。

「不思議なのは解っとるよ。私は答えを訊いとるんだ」

「は、は、さようですな」

「始発電車に除雪用のガードでもつけて走らせましたかな？」

「そんなものありゃしませんし、あっても無理ですよ、雪が深すぎる。またそれが可能なら、ほかの鉄道もやったでしょう。そんな特殊なものではなく、ありあわせの材料を使ったんです」

「しかし、浜本さんのお友達というのは、優秀な方ばかりですな」

金井がまるで関係のないことを言い、幸三郎はもう取り合わなかった。

「解りました」

と言ったのは日下だった。戸飼が、ちょっと形容し難い形相をした。

「前の晩からひと晩中、空《から》の電車を走らせたんでしょう？」

「はっはっは、その通り。私の友人は雪が降りだし、これは積もりそうだなとみると、空の電車をひと晩中十分おきに走らせたのさ。たったこれだけでも、当時はずいぶんと決断力のいることだったらしい。頭の堅い上司はどこにでもいるからね。しかしおかげで彼は今社長の椅子にすわっているんだがね。どうかね？　まだ出題して欲しいかね？」

幸三郎が問うと、戸飼は出足の遅れを一挙に挽回《ばんかい》すべく、無言で強く頷いた。

しかし幸三郎お気に入りのクイズを二、三出題すると、それらをことごとく解き去《と》ったのは日下瞬であった。彼が颯爽と正解を口にするたび、戸飼は表のツリーのように赤くなったり青くなったりした。

浜本幸三郎はちらりとそれを見た。そして自分の酔狂が、目の前でどんなものに変質するかを理解した。すなわち自分の思いつくパズルは、鼻先でたちまち世界一周旅行当てクイズに変身するのである。

二人の若者は、少なくとも戸飼は、明らかに英子をこのクイズによって争うつもりになってしまうのだ。首尾よく一等をとれば、新婚旅行という名の世界一周キップを手に入れ、帰ってからも家と、一生暮らせるだけの遺産という賞金を懐ろにできる。

内心幸三郎は、こうなることを当然予想していた。そこで彼はある用意をしておいたのだった。それは言ってみれば、何年も練りに練ったとっておきの皮肉のようなものだった。

「日下君、君はなかなか優秀だ。もっと難問を所望するかね？」

「できましたら」

日下は今や実績をつんで大胆になった。

すると幸三郎は、みなが一瞬耳を疑ったような、この場とまるで無関係にみえる言葉を口にした。

「英子、お前、結婚相手はもう決めておるのかね？」

英子は当然ながらびっくりした。

「何おっしゃるの⁉　お父様ったら、突然」

「もしまだで、ここにいる男性の中で、と思うなら、私が今から出題するあるクイズを解けた者と、なんていう趣向はどうかね？」

「お父様ったら冗談ばっかし！」

「ところがこれが冗談ではないのだ。この家も、三号室の馬鹿げたガラクタ集めも、みんな冗談だが、このひとつだけは冗談ではない。ここにいる二人はいずれも立派な若者だ。私としては、どっちかにお前が決めたと言っても別に反対する気はないし、またその元気もない。もしお前が決めかねているのなら、遠慮することはない、私にまかせなさい。私が選んでやろう、パズルでな。そのためにとっておきのを作って用意してあるんだ」

これでいい、と幸三郎は思う。ことの本質がこれでいささか明瞭になる。

「むろんもう昔ではない。この謎が解けた者に娘をきっとくれてやるとは言えんが、これができるくらいの人間なら、私としては異存はないということだ。あとは娘自身の問題と、こういうことだね」

二人の若者の目が光る。今や彼らは札束の山を眼前にしているのだ。しかし幸三郎の方も内心にやりとしていた。この皮肉は、解けた時にこそ最も強烈な意味を持つ。

「英子さんのことはともかく、その謎そのものに、とても興味がありますね」

日下が言った。

「戸飼君にも名誉挽回の機会を与えようじゃないか。それにだ、私はこの通りもう人生とやらいう、森を揺する嵐をさんざん経験し、葉をすっかり落として枯れ木になったような人間です。この世界のつまらんかけひきにはすっかりうんざりしている。家柄だの何だのそんな看板は、もう目が遠くなってしまって読めんよ。中身だよ、要はね。言い古された言葉ではあるが、歳をとるにつれ、あるいは地位を得るにつれ、人は誰もが知っていたこの言葉を、いつのまにか忘れてしまう。わしはだからね、この謎を戸飼、日下両君に限らず、上田君にも梶原君にも提供したいと思うんだ」

「そのパズルが解けた人でも、私が嫌《いや》なら嫌よ」

「そりゃ当然だろう？　私がこの男と一緒になれと言ったところで、黙ってしたがうお前でもあるまい」

「ほかのことならそりゃしたがいますけど」

「いや、お前は家柄だの何だの、そういう分別はわしよりずっとある。だからそういう意味では私は安心しておるんだよ」

「私が解けた場合もお嬢さんをいただけるんで？」

菊岡社長が言った。

「ああ、当人同士さえよければいいとも」

幸三郎は気前よく言い、菊岡はわははと笑った。

それから、幸三郎はまたみなを驚かせるような言葉を口にした。

「さて、それじゃ梶原君も呼んできなさい、みなさんを私の塔の上の部屋までご案内するから」

「何ですって⁉」

英子がびっくりして言った。

「どうしてそんなところへ行くの？　お父様」

「そのパズルはね、塔の上にあるんだよ」

立ちあがりながら幸三郎は言う。そして思いついたようにつけ加えた。

「何しろとってておきだからな」

第三場　塔

サロン側の階段を、客たちをぞろぞろとひき連れて昇りながら、幸三郎は言う。

「私の謎というのはね、実に他愛のないものなんだが、この家を造った時、まあこういった日のためにと思って用意しておいたものなんだよ。

みなさんは、この館の隣りの、私の部屋がある塔の、その根もとにあるところの花壇が、何となくおかしな格好というか、模様をしているなと一度はお思いになったんじゃないかな？　謎というのは、その模様が何を意味しているのか、また何故あそこにあるのか、ということなんだ。ま、要はただそれだけのことなんだがね……」

やがて階段は次第に狭くなり、行き止まりになった。巨大な黒い鉄の扉が、まるでそこがこの世の果てだとでもいうように、行く手に立ち塞《ふさ》がる。その黒々とした扉には、蛇腹のような鉄の凹凸が表面に溶接されているため、彫刻家の前衛作品を思わせる。武骨で巨大なモニュメントだ。

　幸三郎がどうするのかとみなが見ていると、彼は手前の壁に下がった鎖をたぐった。鎖は環になっている。するとガラガラと実ににぎやかな、大時代な音がして、意外なことが起こった。

　金属の扉は当然左右に引かれるか、一方を蝶つがいにして開くものとみなは思っていたが、そうではなく、それはゆっくりと向こう側に倒れていったのである。

　そのあたりは、外側が屋根になって少し傾斜しているためだろう、階段側に右側の壁が斜めにせり出していて、階段自体も右側が少し低くなっているため、客たちはみな不安な面持ちで、狭い階段に一列に並んで立っていた。

　扉はゆっくりと、ちょうど十二時のスポットを通過した大時計の秒針のように倒れていくが、倒れるにつれ、みなは再び度肝《どぎも》を抜かれた。

　扉は――正確にはそうではないのだが――扉として室内側に見えていたのはごくごく一部にすぎなかった。倒れていくにつれ、それはまさに巨大な高さを持ってそそり立つ金属板の、ごく一部、根もとの部分にすぎないことが解った。その頂上は黒々とした上空の闇のはるかな高みに消え、天までも届いているかと思われた。

扉が倒れ、壁との隙間《すきま》が生まれると、にわかに闇で風の鳴る音が聞こえはじめ、雪片がはらはらと舞い込んでくる。

ガラガラと鎖の鳴る音は果てしなく続き、息を呑んで見守る客たちの前で扉が大きく倒れると、客たちはこれが長いものでなくてはならなかった理由をようやく理解した。

これは塔への橋なのだった。そして溶接された蛇腹のような凹凸は前衛的な装飾ではなく、実用的な意味あいを持っていた。すなわち階段である。みなはずいぶんと母《おも》屋《や》の階段を昇ってきてはいたが、塔の頂上部はそこよりもさらに上にあったのだ。

階段橋がほとんど倒れ終ると、今までそれが塞いでいた台形の隙間から、雪の舞い狂う空間が覗き、その向こうに、まるで宗教的な絵画のように、それとも厳粛な音楽でも聴くように、塔の頂上の部分がおごそかな調子で姿を現わした。

頂上部の外観はいくらかピサの斜塔に似せてあり、中央に丸い部屋があって、その周囲はぐるりと回廊になっているらしかった。手すりと、幾本もの円柱が見える。そして中央の部屋の軒からは巨大なつららがいくつも下がっていて、それが激しく舞う粉雪の中で、北端の地の冬が持つ狂暴な牙のように見えた。

まるでワーグナーの未発表オペラの一場面のようだった。気の遠くなるほど巨大で、美しい舞台装置。塔の背景は漆黒の暗幕のように見えているが、その奥には流氷が埋めた北の海があるはずだった。客たちは時代を逆行し、それも日本を遥かに離れた北欧にでも連れてこられたような気分になっていたから、誰もが息を呑んだまま、この台形の隙間から覗く、地獄にも似た「冬」を見ていた。やがて、ちょうど船が岸壁に着くように、階段橋がガチャンと大仰な音をたて、彼方の塔の張り出しに載ったらしかった。

「さあて、橋がかかった。少し傾いているから、気をつけて昇って下さい」

幸三郎が背後の客たちを振り返って言い、言われるまでもなく客たちは、橋の手すりにしがみつくようにして、おそるおそる、凍えあがるような冷気の中に出た。

傾いた梯子のような空中の階段は、大勢が一時に乗るとグラリと一回転して放り出されそうな錯覚がくる。万一そうなっても、手すりにさえつかまっていれば何とかなるのではあるまいかと、誰もが本能的に手すりを持つ手に力を込めた。

下を見ると、三階分以上の高さがあるから相当に恐怖感が湧く。しかも強く握ろうとする手すりは、氷よりも冷たく冷えていた。

最初に塔にたどり着いた幸三郎が、塔側からロックして階段橋を固定した。塔の頂上は幅一メートルと少しくらいの回廊が巡っているが、そこは軒が充分覆っていないので、かなりの量の雪が載っている。

　階段橋を渡りきったあたりには窓があり、そこから右に二メートルばかり回廊を巡ったところに入口のドアがある。窓の明かりは消えている。幸三郎はドアを開けてするりと部屋に入り、部屋の明かりをつけるとまたさっと出てきた。窓から洩れる明かりが回廊に注ぎ、それでどうにか足もとの不安はなくなった。幸三郎は吹きさらしの回廊を、ドアをすぎ、右廻りで廻っていく。一行も積もった雪に気をつけながら続いた。

「私の謎というのはね、この塔のふもとにあるその花壇の模様が、いったい何を意味しているかという、ただそれだけのことなんだがね、いささか大きいんで、花壇の真ん中に立ったところで模様はよく解らない、全景が見渡せないからだ」

　そう言いながら幸三郎は足を停めた。そして手すりに上体をもたせかけるような姿勢をとる。

「では全景がはっきりと見渡せる場所はどこかというと、それがここなんじゃよ」

　浜本幸三郎は雪の中に立ち、手すりを軽く二度、三度と叩いた。みなはそれで幸三郎の横に並んで立つと、自分たちの足もとを、ゆっくりと見おろした。

　ほとんど三階分の高さを経《へ》た足もとに、すると確かに花壇があり、裏庭の照明や、

図2

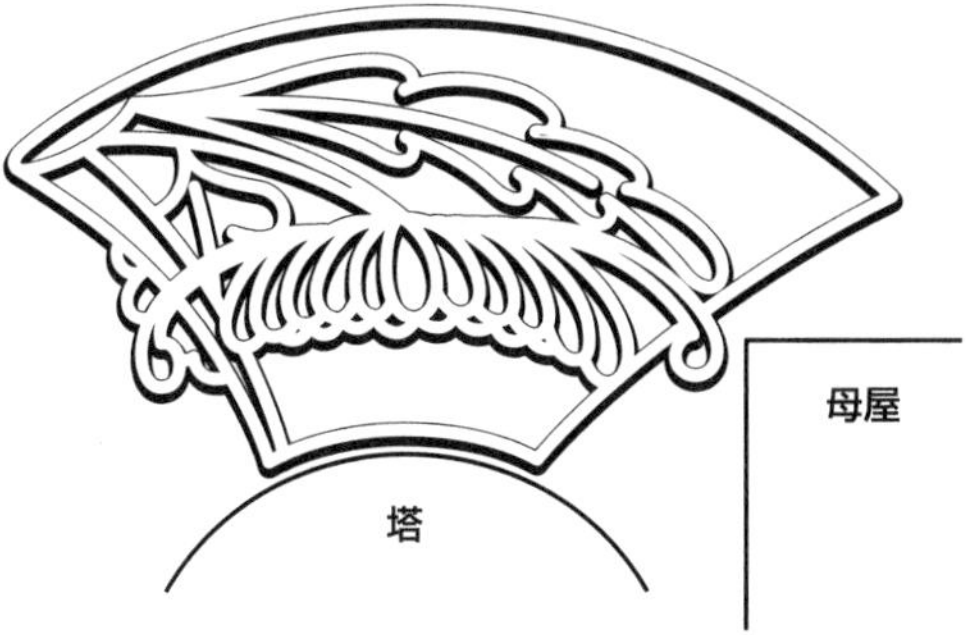

例のクリスマス・ツリーの明かり、また一階のサロンから洩れる明かりなどで、幸三郎の言う通り、花壇の全景が望めた。白く雪をかぶり、クリスマス・ケーキのようだった。模様は、影によって浮きあがってみえる（図2）。

「ああ、こんなかたちだったんですか！」

円柱にすがりながら、日下瞬が叫ぶように言った。風の音も強かったし、何より寒かったからだ。

「ほう！　こりゃ見事なもんですな」

菊岡栄吉が、これは例によって大声を出した。

「今は雪をかぶっているからね、花や葉の色を楽しむことはできないが、植え込んであるところはこんもり盛りあがっているので、むしろ解りやすいとも言えるだろう。余計な要素が目に入らないからね」

「扇形ですね」

「うん、扇形だ、扇を表わしているなんて単純なことではないわけですね?」

日下が言う。

「ああ、別に扇とか、扇子《せんす》が描いてあるわけじゃない」

幸三郎が答える。

「塔を囲むような格好に作ったので、結果的にそういうかたちになったと、こういうことでしょうか?」

「ふむ、まさにそういうことだ」

「直線が一本もない……」

「ふむ! 日下君、さすがにいい線をつくね、まさにそのあたりがポイントといってもいい」

そう言ってから幸三郎は、一行の内にコックの梶原春男の姿を見つけ、声をかけた。

「どうだい梶原君、この花壇の謎かけ、何とか解りそうかね?」

梶原は大して考えたふうでもなく、

「解りません。すいません」

と言った。

「さて……と、これがどういうものか、どういう性質を持つものか、解ったら私に教えてくれたまえ。ただ言っておかなきゃあならないことがある。この変てこりんな花壇は、この流氷館という建物の、ここにあってこそ意味をなす、ここになくちゃあいかんものなんだ。建物と込みで考えてもらいたい。もとはと言えばだね、この建物が少々傾いておるのも、まさにこの花壇の模様のためなんです。そこをよく結びつけて考えてもらいたい」

「この建物が傾いているのもそのせいなんですか？」

日下が驚いて問い返した。幸三郎は黙って二度三度頷いた。

この花壇のおかしな模様とこの建物の傾き――、と日下は花壇に吸い込まれるように落下していく雪を見つめながら、思っていた。じっとそうしていると、奇妙な模様を浮き彫りにした、白い壁に向き合っているようにも思われてくる。雪が、まるで無数のダーツの矢のように、的《まと》にむかって飛んでいく。平衡感覚を次第に失って、花壇に落下しそうな気分になる。それはおそらく、母屋と同様にこの塔も、花壇の方に倒れかかるように傾いているせいがあるのだろう。

待てよ――、日下は思う。何か解りそうな気がした。それじゃないのか？　塔の傾きと、その上に落下しそうな感覚、不安、そういった類いの感情が関係あるのじゃないか!?

人の感情？　だが、とすればえらく難解な謎のようである。そういった漠然とした、抽象的な事柄から、いったいどんなものが導き出せるというのだろう？　一種の禅問答のようなものだろうか？

扇――、これは日本的なものの象徴だ。それを高い塔から見おろす時、その上に落下しそうな気分が来る。それは塔が傾いているから――塔とは何かの思想を象徴している――まあそういった種類の謎かけなんだろうか――？

いや、たぶんそうではあるまい、と彼はたちまち思う。浜本幸三郎という人は、どちらかといえば西洋人的な体質があって、そういう情緒的なものより、もっとはっきりした、つまり答えを聞いた瞬間、みながいっせいに納得の声をあげるような、すこぶる明快な謎かけを好む傾向がある。とすればこれはもっと整理的な内容を持つ、しかもしゃれのきいたパズルに違いあるまい――、日下はそんなふうに考えを進める。

一方戸飼の方も、もちろん日下以上の情熱を、このパズルに対し燃やしていた。

「この図形をスケッチしたいんですが……」

戸飼は言う。

「むろんかまわんが、今は用意がなかろう」

館の主人は答える。

「寒いわ」

と英子が言った。一行の全員、体が震えはじめていた。

「さて、それじゃ諸君、いつまでもこんなところにいて風邪をひくといけない。戸飼君、橋はあのままにしておくから、あとでスケッチに来たまえ。私の部屋にみなさんをご招待したいが、この人数ではいささか窮屈だ。サロンに戻って、この梶原君の淹《い》れてくれる熱いコーヒーでも飲むとしませんか」

客たちのうちに異議のある者などなかった。一同はこのさいということで、雪を蹴って落としながらそのまま回廊をぐるりと一周し、跳《は》ね橋《ばし》階段に向かった。

そろそろと跳ね橋階段を下り、母屋が近づくにつれて、住み慣れた現実の世界に戻っていける心地がして、みなの心に安堵感が湧く。この時、雪はまだ降っていた。

第四場　一号室

　雪はどうやら降りやんで、月が出ているらしかった。塔の頂上に行った時は、月の姿はなかった。窓のカーテンに、ほんのりと淡く、蒼白い光線が透けている。そして世界は完全な静寂だ。

　相倉クミは、ベッドに入ってもう何時間にもなるというのに、少しも寝つけなかった。その理由の最大のものといえば、やはり浜本英子のことを考えたからに違いない。英子のことを考えると、クミはレスリングの選手権大会を翌日に控えた選手のような気分になった。

　外の、必要以上にといいたくなるほどに完璧な静寂も、気になりはじめた。クミの割り当てられた一号室は三階だった。見晴らしだけはなかなかよいが（しかし英子の二号室の方が海が見えてもっとよい）、一階の方がもう少し心地よい、自然なもの音がしているような気がした。

　都会の生活に慣れた者には、完璧な静寂というものは、工事現場の騒音にも負けないほど眠るのに邪魔になる。どんな夜中でも、東京なら何かしらもの音が聞こえているものだ。

吸取り紙をクミは連想した。外を覆いつくした一面のぶ厚い雪は、まったくそんな印象だった。きっとあれがあらゆる音を、意地悪く吸い取っているのに違いない。風の音さえしなくなった。何と嫌な夜だろう。

ところがその時！　かすかな異音がした。驚くほどに近く感じた。天井裏のあたりのように思えた。ざらついた板を爪でひっかくような、嫌な音だった。クミはベッドの中で一瞬身を堅くし、聞き耳をたてた。しかしそれっきりだった。音は途絶えた。

何だろう⁉　クミは急いで頭を巡らす。何時かしら？　サイド・テーブルに置いた腕時計を手探りで取った。女物の時計は小さいし、暗くて文字盤がよく見えないが、どうやら一時すぎらしい。

突然、またかすかな音がした。蟹が、瀬戸物の器《うつわ》の底でもがくような音だ。クミは闇の中で思わず身構える。天井裏だ！　天井裏に何かいる！

次の音がした！　それは思いもかけず大きな音で、クミは心臓が縮《ちぢ》んだ。うっかり声をあげるところだった。そうではない、外だ！　何の音か見当もつかない、だが――、まるで巨大な蟹が建物の外壁に貼りついていて、一歩一歩三階の窓まで登ってきているような――、とそう考えると、悲鳴をこらえているのが苦痛になった。

また音がする。堅いもの同士が擦れ合うような——、そしてそれは何回か連続して起こった。少しずつ近づいてくるようだ。助けて、助けて、とクミは口の中で小さく、呪文のようにとなえた。

今や激しい恐怖が彼女の体中を充たしていて、喉は誰かの見えない手で絶えず締めつけられているように息苦しく、気づくと小さな泣き声を洩らしているのだった。嫌よ！　何だか知らないけど来ないで！　壁をよじ登っているのなら、もうその辺で引き返すか、ほかの人のところへ行ってよ！

突然！　金属の触れ合う音がした。一度だけ、小さな鈴の音のような——、しかしそうではない。明らかに窓のガラスだ。何か堅いものが、この部屋の窓のガラスに触れたのだ！

強力なバネで弾かれたように、ちっとも望んでいないのに、クミは窓の方を見た。そしてとうとう、自分でも驚くほどの悲鳴を、思いきりあげた。その大声はたちまち部屋を充たし、壁や天井をぶるぶる震わせてから跳ね返って、クミの耳に戻ってきた。手も足も、すっかりバラバラになってしまったようだった。声はいつか泣き声に変わっていたが、クミは自分ではそのことに気づけなかった。

信じられない！　ここは三階のはずだった。窓の下に張り出しの類いなんてない。

絶壁のように切りたった壁なのだ。しかし窓の下部、カーテンの隙間から人の顔がじっと部屋を覗き込んでいる！

その顔！　それは明らかに尋常の顔ではなかった。大きく見開き、そして少しも瞬きしない狂人の目。妙に黒ずんだ青黒い皮膚。鼻の頭はまるで凍傷にかかったように白く、その下には少し髭があった。頬にはまるで火傷《やけど》のような傷痕があり、それはケロイドのようで、正視に堪えない肌だった。ところが彼の唇には狂気ゆえの薄笑いが浮かび、冷えた月の光を浴びて、夢遊病者のように、怯《おび》えて泣き叫ぶクミの様子をじっと見つめていた。

髪の毛が逆立った。気の遠くなるほどの長い時間に思われたが、実際にはほんの二、三秒だったのかもしれない。気づくと、顔は窓から消えていた。

しかしクミはもうそんなことには関係なく、喉を振り絞ってかん高い悲鳴をあげ続けた。するとしばらくして、吼《ほ》えるような男の悲鳴が、遥かな遠くで聞こえた。むろん窓の外だが、それがどこかはまるで解らない。館中がその声に身震いしたようにも思われた。さすがにその時は、クミも悲鳴をいっ時中断してこれを聞いた。

声はせいぜい二、三秒というところだったろうか。しかしまるで長々しいサイレンのように、耳の奥で尾を引いた。

静寂が戻ると、クミはまた悲鳴の続きをあげはじめた。自分が何のために、いったい何をしているのか、もう全然解らなかったが、とにかくそうしていれば、一人でいる恐怖から救われる気がした。

たちまちドアが激しく叩かれた。

「相倉さん！　相倉さん！　どうしたの⁉　ここ開けてよ！　大丈夫⁉」

かん高い女の声だった。するとクミの悲鳴はたちまちのうちにおさまった。のろのろとベッドに起きあがり、しばらくは目をぱちぱちとさせていたが、ゆっくりベッドを脱け出し、ドアまで行ってロックをはずした。

「どうしたの⁉」

ロウブをひっかけた英子が立っていて、言った。

「誰かが、誰か男の人がその窓から覗いてたのよ！」

クミは叫んだ。

「覗いた⁉　だってここ三階よ！」

「ええ、解ってます。だって覗いてたんだもの」

部屋に入るや、英子は勇敢にもつかつかと問題の窓に寄っていった。そして半分閉じかげんになっていたカーテンを左右にさっと開くと、観音開きの窓を開けようとした。

　この館はほとんどが二重窓になっている。防寒のためだ。ロックをはずし、開けるのには少し手間どった。やがてさあっと冷気が室内に流れ込み、カーテンが揺れる。身を乗り出して上下左右を見ていた英子は、首を引っ込めると、何もないわよ、見てごらんなさいな、と言った。

　クミはベッドに戻っていた。ゆっくりと体に震えが起こりはじめている。冷気のせいではないようだ。英子は二重窓を閉めた。

「だって見たんですもの」

　クミは主張した。

「どんな人だったの？　顔見たの!?」

「男の人だった。すごく気味の悪い顔。普通の顔じゃないのよ、目が狂ってるの。肌がどす黒くて、ほっぺたに痣《あざ》みたいな、火傷みたいな跡があるの。髭牛やしてて……」

　その時、ガラガラと飛びあがるような大きな音がした。クミは縮みあがって身震いした。目の前にいるのが英子でなかったら、また泣き声をあげたに違いない。

「パパが起きてきちゃったわ」

英子が言い、クミは、そうかあれは幸三郎が塔からこっちへやってくる時の、跳ね橋階段をかける音かと気づいた。

「夢見たんじゃないかしら？」

英子が薄笑いを浮かべて言った。

「違うわ！　絶対に見たのよ！　確かよ！」

「だってここ三階なのよ!?　下の二階の窓にも屋根や張り出しなんてないし、下の雪には足跡だってない、見てごらんなさいよ」

「だって！」

「それに、そんな顔に火傷のある人なんてこの家にいないわよ。そんな怖ろしい顔の人！

やっぱり悪い夢見たのよ。夢でうなされたのよ。そうに決まってるわ！　よくベッドが変わると寝つけないっていうじゃない？」

「絶対に違うわ！　夢と現実の区別くらいつくわよ！　あれは絶対に現実」

「そうかしら」

「だって音も聞いたのよ。あなた聞かなかった？」

「どんな？」

「何かものが擦れるような音」

「別に」

「じゃあ悲鳴は？」

「あなたのをたっぷり聞いたわ」

「そうじゃなくて、男の人の声よ！　吼えるみたいな」

「どうしました？」

英子が振り返ると、開け放したドアのところに幸三郎が立っている。ロウブでなくジャケットをはおり、普段《ふだん》着のズボンを穿き、セーターも着ている。がその下は、おそらくパジャマに違いない。跳ね橋階段の上は寒い。

「この人が痴漢に遭ったんですって」

英子が言った。

「痴漢じゃないわよ！」

クミは泣き声になった。

「誰かが覗いてたんです！　窓から」

そしてちょっと涙を拭いた。

「窓!?　この窓からかね？」

幸三郎も驚いて言った。みんな驚いているが、一番驚いているのはこの私なのだ、クミは思った。

「しかし三階ですよ」

「私もそう言ったんだけどね、見たんだって頑固におっしゃるの」

「でも見たんです」

クミは言った。

「夢じゃないですか？」

「違います！」

「相当背の高い男でないとね、何しろ三階だ」

そうしていると、ノックの音が聞こえた。ドアのところに金井道男が立ち、すでに開いているドアを拳骨で叩いていた。

「どうしました？」

「このお嬢さんが、どうも悪い夢を見たらしい」

「夢じゃないんですってば！　金井さん、男の人の悲鳴みたいな声、聞かなかった？」

「ああ、何か聞いたような気がする……」

「うん、それは私も夢うつつで聞いたような気がするんだ」

幸三郎も言った。

「だから、起きてきたんだがね」

第五場　サロン

翌朝はよく晴れていたが、北の果ての冬の朝は、強力な暖房が入っていてもまだ寒い。暖炉に音をたてて燃える火がありがたかった。

人間が凝った暖房器具をいくら考案しても、実際に炎の見えるこういう素朴な暖房器具に結局かなわないのではあるまいか。その証拠に暖炉の周りはすこぶる人気があって、客たちは起きだしてくると、本能的に炎にひき寄せられて、みな次々にこの丸い暖炉の煉瓦の周りに集まる。

客たちのうちで、あの奇怪な顔をした髭の男はともかく、身の毛もよだつような男の悲鳴と、それから自分の悲鳴をも知らず眠りこけていた人がいるというのは、クミにとっては信じられないことだった。英子の姿が見えないので、今のうちにクミは、ゆうべの恐怖の体験を熱っぽく語った。

金井夫婦、日下、浜本嘉彦、これらの人々が聞き手だったが、実のところみな少しも信じてはいないようだった。クミは自分の興奮がいっこうに相手に伝わっていかないもどかしさを感じた。

しかし、一方では無理からぬ気もする。彼女自身、この健康的な朝の光の中では、どうにもピンとこないのだ。あの底知れないゆうべの恐怖感は、まるっきり夢の中の体験のように思える。金井夫婦など、露骨ににやにや笑いを浮かべている。

「じゃあその吼えるような男の悲鳴っていうのは、そのおかしな顔の男がたてたものなのかなぁ？」

嘉彦が言う。

「そう……、そうじゃないのかしら……」

そう言われるとクミは、その点を今までしっかり結びつけて考えてはいなかった。

「しかし足跡はないですよ」

遠くから日下の声がして、みながその方を見ると、日下は窓のところへ寄り、体を斜めにして裏庭を見ていた。

「あのあたりがあなたの窓の真下だ、でも足跡なんかないな、奇麗なまんまの雪ですよ」

そう言われると、今なら自分もまた夢のような気がしているのだ。

クミは沈黙した。いったいあれは何だったのだろう？　あの人間じゃないような気味の悪い顔は――？

戸飼が、ゆうべあれから一人でスケッチした花壇の図面とともに起きだし、続いて浜本幸三郎がサロンに現われた。そして、

「ほう！　今朝はまた、いい天気に晴れましたなあ！」

と例の現場監督ふうの胴間声《どうまごえ》でわめきながら菊岡栄吉も姿を現わすと、人数は全員揃ったと見えた。

菊岡の言葉通り、表は朝陽がまぶしく、やがて陽が高くなるにつれて、一面の雪原は巨大な反射板のようになってぎらぎらと陽を照り返し、眺めるのも苦痛なほどになった。

菊岡社長も、クミのゆうべの大騒ぎをまるで知らないくちだった。睡眠薬を飲んでいたからな、と彼は言い、どうせ何を言いだすか見当がついたので、クミは彼には話さなかった。

「さあみな様、そろそろ朝食ですよ、テーブルについていただけますか？」

非常に発声のはっきりした、女主人に特有の声がサロンに響いた。

テーブルにつき、客たちはクミのゆうべの体験を話題にしていた。やがて菊岡が、上田一哉のいないことに気づいた。

「うちの若い者がまだ起きてきませんな」

社長は言い、ちぇっ、しようがないやつだな、重役出勤は十年早いぞ！　と重役も言った。

英子は、その時になってはじめて気づいた。しかし誰を呼びにいかせたものかと迷った。

「ぼくが起こしてくるよ」

日下瞬が言った。彼はサロンのガラス戸を開け、気軽な調子で処女雪の上に降りると、上田が割り当てられた十号室の方へ廻っていく。

「さあ、冷めてしまいますわ、私たちはいただきましょう！」

女主人の言葉に、一同は食事を始めた。日下は、ちょっとみなが意外に思ったほど時間がかかった。が、やがてゆっくりとした足どりで戻ってきた。

「起きた？」

英子が尋ねる。

「それが……」

日下は言いよどんだ。

「ちょっとおかしいんだ」

日下のこの異様な様子に、みなは食事の手を休めて彼の方を見た。

「返事がないんだ」

「……どこか行ったのかしら」

「いや、中から鍵がかかっている」

英子が椅子を大きく響かせて立ちあがった。戸飼も続いて立ち、菊岡と金井は顔を見合わせた。それから英子に続いて全員が雪の上に出た。その時彼らは、さらさらした粉雪の上に、日下の往復した足跡だけが残っているのを見た。

「返事がないのもおかしいんですが、それより……」

日下は言いながら十号室のある西の方角を指さした。館の西の角あたりに、黒っぽい人影らしいものが倒れている。

客たちは戦慄を感じて立ちすくんだ。この雪の中に長く倒れていたとするともう生きてはいまい。あれは死体ということになる。あれが上田ではないのか⁉

続いてみなは訝《いぶか》しむ目を日下に向けた。何故この重大なことを真っ先に言わないのか？　何故そんなに落ちついていられるのか？

日下はみなのその目に気づいていた。それでも、

「しかし……」

とだけ言った。

客たちは若い日下の真意をはかりかね、ともかく死体の方へと急いだ。

近づくにつれ、客たちはますます不審な気分にとらわれていった。倒れている人影の周りに妙なものが散らばっていて、それは彼の所持品かと思われたが、そうではなかった。

いや、厳密に言うならその表現は正しい。一団のうちの早川康平や、相倉クミなどは不吉な予感がして足を停めたほどだ。

現場へ到着すると、客たちは自分たちの目が見ている現実を疑い、全員が全員、何だこれは⁉　わけが解らない！　と頭の中で叫んだ。しかしこれで、日下の気持ちだけは完全に了解した。

浜本幸三郎は大声をあげて跪《ひざまず》くと、雪になかば埋もれて横たわる、人間に似たものに手を伸ばした。それは、幸三郎が大事にしていた等身大の人形だった。

しかしみなが驚いたのは、三号室の骨董品室にあるはずの人形が、こんな雪の上に

落ちているということもあったのだが、何よりその手足がバラ、バラ、バラにされていたことだ。片足だけは胴体に付いていていたが、両手と、もう一方の足は、そのあたり一帯の雪の上に点在していた。何故⁉

日下や戸飼、そして菊岡や金井、また使用人たちは、その人形を見るのははじめてでなく、首がなくてもどの人形であるかはすぐに解った。幸三郎がチェコスロバキアから買ってきた鉄棒人形で、「ジャック」という名と、「ゴーレム」という仇名をヨーロッパ時代から持っていた。

手足と足首から先を除き、ゴーレムは木目《もくめ》がむき出しの木の体を持っている。それらがあちこちで半分以上雪に埋まっていて、幸三郎は大急ぎで拾い集めて廻り、雪を丁寧《ていねい》に払った。

日下は、手を触れずにそのままにしておくのがよいのではと内心思いながら、しかし口にできずにいた。今のところ、これは少しも事件ではない。

「首がない！」

絶望的な調子で幸三郎が叫んだ。それでみなは、それぞれ頭を巡らせて周囲を探したが、ざっと見たところ、それらしいものは見あたらない。

持ち主に助けあげられた人形の手足や胴体の跡は、雪の上にいやに深く、はっきりと残った。ということは、雪の降っているうちにここへばらまかれたということか。

幸三郎は、ちょっとこいつをサロンに置いてくると言って、引き返していった。彼には大事な収集品である。

一同は幸三郎を待たず、二階の十号と十一号室の前に出るセメント造りの石段を昇った。その雪の上にも、足跡は日下の往復したものしかなかった。

十号室のドアの前に立ち、菊岡社長がドアを激しく叩き、

「上田！　おい、ワシだ！　上田君！」

そう呼んだが、返事はなかった。

みなは窓を見た。窓ガラスは、中に金網が埋まっている曇りガラスで、室内は少しも見えない。しかも頑丈な鉄格子で守られていた。格子の隙間から手を差し入れ、ガラス戸に触れてみると、これも内側からロックされている。さらに内側のカーテンまでが引かれている。

「破ってもかまわんよ」

声がして、振り向くと幸三郎が立っている。

「これは外側に開くドアでしたな!?」

菊岡がわめいた。その頃には、ドアの向こうで何ごとかただならぬ出来事が起こっ

ていると、みなが確信しはじめていた。

「そうだが、そう頑丈なドアじゃない。ひとつぶつかってみてくれんかね」

菊岡が巨体を二、三度ぶつけた。しかしその程度ではドアはまったく動じなかった。

「金井君、君やってみるかね？」

菊岡はからかうように言った。

「わ、わたしは駄目ですよ、軽量級ですから」

金井は怯えて後ずさりした。考えてみれば、こういう仕事に最もふさわしい男は、ドアの向こう側にいるのである。

「誰か、あなたたち！」

英子が断固とした声を出した。

女王にいいところを見せるべく、戸飼が果敢にドアに体当たりをしたが、激しく飛んでいったのは彼の眼鏡であった。

日下も駄目、コックの梶原も駄目だったが、不思議なことに彼らは、同時にぶつかるという方法に思いいたらなかった。初江と英子が同時に体をドアにぶつけると、ミシッと音がして、奇蹟が起こった。ドアの上部が少し奥に向かって傾いた。なおもぶつかると、とうとうドアが壊れた。

初江を先頭に一同が部屋になだれ込んだ時、客たちが見たものは、薄々は想像していた怖ろしい光景であった。

倒れた上田一哉の、心臓の真上あたりに登山ナイフの柄《え》だけが見え、その周りのパジャマには黒ずんだ血が滲んで、もう乾きはじめている。

クミは悲鳴をあげ、菊岡の胸にすがりついた。英子と初江は無言のままであった。一人幸三郎だけが、男たちの中では驚きの声を洩らした。それはおそらく上田の姿勢がひどく風変わりであったからだ。

上田はベッドの上には寝ていず、ベッドの足もとのリノリウムの床に仰向《あおむ》けに寝ていたのだが、彼の右手首には白い紐《ひも》が結びつき、その端はどうしたことか金属製のベッドにつながれている。したがって右手は宙に浮いていた。ベッドの位置はいつも通りで動いている様子はない。

左手は自由であったが、それも上に向かってあげられている。つまり片方は紐つき、片方は紐なしであるものの、両手が万歳《ばんざい》をした格好にあげられていた。

それよりさらに奇妙なのは足だった。まるで踊るように腰をひねり、両足をほとんど直角に右側（当人から見て）に向かって振りあげている。もう少し正確を期すなら、彼の左足が体に対してほぼ直角に振りあげられ、右足がその少し下に添えられるような格好で、つまり右足は体に対して百十度から百二十度くらいの角度まで振りあげられている。

そして彼から見て左側の腰のあたりの床に、血をつけた指で描いたらしい直径五センチほどの大きさの、丸い赤黒い点があった。自由になる左手の、親指を除く四本の指でぐるぐると描いたもののようだ。というのは、上にあげた左手の四本の指に、血と床の埃《ほこり》によるものらしい汚れが黒々とついている。ということは、彼は床にこのマークを描き、その後、自分の意志で左手は上にあげたということにならないか——？

しかし、最も奇妙な事実はそれではない。この死体には、さらに不可解な特徴が認められた。胸に突き立った登山ナイフの柄尻に、いったいどうした理由からか、長さ一メートルくらいの白い糸がついていたのだ。これが大いにみなの注目をひいた。その糸の、柄から十センチくらいの場所がパジャマを汚している血にちょっと触れ、ほんの少々茶色に染まっていた。血はあまり流れていない。顔にも、もはや苦悶の表情はなかった（図3）。

調べるまでもなかったが、医学生の日下は上田の脇にしゃがみ、ちょっと体に触れてから、警察に連絡しなければなりませんねと言った。

警察に連絡するため、早川康平が一キロばかりふもとにある村の雑貨屋まで、車を使って下っていった。

まもなく制服警官が大挙して流氷館に到着し、十号室に綱を張ったり、チョークで床に線を引くなどしていつもの大騒ぎを始めた。

何かの手違いか、上田一哉は冷たくなってだいぶ経つと思えるのに、タイヤにチェーンを巻いた救急車が坂を昇ってきた。黒い制服警官の群れに白衣の男までが混じり、世捨て人の棲み家だった流氷館は、たちまちものものしい俗世間の営みに包まれた。

客たちも、使用人たちも、主人も、サロンに待機してこの騒ぎのもの音だけを不安げに聞いた。

まだ朝っぱらである。客たちの大部分にとっては、まだ滞在二日目が始まったばかりであった。菊岡にせよ金井にせよ、考えてみればまだやってきてから十数時間しか経っていない。これでは先が思いやられた。夕食を一度食べたきりで、この先延々《えんえん》と警官たちと過ごさなくてはならないかもしれない。それでも予定通り解放されればまだいいが、へたをすると長々とこの家に足留《ど》めを食うかもしれなかった。

見知らぬ警官たちの群れから、見るからに刑事という風貌の、えらの張った、頰の赤い大柄な男がサロンに現われて、稚内《わっかない》署の大熊《おおくま》です、とややもったいぶった口調で言った。それからサロンのテーブルで何やかやと一同に質問を始めたのだが、思いつ

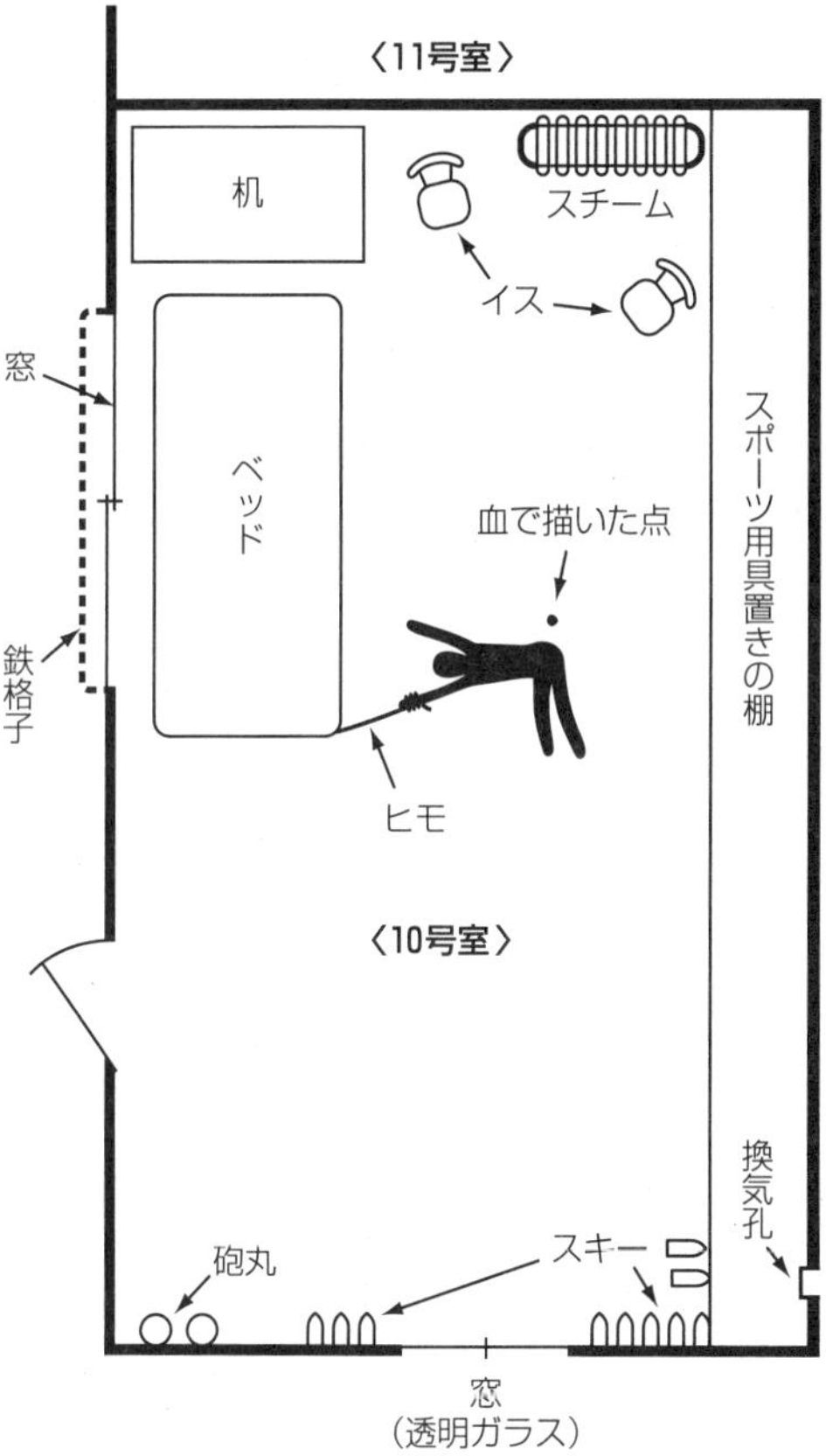

図3

くままヽ成りゆきで質問しているふうで、ひどく要領を得ないものであった。

ひと通り尋ね終わると大熊は、

「その人形というのはどれですか？」

と訊いた。ゴーレムは、幸三郎によって首を除いて組み立てられ、この時まだサロンに置かれていた。

「ほう、これですか、ふむ。こいつはいつもどこに置かれておりますか？」

そう彼が問うので、幸三郎はゴーレムを抱え、大熊を案内して三号室の骨董品収集室へあがっていった。

やがてサロンに降りてきた大熊は、かなり驚いたとみえて、ひとしきり収集品に対して素人《しろうと》らしい素朴な感想を述べていたが、その後は考え込む様子でしばらく沈黙した。その姿には、さすがに犯罪の専門家らしい威厳がただよう。それから手を口のところへもっていき、ささやくような口調で、

「するとこれは密室殺人というやつですな？」

と幸三郎に言ったが、そんなことは最初から解っていることだった。

大熊警部補がそんな調子で、あまりにローカル色を発散させるから、一応殺人の捜査らしいなとみなが感じる捜査が始まったのは、午後の四時頃札幌署から牛越佐武郎《うしこしさぶろう》

という中年の刑事と、尾崎《おざき》という若い刑事が流氷館に到着してからであった。

三人の警察関係者は、ディナー・テーブルに付属した椅子に並んで腰をおろし、簡単な自己紹介をした。それがすむと、牛越と名乗った男が、

「変わったお屋敷ですなあ」

とひどくのんびりした口調で言う。

尾崎という若い刑事が見るからに俊敏そうな印象であるのに反し、この牛越という男はのっそりとした平凡な風貌で、大熊と大差がありそうには見えなかった。

「馴れないと転びそうですな、この床は」

牛越は言い、若い尾崎は無言のまま、軽蔑するような目つきでサロンをぐるりと見廻した。

「さて、みなさん」

椅子にかけたまま、牛越佐武郎が言う。

「われわれの方の紹介はすみましたんで、というよりもわれわれは警察官という、この世で一番退屈《たいくつ》な人種ですからな、名前のほかにみなさんに申しあげることもありますまい。そんなわけで、ここらで一応みな様の方の自己紹介をたまわりたい。できましたら普段はどこに住み、どういうお仕事をしていらっしゃるのか、またどういう理

由からここに滞在していらっしゃるのか、とそういった事柄ですな。詳しいこと、たとえば仏になられた上田一哉さんとの間柄なんぞに関しては、これはのちに個別にうかがいますからけっこうです」

牛越が自分で言う通り、少しの面白味もない彼ら警察官の服装や、たった今の話しぶりは丁寧でも、この先どんな修羅場《しゅらば》が起こっても決して動じないぞと言っているような彼らの目つきなどが客たちをわずかに威圧し、口を重くさせた。

客たちはとつとつと言葉少なに自分を説明した。牛越は時々控えめなやり方で質問を差しはさんだが、メモは取らなかった。ひと通りすむと、彼は次に、一番言いたかったことは実はこれであるというような調子で、語尾にちょっと力を込めるやり方で口を開いた。

「……さあて、申しあげにくいことを、そろそろ言わねばならんのです。被害者の上田一哉という人は、今のみなさんのお話からも解る通り、このへんの人間ではありません。この家へ来たのは、いや北海道へ来るのも、今度でまだ生まれて二度目であるらしい。となるとです、このへんの土地に彼の知人がいて、その者が上田さんを訪ねたということは考えられんのですな、そのような者がいるとは思われんです。

ではもの盗りかというと、その線もまずなしです。彼の所持金、二十四万六千円は比較的探り当てやすい上着の内ポケットにあったにもかかわらず、手つかずで残されております。

　ま何より、一応内から鍵のかかる部屋だ、そんな見ず知らずの人間がドアを叩いたにせよ、簡単に開ける者もないでしょう。たとえ開けても、そういう人間が入って来れば争いになり、大声もあげるでしょう。しかし部屋に争った形跡はほとんどない。また上田さんは自衛隊出身で、体力には常人以上のものがあったでしょうしな、こういう場合にそうむざむざやられるというのも解《げ》せない。

　となると、これは顔見知り、いや、親しい人間ということを疑わなきゃなりません。しかし先ほども申した通り、この土地に、上田一哉と親しい人間など住んではおりません。

　上田一哉という人は、今のみなさんのお話と、ざっとわれわれの調べたところを総合しますと、岡山生まれ、大阪育ち、二十五歳の時陸上自衛隊に応募入隊して、東京や御殿場《ごてんば》にいたが、三年で除隊、二十九歳でキクオカ・ベアリングに就職して三十歳の現在に至っている。自衛隊時代から一貫して人づき合いは悪く、親しい友人はなし、そんな男に北海道に知人がいるはずもないが、わざわざ関東や関西の人間がひそかに訪ねてくるというのも考えにくい。となると、ですな、上田一哉の親しい人間という者は……、ここにおられるみなさん方以外にはないのです」

テーブルについた者たちは、沈痛な顔を見合わせた。

「これが札幌や、あるいは東京のような大都会なら、こりゃ別です。しかしこんな人里離れた辺鄙な場所ですからな、よそ者がこのへんに現われていれば、土地の者の目につく可能性は大です。というのも、下の村には旅館は一軒しかありません。この季節ですからな、村の旅館にゆうべ泊まっていた客は一人もありません。

ふむ、だがそんなことより何より、えらい問題がひとつある。こいつが断然曲《くせ》ものだ。というのは足跡なんです。普通警察官はこういうことを、一般の方にはすぐは話さないものなんだが、この際だから申しましょう。どういうことかと申しますとね、上田一哉の死亡推定時刻はゆうべの真夜中の零時から零時半の間です。ということは、零時から零時半までの三十分間に、犯人は上田さんの心臓にナイフを突き立てたわけですから、当然犯人はその時刻、あの部屋にいたわけです。

ところがだ、こいつが困った、ゆうべ雪がやんだのは午後十一時半なんですな！死亡推定時刻にはもう雪はやんでいたわけです。ところがどうしたわけか、雪の上には犯人の足跡がない。来た足跡も、帰った足跡もないんですな！

あの部屋はご承知のように、外からしか出入りができない。犯人がその時刻にあの部屋、十号室でしたかな？　そこに確かにいたのなら、少なくとも帰っていった足跡くらいはなくてはならん。でないと上田さんは、自分で自分の胸にナイフを突き立てたことになってしまう、そんな自殺はありはしません。にもかかわらず足跡がない、こいつは困った。

お断わりしておきますが、この足跡の問題や、例の密室とやらの解明でわれわれが困っておると思わんで下さい。足跡なんぞは箒《ほうき》で消すなり、たぶんいくらでも手はあるでしょう、密室にいたってはもっとそうでしょう。探偵小説書きが、ありとあらゆる方法を考えてくれている。

が、外からの侵入者が仮《かり》にあったとすると、こいつが延々と自分の足跡を、ふもとの村まで消していくというのは、ちょっとこれは並み大抵の仕事じゃない、むずかしい。それにそんな小細工なら、綿密に調べれば何らかの跡が、必ず雪の上のどこかに遺るもんです。しかし、さっきわれわれの、そういうことにかけての専門家が徹底して調査したが、その手の痕跡は、いっさい、どこにもなかった。

雪はゆうべの十一時半にやんでから、今までまったく降っておりません。しかるに十号室からふもとの村への、あるいはどっか別の方角であってもそれはかまわんのですが、向かっている足跡を小細工で消した形跡というものはないのです。

私の言いたいことはお解りですね？　そういうことからもですね、申しあげにくいが、この母屋の、このサロン、玄関、そして厨房からの勝手口、これは一階のすべての窓を一応除いてですが、この三つの出入口から十号室への往復、これを考えないわけにはいかないのです」

これは警察官の、自分たちに対する宣戦布告のようなものだと、みなは感じた。

「しかしですね」

日下がみなを代表して、反論の口を開く。

「今おっしゃった三つの出入口から十号室への往復の線上に、そんな細工をした跡というものはあったのですか？」

実によい質問で、一同は耳をそばだてた。

「これはですね、このサロンから十号室にかけてはみなさんの足跡が大勢乱れているんで充分確認はできませんでしたが、正直に申しあげれば、残り二つの出入口からも、一階のすべての窓の下からも、そういう細工の可能性はきわめて低かったですな。雪の表面は、空からふんわり落下したままの状態であるという、いくつかの特徴が確認されております」

「でしたら外部侵入者とわれわれとは、条件は一緒ではないですか？」

日下の反論は論理的である。

「ですからその点だけではないわけです。先ほど申しましたような条件もありますんでね」

「それに箒の類いのものは、この母屋にはありませんわ」

英子が言った。

「ふん、ごもっとも。それも先ほど早川さんからうかがいました」

「じゃあ何故足跡がないんだろう？」

「ゆうべ風でも強けりゃあ別だけどな、粉雪だから。でもたいして吹いてはいなかった」

「午前零時頃なら、ほとんど風はなかったくらいだったわ」

「ほかにもいろいろおかしな点があるんじゃございませんか？」

「そうだ、ナイフについていた糸のこととか、あのおかしな踊るような格好とか、上田さんの」

「死体があんな格好をするのは、われわれには珍しいことではないのです。ナイフを突き立てられれば当然苦痛も大きいですからな、上田一哉も苦しんだでしょう。私の知っておるケースでも、もっと奇妙な格好で死んでおった者はあります。

糸のこともですな、たとえば夏などで衣服が薄く、ポケットなど隠し場所が少ない場合、あんなふうに糸で体のどこかに巻きつけて隠し持っていた例はあります」

しかし客たちは、即座に全員が思った。今は冬だ。

「ではあの右手首に巻かれてベッドにつながっていた紐は……」

「ふむ、あれが少々この事件の特殊な部分でしょうな」

「前例がやはりあるんですか？」

「まあまあみなさん」

大熊が、一般人と専門家がフランクに話し合ったことを後悔する顔で割って入った。

「それを捜査するのがわれわれの仕事です。そこのところは、われわれを信じてまかせていただきたいものですな。みなさんはみなさんの領域で、われわれに協力をしていただきたいんです」

みなさんの領域？　容疑者としての領域ですか？　と日下は腹の中で思った。しかしむろん頷くしかない。

「ここに簡略な図がありますがね」

言って牛越は、便箋紙のような紙を広げた。

「みなさんが発見なすった時も、むろんこの状態でしたな？」

客たちと使用人はいっせいに立ちあがり、額を寄せて覗き込んだ。

「ここに血で何か丸く描いた跡がありましたけど」

戸飼が言った。

「はあ、はあ、血の跡ね」

牛越はいかにもそんな子供じみたものは無視しているというふうに言った。

「だいたいこんなもんでございましたな」

と菊岡が例のがらがら声で言った。

「この椅子は普段からあるわけですな？　浜本さん」

「さようです。この棚《たな》の上段の方はちょっと手が届きにくいですからな、踏み台を兼ねて置いておるわけです」

「なるほど、それから窓なんでございますけれども、こっちの、つまり西側は鉄格子がついているが、この南側は鉄格子がありませんな、しかも透明ガラスです。そしてほかの部屋と違って二重窓になってないんですな」

「そうです。それはこの南側の窓は二階になりますからな、鉄格子をつけなくとも賊は入りにくかろうと思ったわけです。西側の方はこじ開けさえすれば簡単に入れますからな、まあそう高価なものはここにはないが」

「砲丸がここの床に置いてありましたが、いつもここにあるんですか？」

「さあ、それは気がつきませんでしたね」

「いつもはこっちの棚にあるんですか？」

「いや、それは適当なものです」

「この砲丸には両方十文字に糸がかけてあって、それぞれに木の札《ふだ》がついてましたね？」

「ええ、砲丸に四キログラムと七キログラムと二種類あるんでね、買った時木の札をつけて、それぞれ重さを書いておいたんです。これは買ったものの、円盤もそうだが全然使わないんでね、そのままになっておるんですよ」

「そのようですな、ただ七キロの方の札のついた糸が、ずいぶん長くなっておったようですが……」

「そうですか？　ほどけたのかな？　そりゃ気づかなかったが」

「いや、故意に糸を足して長くしたようにわれわれには見えました。砲丸から木の札まで、一メートル四十八センチありました」

「ほう、そりゃ犯人がやったんでしょうか？」

「おそらく。それからその『7kg』と書いた木の札ですが、これは三センチ×五センチ、厚さが約一センチありますが、これにセロテープが三センチばかり、少しはみ出すような位置に貼りつけてありました。比較的新しいと思えるテープです」

「ほう」

「心あたりございますか？」

「いや、知りません」

「それは何かトリックに関係があるんですか？　犯人がそれを貼って何かに使ったんでしょうか？」

日下が言った。

「さあて、どうですかな。それからここに約二十センチ四方の換気孔がありますね。これは、そこの階段がある空間に向かって開いているんですな？」

「そうです。しかしこれはこの母屋側の人間が廊下に立って、十号室の中を覗ける位置にはないのですよ。十二号室の前に立ってみるとお解りだが、壁の遥か高いところになりますからね、十号室の換気孔は、母屋側からは。これがほかの部屋、たとえば十二号室の中なら、台でも使えば十二号室の穴から何とか中が覗けるかもしれないが、十号室はね……」（冒頭図1参照）

「ええ、承知しております、さっき確かめましたんでね」

「いずれにしても、これは完璧な密室じゃないわけだな。足跡がないんだから、この穴から何かトリックをやったのかもしれない、犯人は」

戸飼が言った。

「二十センチ四方の穴じゃ、頭も通らないじゃないか。それに被害者の手首に紐を結んだり、砲丸に細工したりしている。中に入らなきゃ無理だ」

日下が言った。

「じゃあ足跡はどうなるんだ？」

「そりゃあ解らないが、この密室を作るのだったら簡単だと思う」

「ほう」

牛越佐武郎が聞き咎《とが》めて言った。

「聞きたいもんですな」

「説明してもよろしいですか？」

日下は言った。刑事は頷く。

「これは簡単ですよ、この十号室は、普段物置として使っている時は外にカバン形の錠を下げておくんですが、人が泊まる時のロックは、中からこう受け金具に相棒のバー形の金具をカチャンと落とし込むだけの簡単な錠です（図４）。あとから人を泊められるように改造したものですからね、そういう簡単な錠しかついてません。これなら、踏切の遮断機ふうに上下する相棒の金具の方を、持ちあげて雪で固めておけばいい、犯人が帰ってしばらくすると、室温で雪が溶けて、このバー状の金具は自然に受け金具の中に落ちます」

なるほど、とキクオカ・ベアリング組が感心して言った。しかし牛越は、

「われわれもそれは考えたんですよ。しかしね、その金具のついている部分は木の柱なんだが、完全に乾いていてね、少しも湿っていなかった。そのやり方はちょっとむずかしい雰囲気でしたな」

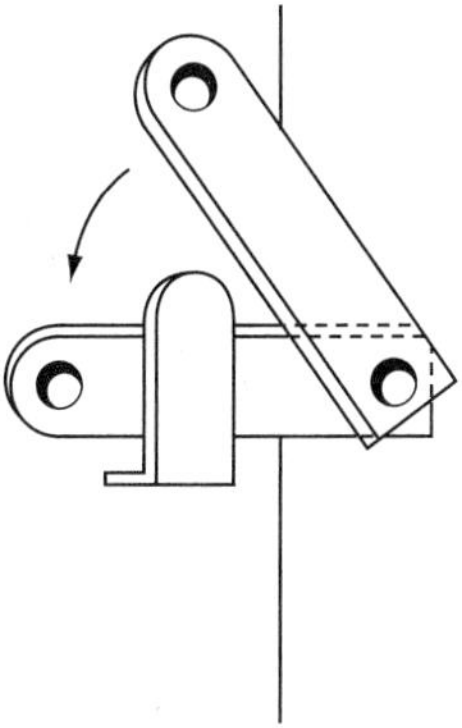

図4

「え？　これではないんですか？」

日下は驚いて言った。

「どうも違うようですな」

それで一同は考え込んだ。

「しかしね、私はこの密室に関しては、そう大して手強いものとは考えてはおりません。どうということはないでしょう、おそらくで

すがね。実はそれよりもうんと困ったことがある」

「それは何です？」

「ふむ、そうですな、これはどうもじっくり腰を据えなきゃならん気がするし、みなさんのご協力をいただかなきゃあならんわけだし、今さら犯人としてもじたばたのしようがなかろうとも思うんで、腹を割って申しあげることにしましょう。つまりみなさんの中にはどうも犯人がいいいそうもない」

客たちは少し笑った。

「先刻申しあげたこととまるっきり矛盾してしまうんだが、みなさんの中には犯人がいそうもない。それで困っている。というのは動機の点ですな、みなさんの中に上田一哉と前々から面識《めんしき》のあるという方は少ない。キクオカ・ベアリングの方たちを除けば、浜本さん、英子さん、早川さんご夫婦、梶原さん、それから戸飼さん、日下さん、嘉彦さん、すべてこれ、夏と今度とでたった二度目でしょう？　上田さんと会ったのは。それも短い期間会っただけだし、上田という人はひどい無口だったようだ、殺してやろうと思うほど親しくなった方はおられんだろう」

また少々乾いた笑い声。

「殺人は決して割のいいもんじゃない、一応以上の名も地位も得て、こんないい暮しをしておる人でも、ひとつ殺人を犯せば誰もが平等に刑務所行きです。まさかそんな蛮勇をお持ちの方はおられんだろう。菊岡社長も、相倉さんも、金井さんご夫婦においても、事情は大して変わりゃしません。上田一哉さんという、まあそう言っちゃ何だが一介の目だたない運転手一人を殺したところで仕様がない。殺す理由がない。それで私は困っておるんですよ」

なるほどそれはそうだ、と戸飼も日下も英子も思った。上田は、誰もが、少しも気にもとめていなかったような男なのだ。たとえばあれがもう少しいい男で、女性問題のひとつやふたつ起こしそうなら話も見えてくるが、あえて不遜な言い方をすれば、別段殺される必要もない脇役なのだった。金も地位も持っていず、人の恨みをかうほどの積極的な性格さえ持ちあわせてはいなかった。

牛越佐武郎は、客たちの顔を眺めながら、これはひょっとして間違えられたのではあるまいかという気になった。誰かもっとそれらしい、殺されるべき人間と間違えられ、身代わりになったのではないか――？

しかし上田が最初から十号室をあてがわれ、寝泊まりしていたことは明らかである。また館に滞在する誰もが、このことははっきりと知っている。上田が、十号室に泊まっている誰かと部屋を替わってやった、などという事実もない。しかも十号室というのは、外からしか出入りができない特殊な部屋である。九号室へ押し入ろうとして間違って十号室へ入ってしまったなどという可能性は、この場合考えなくてよい。どうにも腑《ふ》に落ちない。この上田一哉という男は、どうしても被害者にふさわしくないのである。殺されるべき人間はほかにいたという気がして仕方がない。

「もしみなさんの中に犯人がおられるなら、今夜にでも夜逃げにかかってもらいたいものだ。それなら話が早くなる」

牛越が、まんざら冗談でもなさそうな調子で言った。さらに、自らに言い聞かせるようにこう続ける。

「しかし人間、理由がなければ何もことは起こしません。まして殺人など、動機がなければ絶対やらない。結局動機捜しになるだろうが、みなさん個別に不愉快な質問をする前に、もうひとつだけ訊いておかなきゃならんことがあります。

それはですな、ゆうべ殺人のあった時刻の前後、何か変わったもの、不審なものを見たり聞いたりした方はおられませんか？　被害者のものらしい悲鳴とか、いや、何でもいい、どんなささいな事柄でもいいんです。何かちょっと普段と変わった事柄に気づかれませんでしたか？　そういうちょっとした、一見何でもないことが、往々にして捜査に役立つんです。何かないですか？」

　少し間を置いて、あります、と言ったのは当然ながら相倉クミであった。即座にそう言わなかったのは、自分がこれから言わんとする内容が、質問のニュアンスと食い違うような気がしたからだ。すなわちゆうべの自分の体験は「一見何でもない」とか、「どんなささいな」とかと形容される事柄とは、到底思えなかったからである。

「ええと、相倉さんとおっしゃいましたな、何ですかな？」

「もう、いっぱいあるんですけど……」

　クミは、自分の体験を真面目《まじめ》に聞いてくれる人間が、ようやく現われたと感じていた。

「ほう、何かご覧になったのですかな？」

　地方刑事は、クミの愛くるしい顔を、眩《まぶ》しそうに見た。

「見たし、聞きました」

「詳しくお願いします」

　言われるまでもなく、彼女はそのつもりだった。順番を少し迷ったが、やはり内容が穏やかな方から話すのがよかろうと判断した。

「悲鳴を聞きました。ゆうべの夜中、あれ、それじゃ殺された上田さんの声だったのかしらねえ……、すごく苦しそうな、絞り出すような、吼えるみたいな男の人の声でした」

「ふむ、ふむ」

刑事は満足そうな様子を見せ、頷いた。

「で、その時間は解りますかな？」

「私、ちょうど時計を見たんです。ですからはっきりしています。一時五分すぎくらいでした」

とたんに牛越は、見つめるのが気の毒なほどにうろたえた。

「何ですと!?　一時五分すぎ!?　それは確かですか!?　勘違いじゃないですか!?」

「絶対に確かです。私、さっき言ったように時計を見ましたから」

「しかし……」

刑事は椅子をずらし、椅子ごと横を向いた。するとたんに後ろに倒れそうになった。この家では、ちょっとした仕草にも慎重を期した方がよい。

「しかし……、そんな馬鹿なことはあり得んでしょう！　時計が狂っていたということはないですか？」

クミは腕時計を右手首からはずした。彼女は左利《き》きなのだ。

「これ、その時から全然手を触れてませんわ」

牛越は差し出された女物の時計をうやうやしく受け取り、自分の安物の時計と見較べた。むろん時刻をである。二本の針は正確に同じ位置にあった。

「一ヵ月で一秒と狂わないって話でした」

これは菊岡がつけ足してもよい説明であった。つまりそれは、贈り主たる菊岡の言葉であった。牛越は恐れ入って、その高そうな時計をクミに戻した。

「けっこうです。しかし……、そうなるとこいつは大いに困ったことになるんだ。みなさんもうお解りだろう、言うまでもないことだが、上田一哉さんの死亡推定時刻、ということは犯行推定時刻でもあるわけですが、先刻も申した通り、それは午前零時から零時半までの間です。あなたがその被害者のものらしい男の悲鳴を聞かれたのは、するとそれより三十分以上も後ということになるんですぞ！　あなたの今言われたことは、この先当分、われわれを悩ませることになるでしょうな。

そのほかの方々はいかがです？　その男の悲鳴というやつを聞かれましたか？　聞かれた方は恐縮ですが、手をあげていただきましょうか」

金井夫婦と英子、それに幸三郎の手があがった。クミは英子の手もあがっているのをちらと見て、非常に気分を害した。何よ、自分も聞いていたんじゃないのと思った。

「四人……、ふむ、相倉さんも入れて五人か。戸飼さん、あなたはその声を聞きませんでしたか？　あなたは現場の十号室の真下に寝てらした」

「気がつきませんでした」

「日下さんは？」

「同じです」

「金井さんは三階の九号室でしたな？　必ずしも十号室に近い人とは限っておらんようです。で、時間にまで自信のある方は、そのうちにいらっしゃいますか？」

「私は時計を見ませんでした。相倉さんの悲鳴も聞こえたもんですからな、あわてて部屋を起きだしていったような次第です」

　幸三郎が言った。

「金井さん、いかがです？」

「さて、時間は……」

　亭主の方が言った。

「一時五分すぎ、正確には六分くらいでした」

　横で初江がきっぱりと言いきった。

「解りました……」

牛越が苦りきって言った。

「どうにも難問ですな……。さて、ほかにも何か変わったものを見たり聞いたりした方はいらっしゃいますか？」

「ちょっと待って下さい。まだ私の話はすんでません」

クミが言った。

「まだありますか？」

牛越が警戒するように言った。

クミは、ちょっと刑事が気の毒になった。悲鳴でもこのありさまである。このうえあれを話したらいったいどうなるのだろう？

しかし彼女は結局、ゆうべの異常な体験を容赦なく、正確に話した。終わると、牛越は案の定、口をぽかんと開けた。

「私が男の叫び声だけで悲鳴をあげたとお思いになったの？」

クミは言った。

「本当ですか？　しかし、それは、つまり……」

「夢を見たのではないか」

二人のセリフは声が揃った。刑事のセリフの見当がついたので、クミが後半をかぶせて言ったのである。

「そうおっしゃりたいんでしょう？」

「ま、ありていに言えばね」

「みなさんにさんざん言われました。でも絶対に確かなんです。ゆうべに較べれば、今の方がずっと夢の中にいるみたい」

「このへんにそんな人が住んでますかな？　つまり肌がブラジル人みたいに浅黒くて、頰に大きな火傷のあるような……」

「それから夢遊病の気もある人間ですな」

横から大熊が余計な口をはさんだ。

「月が出ると、雪の上を散歩したくなるような怪物ですかな」

「そんな人、絶対にいません！」

まるで自らの名誉がかかっているように、英子がきっぱりと否定した。

「むろんこの家にもいらっしゃいませんでしょうな？」

牛越のこの言葉は、さらに彼女の自尊心を傷つけたようであった。ひと息鼻で笑い、当然ですわ！　と言ったなり黙り込んでしまった。

「この家の住人は、幸三郎さん、英子さん、それに早川夫婦と梶原春男さんだけですな？」

幸三郎が頷く。

「どうにも弱りましたな。相倉さん、あなたは三階に寝てらした。つまり、ええと、一号室でしたな？　一号室の窓の下には足場はない、なおかつ下の雪の上にも足跡はない。その怪物は、空中に浮かんであなたの部屋を覗き込んでおったのですかな？」

「そんなの私、解りません。それに私、怪物なんて言いましたかしら!?」

「悲鳴か、不気味な男か、どっちかひとつにしていただけると助かるんですがね」

大熊がまたくだらないことを言った。

クミは、もうひと言も話してやるものかという気になって黙りこんだ。

「さて……、ほかにまだわれわれを困らせてやろうと思う方は？」

客たちは、一様にさあ……、という顔になった。その時、表の制服警官の一人がサロンに入ってきて、刑事たちの耳もとで、何事かを小声でささやいた。

「浜本さん、例の人形の首らしいものが見つかったようですよ。十号室からだいぶ離れた雪の中だそうです」

発表してよいと判断したらしく、牛越が館の主人に向かって言った。

「お、それはありがたい！」

幸三郎は、即座に腰を浮かせた。

「この警官と一緒に行って下さい。鑑識でいっ時お預かりするかしれませんが、もしお返しした場合、どうなさいます？」

「もちろん、体とくっつけて三号室の骨董品室に戻しておきますが」

「解りました。いらしてけっこうです」

幸三郎は、警官と一緒に出ていった。

「さて、ほかに異常に気づかれた方はおられんかな？　戸飼さん、あなたは上田さんの真下の部屋だ」

「さあ……、ぼくは十時半くらいにはもう寝ましたからねえ」

「窓の外に異常はなかったですか？」

「カーテンを閉めてましたしねえ、二重窓ですから」

「しかし、犯人はあの大きな人形を、何のためか知らんが、三号室から裏庭まで持ってきているわけです。しかもご丁寧にバラバラにして、首だけは遠くに放り投げている。今見つかった首は雪に埋まって、ちょうど体のあったあたりから、思いきりぶん投げたくらいの距離のようです。深く埋まってるし、周りに足跡もない。

雪は十一時半頃にやんでいる。あの人形の体の状態からみて、犯人が来たのはその直前くらいじゃないかと思われるんですがね、戸飼さんの窓のすぐ外だ。何かもの音とか気づかれませんでしたかねえ……」

「さあ……、ぼくは十時半頃にはもう寝ましたから。上田さんの悲鳴なんてのも全然聞いてません」

「みなさん、意外に早くお休みですな」

「ええ、朝が早いですから……」

「あっ！」

日下が突然叫び声をあげた。

「どうしました？」

牛越が、もう驚かないぞという顔で訊いた。

「棒だ！　棒が立ってました、雪の上に。二本。殺人のある何時間か前になるはずです」

「何ですって？　もう少し解りやすくお願いしますよ」

日下はそれで、ゆうべサロンから見た裏庭の二本の棒のことを話した。

「それは何時頃です？　見たのは」

「夕食が終わって、お茶を飲んですぐでしたから、八時か、八時半くらいだったと思います」

「ええと、梶原さん、食後のお茶のあとということで、そのくらいの時間ということで間違いないですか？」

「はあ、そんなものだと思いますが……」

「日下さん以外にその二本の棒に気づかれた方はいらっしゃいますか？」

全員が首を横に振った。日下はあの時の視界を思い浮かべた。これはやはり誰かを呼んで見せておくべきだった。

「その時雪は降ってましたか？」

「降ってました」

日下が答える。

「それで朝、あなたが上田さんを起こしにいった時はどうでした？」

「棒ですね？　そう言われて今気づいたんですが、朝、その時はもうありませんでした」

「棒の跡はどうです？」

「さあ、しっかり注意はしなかったけど、たぶんなかったように思います。人形が棄ててあったあたりですし、そのあたりに今朝立ったわけですから……。あれ、犯人が立てたんでしょうか？」

「さあて、でもまたまた不思議な話ですな。早川さん、あなた方は気づきませんでしたか？」

「私たち、昨日はほとんど庭には出ませんでしたから、気づきませんでした」

「その棒は、真っすぐに立ってましたか？」

「ええ」

「地面に対して垂直に立っていたわけですな？」

「まあ、そうです」

「それはしっかりと、つまり下の地面にまで打ち込んであるふうでしたか？」

「いいえ、それは無理なんです。だってそのあたりは両方とも、雪の下に石があるはずですから」

「というと？」

「つまり、庭には石が敷きつめてあるんです。石畳みたいに」

「ふむ。じゃ、ちょっとどのあたりか、図に描いてみてくれませんか？」

牛越は紙とペンを差しだした。日下は、思い出しながら、見当をつけて描いた。

「ははあ、これは興味深い話ですなあ！」

日下が図を描き終わると、大熊がそれを眺めながら言った（図5）。

「この棒は、母屋から何メートルくらいの場所に立ってました？」

牛越が言う。

「二メートルくらいでしょう」

「こっちの人形のところのもそうですか？」

「おそらく」

「するとこの二本の棒を結ぶ線と、母屋の壁とは二メートル幅で平行になるわけですね？」

「そうなりますね」

「ふむ……」

「何なんでしょうね、もし犯行に関係あるとしたら……」

「まあよろしいでしょう、それはあとでゆっくり考えましょう。あるいはまるっきり無関係な事柄かもしれない。ところでゆうべ一番遅くまで起きてらっしゃったのはどなたです？」

「それは私です」

早川康平が言った。

「いつも夜は戸締まりをしてから休みますので」

「それは何時頃でした？」

「十時半すぎ……、十一時にはなってなかったように思いますけれども」

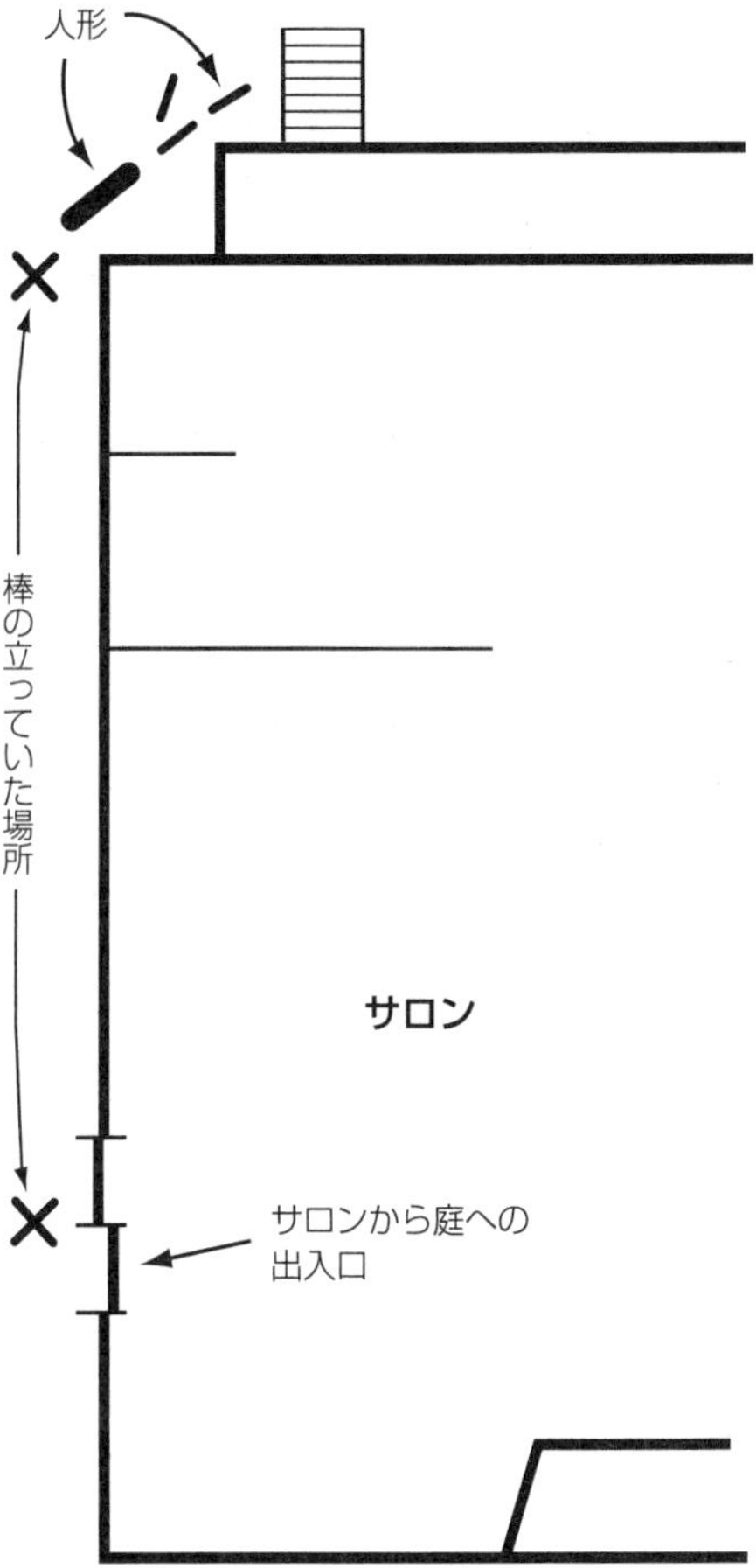

図5

「何ごとか、異常には気づかれませんでしたか？」

「別に、いつもと違ったことといっても……」

「特に気づかれませんでしたか？」

「はい」

「戸締まりと言われましたが、サロンから庭への出入口、あるいは玄関のドア、勝手口のドア、それぞれ中からなら簡単に開けられるわけですな？」

「さようでございます。中からでしたらそれは……」

「あの母屋の角に棄てられた人形ですな、あの人形が置いてある部屋は、普段鍵がかかっておるんでしょう？　浜本さん」

牛越刑事は、今度は英子に向かって訊いた。

「かかっています。でも廊下のところの壁についた窓が大きくて、この窓には鍵がかかっておりませんから、その気になれば窓のところから簡単に持ち出せますわ。あのお人形は窓ぎわに置いてありますので」

「壁に窓が？」

「はい」

「ほう……、さて、よく解りました。とりあえずこのくらいでけっこうでしょう。あとはちょっと個別に、少々お話をうかがいたいんでございますがね、それにわれわれの方もちょっと打ち合わせをしたい、狭い部屋でけっこうなんですが、空《あ》いたお部屋はありませんですかな」

「あ、それでしたら、図書室をどうぞお使い下さい。今ご案内させますので」

英子が言った。

「恐縮です。まだ時間は早いようだ。ではのちほど名前を呼びますんでね、呼ばれた方は一人ずつ図書室へお越し願いましょうか」

第六場　図書室

「世の中にゃ、なんというもの好きがおるんでしょうな！　酔狂にもほどがある、こんな床の傾いた家なんぞわざわざ造って。こっちは満足な家の一軒だって持てんというのに！　気違い沙汰《ざた》ですよ。金持ちの道楽もここまでくると腹がたってきます」

早川康平が案内を終えてさがると、若い尾崎刑事が毒づいた。窓の外には風の咆《ほ》える音が聞こえはじめた。陽はすでに暮れかかっている。

「ま、そう言うなよ」

牛越がなだめて言った。

「金持ちってのは道楽をやろうが、真面目にますます金儲けに精出していようが、われわれ庶民《しょみん》にとっちゃそう気分のいいもんじゃない」

牛越はまあすわれというように、足を斜めに切った椅子を尾崎の方へ引いた。

「それにだ、世の中みんな判で押したように似たような人間ばっかりじゃ面白味も何もない。金持ちもいれば私らのような貧乏刑事もいると、こういうことでいいんだと思うな、私は。金持ちが幸せとばかりは限らんよ」

「時に、兵隊たちはどうしましょうな？」

大熊が言い、

「そうですな、もう帰してもようござんしょう」

牛越が応えて、大熊はその旨《むね》を伝えるべく廊下へ出ていった。

「しかし、こりゃ気違い屋敷ですよ。さっきたっぷり調べておきましたがね」

尾崎がまた不平の続きを始めた。

「ここに一応、見取図も書いときました。これです。ちょっと見て下さい（冒頭図1参照）。

この西洋館は、流氷館という洒落《しゃれ》た名がついておるんですがね、地下一階、地上三階の西洋館と、その東側に隣接したピサの斜塔を模した塔との二つから成っておりま す。この塔がピサの斜塔と違うところは、最上階に浜本幸三郎の自室があるというこ とのほかに、下にはいっさいの部屋がなく、階段もないところですな。ということは つまり、下の階には入口がない。地上からこの塔に入り、昇っていくことはできない わけです。

ではどうやって浜本は自室へ帰るかというと、母屋、すなわちこの西洋館から鎖を たぐって跳ね橋式の階段を架け、塔の部屋へ寝に戻るんですな。戻ったら、今度は塔 側からまた鎖で橋をあげておく、とこういうわけです。まったく酔狂なことですな！

それからこっちの母屋側ですがね、この家には十五、部屋があるんです。おのお の、東側の上方、つまり塔に近い順に番号がふられております。その部屋のうち、こ の図を見て下さい、この三号室が、例の人形なんかを置いてある骨董品室です。それ からこの隣りの四号室、これが図書室、すなわちわれわれのいるここです。その下の 五号室、これはさっきのサロンです。それから西へ行って殺しのあった十号室、これ はスポーツ用具置き場です。もともとは人を泊める部屋じゃない。その隣りの十一 号、これは室内卓球場です。

つまりですね、私が何を言いたかったかといいますと、今あげた五つの部屋、これを除いたこの館の全部屋がバス・トイレ付きの客室なわけです。まあ一流ホテル並みですな。客室十部屋と、各種娯楽室の完備した無料ホテルと考えればいいでしょう」

「ふむふむ、なるほど」

その時大熊が帰ってきて、聞き手に加わった。

「すると上田は、そのバス・トイレ付きの十部屋のうちの一つには割りあてられてなかったのか、十号室はもともとは用具置き場だったんだろう？」

「そうです。大人数がこの家に集まった時など、部屋数が足りなくなったことがあるらしいんですな。それで、比較的小綺麗な十号室にも人を泊められるように、一応ベッドを持ち込んであったわけです」

「するとゆうべも部屋数が足りなかったのか？」

「いや足りてました。現に十五号室は空いておったんですから。つまり……」

「つまり運転手ふぜいはスポーツ用具並みということだな。誰が部屋を割り振ったんだ？」

「そりゃ娘の英子ですね」

「なるほど」

「部屋はですね、地下を入れてこの館の階は四層あるわけです。それが東西に分かれておるんで、四つずつ八つのフロアー、そして、それらがおのおの南北に二分割されて部屋になっているんで十六部屋、となるところですが、しかしサロンが広くて二部屋分とってるんで、それで数がひとつ減って十五の部屋数になるわけです」

「ふむふむ、なるほど、なるほど」

「そして、常に南より北側の部屋の方が広いわけです。それは階段が南側にあるために、南側の部屋はその分だけ狭くなるわけですな」

「なるほどね」

「したがって夫婦者は、すべて北側の広い方の部屋をあてがわれています。たとえばこの家にいる夫婦者は二組、金井夫婦と使用人の早川夫婦ですが、金井は三階北の九号室、早川は地下の北側の七号室、早川夫妻はこの家ができた時からずっとここだそうです。

　ところでこの階段ですがね、こいつがすこぶる変わってましてね、東西に二ヵ所ある。東側は例のサロンからあがっていくわけですね。これは一号室と二号室、それから塔の幸三郎の部屋へ行くためのものです。が、なんとそれだけのためについておるわけです。二階の三号室と四号室はすっ飛ばしてしまうんですね。この階段を使っては、二階へは絶対に行かれないわけです」

「へえ！」

「何でこんなおかしなことしたんでしょうな、私もずいぶんと戸惑いましたよ。サロンから階段を昇ったら、いきなり三階に着いちゃったんでね。そして東側には地下へ降りる階段もありゃしません。まるで迷路ですよ、歩いてりゃだんだん腹たってきます」

「すると二階へ行くのも、地下へ降りるのも、さっきわれわれの昇ってきた西側の階段を利用するしか手はないわけだな？　しかし、さっきの階段は、二階止まりじゃなくて、まだ上の方へ昇っていたけどな」

「そうなんですよ。二階と地下へ行くにはこの西側の階段を使う。三階へは東側のであがれるから、こっちの西側のは二階止まりになっていてもよかろうとわれわれは思うんですがね、ところが西側の階段も、三階まであるわけなんです」

「ほう、すると三階の者に限り、東西二つの階段を利用できるわけだ」

「ところがそうじゃないんですね。西側の階段を使えるのは三階の八、九号室二部屋の者だけ、東側の階段が使えるのは同じく三階でも一、二号室の者だけです。つまり、三階には東西を結ぶ廊下がないわけです。したがってたとえば八、九号室の者は、同じ階の一、二号室へちょいと遊びにいくというわけにはいかんのです。行こうと思えば一階までいったん階段を降り、一階のサロンを通ってぐるっと迂回しなくちゃなりません」

「へえ！　面倒だな！」

「だから気違い屋敷ですよ。実にややこしい。私も相倉クミがおかしなオジさんを見たという例の一号室へ行こうとして西側の階段を昇ってさんざんまごまごして、また降りてサロンで訊いたりしましたよ」

「だろうな」

「浜本幸三郎という人は、そうやって人が驚いたりまごついたりするのを眺めて喜ぶような悪い趣味があるらしい。それで床もこんなふうに傾けて造ってある。馴れないうちは転ぶ者もいるだろうし、馴れてくると、この東西の側の窓を基準にして、坂上を坂下と勘違いしたりするんです」

「窓の方が傾いて見えるようになりゃあ、もうこっちの負けだ。窓枠が床から距離がある方を、坂上だと思いやすい」

「しかし床のボールはその坂上に向かって転がっていくんですね」

「びっくり屋敷だ。しかしその南北に隣り合った、たとえば八号室と九号室なんてのは、こりゃ往《い》き来《き》ができるんだろう？」

「それはそうです。これはひとつの階段で昇るわけですから。それでですね、階段がそういう格好でついておると、階段が全室を網羅《もうら》しきれんのですな。つまり東側の階段が東側の二階をすっ飛ばすように、当然西側の階段も西側の二階をすっ飛ばしてしまいますんでね。その西端の二階が、例の殺しのあった十号室と、十一号室の卓球室なわけです。これは室内からは行けないことになります」

「うん……、そうだな」

図面を見ながら、牛越はぽつりぽつりと応える。少々解り辛《づら》いのだ。

「しかしこれはスポーツ室と、スポーツ用具置き場ですから、外からしか出入りができんということで、いっこうにかまわんわけです」

「なるほどなぁ！　よく考えてある」

「この二室に限り、表に取りつけられた階段を利用するわけです。だから十号室をあてがわれた者にとっては、こういう季節ですから、眠るために寒い表を廻るのは辛いですがね、まあ、こりゃ運転手だから仕方ないんでしょう」

「いずれも宮仕《みやづか》えは辛い」

「十号室にも人を泊めるようになったんで、それでひどい汚れ物、たとえば農機具とか、箒とか斧《おの》とか鎌《かま》とか、そういったガラクタの類いはですね、収納するために別に庭に小屋を作ったようです。こっちは早川夫婦が管理しております。

それでですね、この特殊な母屋の構造を利用して、英子はかなり頭を使った部屋の割り振りをしております。まず相倉クミ、これはなかなか男好きのする顔をしておりますます。今朝、桜田門の方が非常に迅速《じんそく》に動いてくれまして、すでに調査資料が届いておるんですが、千代田区大手町のキクオカ・ベアリング本社で、秘書の相倉が社長の妾《めかけ》であることを知らないのは、来年入る新入社員くらいなもんのようです。そういうわけで、二人を近くに置くとベタベタされるかもしれんというので、館の一番端と端に引き離しております。三階東の一号室に相倉、地下西の十四号に菊岡という具合です。

ただこの菊岡が十四号というのは、これは決まっておったようなもんなんです。というのは十四号室というのは、浜本幸三郎がこの母屋に作った書斎なんですね。私物とか、大事な書物とか、そういうものを置いて、しかも英国製の壁板材や照明具、さらには何百万円もするペルシャ絨毯などでもって、いたく金をかけておるんです。いつもここで眠ることはないんで、ベッドは狭いようですがね、まあ一種の長椅子《ながいす》ですから。しかしクッションは申し分ないらしいが。

菊岡は今回の客の中ではまあ主賓《しゆひん》ですんで、この一番金のかかった部屋に泊めたわけです。浜本がどうしてこの部屋を書斎に選んだかというと、ここは地下で、母屋で一番暖かいらしいんですな。ほかの部屋は二重窓とはいえ、窓が外気に接していくらか寒い。それから窓がないんでここは考えごとをするのに気が散らんらしい。眺めを楽しみたけりゃ、塔の上へ帰りゃ三百六十度の展望で、これ以上の眺めはないわけですからね。

それから相倉の方ですが、これは英子が隣りの二号室を最初から自室にしておりますんでね、隣りの一号に入れることで相倉を監視するつもりがあったんじゃないですか。

同じ理由でうぶな嘉彦を西の三階の八号室にしたようです。これはさっきも申しましたように、同じ三階でも相倉の一号室と、嘉彦の八号室とは往き来ができない。むしろ一番遠いともいえるわけです。英子はこの嘉彦を、海千山千《うみせんやません》の相倉に誘惑でもされたら大変と考えたんでしょう。

それから三、四、五号室は、さっきも言いました通り人は泊められません。それから地下の六号室、これはコックの梶原の部屋です。七号室は同じく使用人の早川夫婦の部屋。いくら暖かいとはいえ地下室は窓がないので、短期滞在の客分には面白味がないですからな。家ができた時からこの東側の地下の二部屋は、使用人の部屋と定めておったわけです。

　西へ行って三階の八号室は浜本嘉彦、九号室は金井夫婦、十号室は上田、それから一階の十二号室は戸飼です。その隣りの十三号室は日下、十四号が菊岡で、十五号室は空部屋でした。以上です」

「えらくややこしいんで、一回の説明だけじゃ呑み込めんが、たとえば三階一号室の相倉や、浜本の娘の英子が、一階下の三号室から例の人形を持ち出そうと思っても、簡単にゃいかんわけだな？　一、二号室から二階へは降りる階段がない」

「そうです。西側の八、九号室からならすぐ三号室の前へ降りられますがね、一、二号室からだったら、いったんサロンへ降りて、西側の階段までぐるっと迂回しなくちゃなりません。すぐ足もとの部屋へ行くのでもね」

「八、九号室から、すぐ下の階の例の十号室の現場へ行かれんのと一緒だな。確かにちょっとした迷路みたいだな。まあそこまでオーバーなものでもないが。

　ほかに知っておくことはないかな？」

「われわれの今いるここの隣りの三号室ですがね、別名『天狗の部屋』とみんな呼んでおるようです。ご覧になると解りますがね、この部屋は先ほども申しあげた通り、浜本幸三郎が金にあかせて世界中から買い漁ったいろんな西洋ガラクタが置いてあるんですが、壁一面に天狗の面がかけてあるんですな」

「ほう！」

「もう、真っ赤ですよ！　特に南側の壁、これは天井から床までびっしり天狗の面で埋まってます。それから東側の壁ですな、この部屋は表へ向かって開いた窓がないので、この二面の壁は両方とも窓はないわけです。だから壁面いっぱいに天狗の面をかけられる。

　西側の壁は廊下側で窓はあるし、北はこう、手前に向かってかぶさるように傾いている壁なわけですから、かけられないんでしょう、北と西の側の壁にはお面はかかってません」

「何でそんなに天狗の面ばかり集めたんだ？」

「これも桜田門が、中央区八重洲のハマー・ディーゼル本社を聞き込んでくれまして、浜本幸三郎が、子供の頃自分が世の中で最も怖かったものが天狗の面だったという思い出話を、何かの随筆に書いたことがあるようです。四十の誕生祝いに、彼の兄がからかって面を贈ったんだそうですな、それがきっかけで収集を始めて、日本中の珍しい天狗の面を集めるようになったらしい。

　するとまあ偉い人のことですからね、話を伝え聞いた連中がわれ先にと争って贈って、たちまち今の数だけ集まったという話です。これは業界誌なんぞにも何回か載った有名なエピソードだから、彼を知る人間なら知らぬ者はないそうです」

「ふうん……。例の何とかいう、バラバラにされてた人形はどうした？」

「一応鑑識が持っていきましたが、別に返してもよかろうと話しておるようです」

「返してもというと、もと通りに戻りそうなのかい？　首や手足は」

「ええ」

「取りはずしがきくのかい？」

「そのようです」

「壊されたわけじゃないのか。ありゃどういう人形なんだ？」

「浜本が、ヨーロッパの人形屋で買ってきたものらしいです。十八世紀のものだという話ですがね、それ以上は知りません。あとで浜本に直接訊けばよろしいでしょう」

「何でホシはあの人形を骨董品室から持ち出したんだろう？　あれは浜本が特に大事にしているものなのか？」

「というわけでもないようです。金銭価値的にも、もっと高価なものはほかにたくさんあるようですしね」

「ふうん……、解らんな……。この事件はおかしなことが多いな。もし浜本に怨みを持つやつの仕業なら、菊岡の運転手なんぞバラしてもしようがないだろうにな……。

あ、そうだ。十号室には、密室とはいうものの東側の壁の隅っこに小さい換気孔があったな、二十センチ四方くらいの。あれは、この家の西側の階段のある空間に向かって開いておるんだったよな？」

「そうです」

「そこから何か細工はできそうかい？」

「無理でしょうね。ご覧になると解りますがね、階段が十号室のある二階をかわしてるんで、十二号室前の廊下から見ると、問題の換気孔は壁の遥か彼方、上方にぽつんと開いておるわけです。何しろ十二号室、十号室と上下に重なった二部屋分の高さの壁ですからね、刑務所の塀みたいなもんで、とても細工は無理でしょう」

「この換気孔は、各部屋洩れなく付いておるようだね？」

「その通りです。いずれ換気扇をとり付ける予定のようですが、まだ付いてません。各室それぞれ、階段のある方の空間に向かって開いておるわけです。

換気孔について、ついでに言っておきますと、西側の八、十、十二、十四の各部屋は、積み木みたいに重なっておるわけですから、全部十号室と同じように行儀よく東側の壁の、南上の隅っこに開いておるわけです。

それから九、十一、十三、十五、これも重なっているんですが、階段のある空間は南側にあたりますんでね、南側の壁の、東寄りの天井近くに開いてます。

あと東側の方に移って、一、二、三、四号室まではですね、今の西側のとまったく同じスタイルです。一、三号室は、八、十、十二、十四と同じく東側の壁の南上の隅、二、四号室は、九、十一、十三、十五と同様、南の壁の東上に換気孔は開いてます。

残りの六、七ですが、七号室は上の二、四号室と同じく南の壁の西上の隅、六号室の場合ちょっと特殊でして、全館中でこの部屋だけ、西の壁の南上の隅に換気孔が開いておるんです。五号室の、例のサロンにも換気孔が付くとすれば、構造上同じく西の壁になるでしょうがね、サロンには換気孔はありません。以上ですが、まあこんなものはあまり関係ないでしょうな。

それからついでに窓なんですが、今言った換気孔の開いている壁面にはすべて窓はないですね。三号室を除いて、窓は原則的に全部外、つまり表の外気に向かって開いておるんです。室内側の空間に向かっては換気孔とドア、外の空間に向かっては窓というのが、基本的なこの建築物の設計ルールのようです。

外気に接しておる壁には全部窓が付いており、階段のある室内側の空間に接しておる壁には換気孔とドアが付いている、とこう考えておけば間違いありません。残るは床と天井と、隣室との壁ですのでね、こんなものに穴が開いてちゃ大変だ。

たとえばこの図書室、この部屋だけは廊下の位置関係から入口のドアが妙なところにあって、ちょっと変形だが、それでもこのルールからは例外じゃありません。今言ったように、東側の階段の空間があるはずの、こっちの南側の壁の、東寄りの上の隅、ほらあそこに換気孔は開いておりますが、窓はありません。この壁面は室内側の空間に接しておるからです。窓はこの通り、外気と接している北側と東側にそれぞれある。

ドアの位置はさっき申したように、上の二号や下の七号、西側の九、十一、十三、十五号などと違って、あんなふうに南側の壁の西寄りの端にあります。廊下の位置のせいですが、しかし、換気孔の付いている壁にドアがあるという原則は変わらんのです」

「うーん、ややこしい！　全然解らん！」

「しかし、例外は三号室です。この部屋だけは外気に接している南側の壁に窓がない。さらに室内側の空間に接している西側の壁面に大きな窓があるのです。そしてその同じ西側の壁面にドアもあり、反対側の東側壁に換気孔がある。これはおそらく収集した骨董品に、直接外光を当てまいとしてでしょう。しかし換気のため、窓は大きくとる必要があった」

「もういいよ。よく調べたな、建築家になれるぞ。全然頭に入らんが、こんな事柄は今回の捜査には関係なかろう？」

「ないとは思いますがね」

「あって欲しくないね、こんなややこしいのは！　われわれは、今日はじめてこのびっくり屋敷へ来た新入生みたいなもんだからえらく戸惑うが、客たちははじめてじゃないんだろう？　この冬が」

「いや、はじめての者もいます。相倉クミと、金井の女房の初江ですね。菊岡や金井の亭主の方は、夏に一度避暑に来てます」

「ふん、だがまあ大方の者はこのびっくり箱にゃ馴れておるわけだ。この酔狂な構造を利用して何かうまい殺しのやり方を思いついたかもしれん。私はまたさっきの十号室の換気孔にこだわるんだけどもね」

牛越佐武郎は、そう言ってから、ちょっと考えをまとめるように言葉を切った。

「さっき君が、壁の遥か高いところにぽつんと開いとるだけと言ったが、そりゃ一階の、えーと、十二号室の前あたりの廊下から見あげた時の話だろう？」

「そうですね」

「ところで、さっきわれわれのあがってきた階段は金属製だったよな？」

「ええ」

「サロンから二階の踊り場までのやつだけは木造りで、赤い絨毯が敷いてあってなかなか立派なものだったが、そのほかのは全部金属製だ。こいつは何でだろうな？　札幌署の階段だってもうちょっとはマシだぜ。ありゃあ新しい、それも安手《やすで》のビルなんぞにつける代物だ。ちょいと乱暴に歩くと、カンカン不粋《ぶすい》な音がする。いささかこの中世ヨーロッパふうのお屋敷にゃそぐわんな」

「そうです。しかし、ちょっと角度が急ですからねえ、丈夫で安心な金属製にしたんでしょう」

「そうね、確かに急だ。ま、そんなところかもしれんな。それで踊り場、というより廊下だな、各階の廊下、これも金属みたいだったな？」

「ええ」

「この階は違うが、一階も、この上のもそうらしかった。どうやら全部L字形になっている」

「そうです。東側の三階もそうです。ここの階だけが例外なんです」

「そのL字形のそれぞれの先っぽ、つまり廊下のそれぞれの突きあたりが、設計ミスか何か知らんが、両方とも壁にぴったりくっついていなかったな。二十センチ近く隙間があった」

「そうです。ありゃちょっと不気味ですねえ。あそこの隙間から、壁に頭つけて下を見おろすと、たとえば八号室の前の廊下の突きあたりの隙間から下を見おろすと、何しろ三階分の隙間が下にあるわけですから。地下の廊下まで見通せますね、手すりがあるとはいえ、ちょっとね、気味が悪い」

「だからさ、あの隙間を利用してだ、換気孔からロープとかワイヤーとか差し入れて、何か細工がやれるかもしれん。何しろ三階のあの隙間のすぐ下に開いてるわけだろう？　十号室の換気孔は」

「ああ、それですか。それは私も考えてはみたんですがね、たとえば八号室の前の隙間のところの、一番壁よりに寄ってみて、換気孔はすぐ手の届くところってわけでもないんですよ。廊下からはだいぶ下になります。そうですね、一メートルは下になるでしょう。二人組か何かで計画的にというのなら別ですが、ちょっとむずかしそうでしたね」

「中は覗けんかね？　十号室の内は」

「とてもとても。それは無理です」

「そうか。まあ何しろ二十センチ四方といや、こんなもんだからな。ちっちゃいもんだよな」

「ええ、何かやろうったってむずかしいでしょうよ」

尾崎の、気違い屋敷の講義は終わった。

「大熊さん、何かありますか？」

えらく神妙にしている大熊に向かって牛越が言った。

「いや別に」

と彼は即座に言い、そういったややこしい事柄は本能的に避けておるんだというような顔をした。そして、

「今夜は吹雪きそうだなぁ」

と別のことを言った。

「そうですな、えらく風が出てきた」

牛越も応じる。

「しかし寒々としたところですなぁ。周りに人家なんぞまるでありゃせん。よくこんなところに住む気になるもんだ。これじゃ殺しのひとつやふたつあっても不思議はな

いですな」

「そうですな」

「よくもまあこんなところに暮らせるな」

尾崎も言う。

「しかしまあ金持ちってやつは、周りに俗物をはべらせて生きてるようなもんだからな。もういい加減そういう輩から逃げだしたくなる頃合いなんだろうよ」

牛越が、貧乏人の割に解ったようなことを言い、

「さて、まず誰を呼ぶかな？」

と言った。

「私個人としては、使用人の三人をちょいと締めてみたいもんですな。ああいう手合いは主に対していろいろと鬱積《うっせき》したものがあるもんだし、大勢《おおぜい》人のいるところではカカシみたいに何も言わんが、一人になるといろいろ出てくるもんです。どうせ気の小さい奴らだ、吐きそうもなけりゃ頭をふたつみっつ叩いてやりゃいい、すぐ吐きますよ」

尾崎が言う。

「あの早川康平、千賀子夫婦ってのは子供はないのかい？」

「あったようですが、亡くしたらしいですな。詳しいことはまだよく調べがついておりませんが」

「じゃあ今は、子供は一人もなしか」

「そのようです」

「梶原は？」

「こりゃ独身です。二十七ですからね、まだ若いともいえるでしょう。どっちか呼びますか？」

「いや、使用人を最初に呼ぶというのはまずかろう。最初は医学生の日下にしようじゃないか。すまんが、ちょっと呼んできてくれませんか」

警察官たちは、三人の閻魔《えんま》大王のように並んですわり、呼ばれた人間はテーブルをはさんで三人と向かい合うかたちになる。日下はすわる時、まるで入社試験の面接みたいですね、と軽口を叩いた。

「よけいなことは言わずに質問に答えて下さい」

と尾崎がいかめしい口調で言った。

「浜本幸三郎さんの、健康診断のアルバイトを兼ねて滞在してるんでしたね？」

牛越が訊いた。

「そうです」

「われわれの質問は主としてみっつです。ひとつは殺された上田一哉さんとの間柄ですな、どの程度の親しいつき合いであったか、これはどうせ調べれば解ることですから、手間を省《はぶ》く意味でも包み隠さず、本当のところを答えて下さい。

ふたつ目はアリバイですな、むずかしいとは思うが、もしゆうべの零時から零時半までの間、十号室にはいなかった、すなわち、どこかほかの場所にいたという証明ができるものでしたら答えていただきます。

みっつ目は、これが一番大事だが、さっき君の言われた棒のようなものでもいいんだが、ゆうべ何か変わったもの、あるいは具体的に誰かの変わったそぶりを見なかったかということです。そういう事柄は、大勢の前では言いにくいものですからな。われわれは、誰から聞いたかは伏せますんでね、もしそういう事実があればお教え願いたい。以上です」

「解りました。まず最初の質問ですが、たぶんぼくは、一番はっきりした人間だろうと思います。上田さんと口をきいたことは生まれてから二回しかありません。それも菊岡さんはどこ？　とか、あと一度は忘れましたが、そんなようなことです。もちろんここ以外、たとえば東京なんかでは上田さんと会ったこともないですし、そんな機会もないですし、したがってまるっきりの他人です。ぼくとあなた方の方が親しいくらいですよ。

次の不在証明ですが、これはむずかしいですね。ぼくは九時にはもう部屋へさがり、そろそろ国家試験も近いですから参考書を読んでました。部屋からはもう以後一度も出ませんでしたので、みっつ目の質問にも別にお答えするようなことはないです」

「いったん部屋にさがったら、もう二度と廊下へは出なかったということですな？」

「そうです。トイレも各室にありますし、外へ出る理由がありませんから」

「あなたは十三号室でしたね？　隣りの十二号の戸飼さんを訪ねたりすることもないんですか？」

「以前はありましたが、今回はあいつも夢中で考えてることがあるし、ぼくの方も受験勉強がありますんで、とにかくゆうべはそういうことはしませんでした」

「夢中で考えてることというと何ですか？」

日下はそれで、ゆうべ幸三郎が出した花壇のパズルの一件を話した。

「なるほど」

と牛越は言い、尾崎はまた軽蔑して鼻を鳴らした。

「それで部屋にいて、不審なもの音など聞きませんでしたか？」

「いや……、窓は二重ですしね」

「廊下や階段の音はいかがです？　犯人はあの大きな人形を、三号室から持ち出しているんですよ。十三号室の近くを通ってるはずです」

「気がつきませんでした。まさかあんな事件があるとは思いませんから。今夜からなら気をつけると思いますけど」

「ゆうべは何時頃眠りました？」

「十時半くらいでしょう」


日下からはほとんど得るところがなかった。それは次の戸飼も同様だった。違う点といえば、上田との間柄がもっとはっきりしていることで、つまり、一度も口をきいたことがないというのだ。

「今のが政治家の戸飼俊作の息子ですよ」

尾崎が言った。

「おお、あれがか！」

「東大生か、頭がいいんだろうな」

大熊も言った。

「今の二人、日下と戸飼が浜本英子を巡るライヴァルというところでしょう」

「なるほどな。毛並みがいいだけに戸飼に分があるかな」

「そんなところでしょう」

「次はキクオカ・ベアリング組でも呼ぶかな、この連中については、知っておくべき予備知識などあるかい？」

「菊岡と秘書の相倉が愛人関係にあることは申しあげましたね。それから金井は十数年、菊岡の徹底した腰巾着《ぎんちゃく》をつらぬいて、今の重役の地位まで昇った男です」

「キクオカ・ベアリングとハマー・ディーゼルの関係はどうなのかね」

「これはですね、一介の弱小企業にすぎなかったキクオカ・ベアリングがここまでになれたのは、まさに昭和三十三年でしたか、菊岡がハマー・ディーゼルの内懐ろにもぐり込めたおかげでしてね。ハマー・ディーゼルあってのキクオカ・ベアリングです。ハマー・ディーゼルのトラクターのボールベアリングの半分近くは、キクオカ・ベアリング製のはずです」

「提携《ていけい》してるわけか」

「そうです。まあそういう縁で、彼はここへ招待されてるようですね」

「最近この二社の関係が波風立ったなんて話はないのかい？」

「そういうことはまったくないようですね。両社とも、特に輸出の業績をあげてまして、しごく順調というところです」

「解った。それから相倉と上田ができてたなんてことはないだろうな？」

「あ、そういう線はまったくないようですね。上田はまったく目だたない地味な男ですし、一方菊岡は詮索好きで、しかも嫉妬深いときてますから、金目あての二号としちゃ、そんな損な立ち廻り方はせんでしょう」

「解った。呼んでくれ」


しかし、キクオカ・ベアリング組も日下や戸飼と大差はなかった。相倉クミは仕事の上で上田と顔を合わせる機会はあるはずだが、それでもほとんどまともに口をきいたことはないと言った。そしてこの点はほかのキクオカ組にそれとなく確かめられ、事実と思われた。

金井夫婦もその点はまったく同様だった。驚いたのは、当の菊岡栄吉までが似たようなことを言ったことだ。彼が上田について知っている事柄は、無口な独身者で、兄弟はなく、父を亡くし、つまり母一人子一人で、その母の家が大阪の守口《もりぐち》市にあるという程度のことだった。一緒に酒を飲んだことも二、三度で、ほとんど親しいつき合いというものはしていない。

彼らにはみっつの質問のほかに、上田を殺そうとする人間の心あたりについての問いが加えられたが、まるで成果はなかった。全員口を揃えて、全然見当もつかないというのだ。

「金井さん、一号室へ駈けつけたのは何時頃です？」

「相倉君の悲鳴が聞こえたのが一時五分すぎあたりらしいんでね、それから十分くらいベッドの中でまごまごしてからですね」

「男の悲鳴というのも聞きましたか？」

「ええ、まあ……」

「窓の外を見たりしましたか？」

「いいえ」

「部屋へ引き揚げたのは？」

「二時ちょっと前です」

「サロンを通って往復したわけですね？」

「むろんそうです」

「途中誰かに会ったり、何か変わったものを見たり、しませんでしたか？」

「別に」

というのが唯一の収穫といえばいえるだろうか。つまり金井の言を信じるなら、一時十五分頃と五十五分頃、九号室と一号室を結ぶ線上には不審な人物はいなかったということになる。

いずれにせよ彼らには、判で押したようにアリバイがない。彼らは九時半に部屋へさがると、たちまちパジャマに着替え、礼儀正しく寝巻のままでは決して廊下へ出ようとはしないのであった（例外は金井道男だけだ）。食事が終わると、客たちはまるで冬眠する熊のように部屋へ籠《こも》ってしまうのだ。

確かに各室バス・トイレ付きのこの家は、ホテルと似ているからそういうことにもなるのだろうが、育ちがあまりよいとはいえない警察官三人には、少々理解がむずかしかった。警察学校の寮など、夜が更けると部屋より廊下の方がずっと賑やかだったものだ。それで次の嘉彦に、彼らはその理由を質《ただ》した。

「今君もそう言ったが、みんな上田さんとはほとんど話をしたこともないし、いったん部屋へ入ると全然外へ出ないから何も聞かないし、見てもいない。したがってアリバイもない。何でみんな部屋へ籠ると、もう外へは出ないんだろう？」

「それはつまり、みな、パジャマくらいは持ってきてますけど……」

「ふん、ふん」

「ナイト・ロウブまでは用意がないですから」

と嘉彦は言い、刑事たちは一応ふうんと頷いたものの、実のところピンとこず、どうやら自分らはえらい家に来たらしいと思うだけだった。ではパジャマの用意さえない自分らは、今夜はいったいどういう目に遭うのだろうと考えた。


三人が次に呼んだのは浜本英子だった。牛越は彼女にもみっつの質問を繰り返した。

「アリバイは無理ですわ。一時すぎから二時近くまでの間なら、父とそれから相倉さんと金井さんと、一号室で顔を合わせましたけど。零時から零時半までのアリバイって言われましても」

「ふむ。しかし金井さんを除いて、やっと部屋の外へ出た方が現われたわけです。どうやらあなたはナイト・ロウブを持っていらっしゃるらしい」

「え？」

「いや、こっちのことです。上田一哉さんとは親しかったですか？」

「ほとんど口をきいたこともありません」

「やはりね、ま、そうでしょうな」

「あとひとつは何でしたかしら？」

「誰かの何か不審な振るまいを見たり、不審なもの音を聞いたりされませんでしたかな？」

「ああ、見ません」

「ふむ、部屋にいったんさがられてからまた外へ出たのは、例の相倉さんの悲鳴を聞いて隣りの部屋へ行ったのが一度だけですな？」

「ええ。……いえ、正確にはもう一度ありますけど」

「ほう。それは？」

「ひどく寒くて、それで目が覚めたんです。ドアを開けて出てみて、跳ね橋のドアがちゃんと閉まってるかどうかを確かめようと思いました」

「どうでした？」

「やはりちゃんと閉まっていませんでした」

「そういうことはよくあるんですか？」

「たまにあります。塔の側からでは、うまく閉まらないことがあるらしいんです」

「で、閉めたんですね？」

「はい」

「それは何時頃でした？」

「さあ……、相倉さんの悲鳴を聞く二、三十分前かしら……、私、時計は見ませんでしたから」

「すると零時三十分に近いですね？」

「そうなりますわね。でももっと遅かったかもしれません」

「相倉さんの悲鳴を聞かれた時のことを詳しくお願いします」

「今申しあげたような理由から、私はベッドでまだ起きておりました。そしたら悲鳴が聞こえたんです、すごいのが。何だろうと思って耳を澄ましていると、今度は男の人の悲鳴みたいなのが聞こえました。それで私はベッドから起き出して、窓を開けて外を見ました」

「何か、誰か、見ましたか？」

「いいえ。月が出てましたから、雪の上のかなり遠くまでよく見えましたけど、何も見えませんでした。それからまたあの人の悲鳴が聞こえたので、一号室のドアのところへ行って、ノックしたんです」

「ふうん、それからお父上も出てらしたんですな？」

「そうです。最後が金井さんです」

「あなたは相倉さんの見たものは何だと思われます？」

「夢だと思います」

英子はきっぱりと言った。


次に彼らは幸三郎を呼んだ。牛越のみっつの質問を聞くと彼は、

「私は上田君とは何度か親しく話したことがあります」

と意外なことを言いはじめた。

「ほう……、それは何故です？」

牛越と大熊は怪訝《けげん》な顔をした。

「何故と言われましても、困りますな、私が上田君と親しくしてはいけませんか？」

「はっはっは。いやいけなくはありませんが、浜本幸三郎氏といえば、いうなれば銅像になっていてもいいくらいの著名人でいらっしゃいますからな、一介の若い運転手あたりと親しくされていると聞くと、いくらか奇異な印象は抱きますな」

「ははあ！　秩序の番人たる警察関係の方からそういう意見をうかがうとは、それこそ奇異な印象を抱きますな。もし私に知的な刺激や、ある種の精神的充足を与えてくれるのなら、私は売春婦とだって話し込みますよ。彼と話し込んだのは、私が軍隊経験者だからです。上田君に、現在の自衛隊の様子について聞きたかったからです」

「なるほど。しかし、彼とのおつき合いは、この家においてだけですな？」

「それはむろんそうです。ほかでは会う機会はありませんから。というのも私がここを離れないからです。ただこの館ができたのがだいたい一年前ですが、その前は鎌倉におりましてね、その頃菊岡さんがうちを訪ねてきてくれた際、運転手としてやってきていたのを見かけたことはありました。しかしその頃は、言葉をかわしたことはありません」

「菊岡さんと上田さんがこの家へ来られたのは、夏と今度とでまだ二度だけですね？」

「そうです」

「夏はどのくらい滞在なさいました？」

「一週間です」

「そうですか」

「それから次の質問ですが、私は十時半頃部屋へ帰ったきりですんでね、不在証明と言われても無理です」

「十時半ですか、ずいぶん遅いですな」

「英子と雑談しておりましたんでね。ただ私のアリバイになるかどうかは解らんが、私の部屋はご承知の通り塔の上にあって、跳ね橋式の階段を通る以外には、母屋に帰る方法はありません。

　この跳ね橋階段は、あげおろしに館中に響くような音がしますんでね、しかも今は冬だもんだから、架けっ放しにしておくというわけにはいかない、そうすると扉が開いたままになって母屋が寒いもんですからな。したがってこの跳ね橋を上下させる音が一度すると、次に翌朝上下させる音がするまで、私は塔の部屋から一歩も出ていないことになります」

「ああなるほど。いやむろんあなたを疑っておるわけじゃありません。あなたほど地位も名誉も得た方が、大して親しくもない一介の運転手を殺して何もかも台なしにするようなことをなさる道理がない。今朝は何時頃、跳ね橋を架けられました？」

「八時半くらいでしたでしょう。あまり早く起きてくると、娘にうるさくて目が覚めたと文句を言われますんで。しかしそういうことでしたら、犯人はこの家の中には絶対いないでしょう」

「そうなると、上田さんは自殺と考えるしかなくなってきます。しかしああいう自殺は、われわれの経験上からもちょっと考えられんのです。もしあれが殺しとするなら、遺憾《いかん》ながら犯人はこの館の中に必ずいなければならんのです」

「しかし、いそうもない」

「おっしゃる通りです。だが東京の方にも動いてもらっておりますからな、案外隠れた動機そのほかが露見してくるやもしれません。ところで橋のあげおろしの音ですが、これは家中の誰にも聞こえますか?」

「聞こえるでしょうな、派手な音ですから。ただ、地下まではどうか解らないですがね。そういう意味でも菊岡さんの十四号は特等室なのです。一号室、二号室の者などは、もし起きていればはっきり聞いておるはずです」

「みっつ目の質問に関してはいかがでしょう?」

「みっつ目というと、誰かの不審な振るまいですな? これも私の部屋は塔の上で、みなさんとまったく離れておりますんでね、全然解りません。ただ男の悲鳴と、相倉さんの悲鳴だけは聞きました。それ以外には、何も変わったものは見ても聞いてもおりません」

「ふむ、相倉さんの見たものというのは、浜本さんは何だとお考えですか？」

「さあ、私には何とも。夢でうなされたのでは、としか考えられませんが」

「しかし男の悲鳴はお聞きになったのでしょう？」

「聞きました。しかし、かすかなものですからな、私はどこかこの家よりずっと遠くで、酔っ払いでも叫んでいるのではないかと思いました」

「そうですか。それからですな、何故隣りの三号室から、例の、何と言いましたかな……」

「ゴーレムですかな？」

「それです。その人形が、特に持ち出されたんだと思いますか？」

「さて、解りませんな。ただあの人形は窓ぎわで、持ち出しやすい位置にはありましたから」

「浜本さんを苦しめてやろうとすると、あの人形を持ち出して雪の上に棄てるのは、うまいやり方ですかな？」

「そんなことはありませんな。もっと小さくて、高価で、私の大事にしているものはあります。それにそういうことなら、バラバラにするだけではなく、当然壊すでしょう。それも三号室でやればいい。外へ出す必要はない」

「あれはそれほど大事にしているものではないんですな」

「違いますな。ほんのついでに買ってきたものです」

「何故、ゴーレム……、でしたか？　という名前がついてるんです？」

「プラハの人形屋がそう呼んでましてね、ゴーレムというのは仇名です。それについてはちょっと風変わりな話があるんだが、警察の方にそんな話をしても致し方ないでしょう」

「どんな話です？」

「いや、自分で歩いて水のあるところへ行くというんですよ」

「まさか！」

「はっはっは、私も信じちゃいません。しかし中世ヨーロッパには、不思議な伝承がいろいろとありましてね」

「気味の悪い人形ですな。何でそんなもの買われたんです？」

「さあ、何でと言われましても……、つまり私はフランス人形みたいなものにはそう心をひかれんのです」

「そういえば、このお屋敷もいっぷう変わってますな。一度伺いたいと思っていたんですが、階段も、それから各階の廊下というか踊り場というのか、それらは金属ですな？　そいつにやたらと、これも金属の手すりがついている。

　それにですな、各階のL字形の廊下の両端は、ぴったり壁に埋め込まれてませんな。隙間が開いてて、そこにも手すりがある。こりゃどういう理由であんなふうにされたんです？」

「あの隙間は手違いなんですよ。若い建築家の発注したサイズと別な鉄板が届いたらしいんですな。それでやり直させるというんで、私はこのままでいいと言ったんです。むしろその方がいいと。空中回廊のように見えますからな。しかし手すりはつけてくれと言った。私は階段も通路も全部鉄で、ゴチャゴチャやたらに手すりのついたような、そして階段は急で、錆が浮いておるような、そういう陰気ないかつい空間がどういうわけか好きでしてね。

　それは学生の頃から、イタリアのジョバンニ・バッティスタ・ピラネージという画家の銅版画が好きだったせいでしょう。ピラネージという人は、そういう陰気な牢獄の銅版画をたくさん遺しておるんです。牢獄の画家ですな。何階分もあるような高い天井と、黒い鉄の階段、それから塔や、空中回廊、あるいは跳ねあげ式の鉄の橋、そういうものが彼の絵にはいっぱい出てくる。この家はそういうイメージにしたかったんですよ私は。『ピラネージ館』という名にしようかと思ったくらいだ」

ははあ、と牛越は言ったが、幸三郎はそういう話になると、少し熱っぽい語り口になった。

使用人たちの番になった。しかし梶原春男は、料理と、自室でテレビを観るくらいしか趣味はない男らしかった。上田と口をきいたこともないし、ゆうべ不審なものも見ていない。

早川千賀子も同じだったが、康平だけは少し違う印象だった。彼は五十歳くらいのはずだが妙におどおどして、実際の年齢よりはずっと老けて見える。

早川康平の回答はまるで政治家の答弁のようだったから、全部嘘ですと言っているようにも聞こえた。何か隠している、と刑事たちは直感した。

「じゃああんたは上田なんて男とはほとんど口をきいたことさえないし、十時半すぎに部屋へさがってからは二度と外へ出てないからアリバイはないし、不審なものも何ひとつ見なかったと、こう言うんだな⁉」

尾崎が少し荒い声を出した。それまでのみんなの答えがあまりにありきたりだったから、彼自身いくらかいらだってもいたのだろう。

康平は怯えたように俯《うつむ》いた。その様子には、もうひと押しすれば何か出てくる、と老練な刑事の勘に訴えるものがあった。外はますます風の音が強くなり、いよいよ吹雪きはじめた気配だ。

　牛越と尾崎は、みっつの質問のうち、嘘があるのはどれであろうと考えた。そいつをうまく探り当てて突くことができれば、そのひと押しはきわめて有効なものになる。が、はずせば相手に口をつぐみ通す決心もさせかねない。

「あんたから聞いたとは誰にも言わない」

　そして牛越は少々賭けに出た。

「ゆうべ何か不審なものを見たんだね!?」

　とたんに彼ははじかれたように顔をあげ、とんでもない、と言うと以後、刑事たちが何を訊いても具体的なことはいっさい口にしなかった。どうやら見事にはずれたようで、牛越は苦りきって質問を変えた。

「それじゃあ早川さん、外部の人間がゆうべこの家に侵入することはできたと思うかね？」

「無理ですそりゃあ。勝手口の厨房のところにゃ梶さんがおりますし、サロンのガラス戸はみなさんのすぐそばですし、玄関や、そのほかの場所の戸締まりは、みなさんお休みの前に、毎日やりますから」

「トイレの窓は？」

「トイレは一日中鍵がかかっておりますし、鉄格子があります」

「ふむ、だが客室の窓まではあんたが管理はせんのだろう？」

「客室の方は、お客さんがお泊まりのおりは、希望がある時以外は入らないようにと言われております。でもお嬢さんがそのへんのところは、よくお客様にお願いしてらっしゃるようですんで」

ふむ、そうか、と牛越は言ったが、この質問自体おかしいとも言えるのだ。

外部の人間が、上田を殺すためにいったん流氷館に侵入するというのは本末転倒というべきである。目的の十号室だけはおあつらえ向きに外から直接訪問ができる。母屋に忍び入る必要などないのだ。

ではゴーレム人形はいったいどういうことなのだ？　これは昨日の昼間、例のゴーレムとかいう人形が、確かに三号室にあったかどうかをもう一度幸三郎に訊いて、確かめた方がいいなと牛越は考えた。

「ありがとう」

とそう言って牛越は、康平を解放した。

「吹雪いてきましたなあ」

窓の外の闇を見ながら、尾崎がいまいましそうに言う。

「こりゃ今夜は荒れそうだ、帰れませんよ」

「今夜は帰しませんわ、と吹雪が言うとるね」

大熊がまたつまらない冗談を言う。

「むろん、そのつもりですがね」

牛越はうわの空で言った。彼は実りの少なかった事情聴取のことを思い返していた。

解ったことと言えば上田は殺されそうもない人間であるということ、それから英子が跳ね橋を兼ねたドアのところへ行った零時三、四十分頃、彼女は何も見ていないのだから、その時刻一、二号室付近には誰もいなかったということ、さらに一時十五分頃と五十五分頃、金井がサロンを通って一号室と九号室とを往復して、その時も何も不審なものは見なかったということだから、犯人はその時刻には仕事を完了して、部屋へ戻っていたのだろうということだ。それとも足音を聞いて、とっさにどこかへひそんだか――？　まあこれは、泊り客のうちに犯人がいればということだが。

「牛越さん、ひょっとして何が起こるか解らん。生きのいい若い者を一人でも呼んどいた方がよくはないかね、今夜ここへ泊まるなら、捕《と》り物《もの》になるかもしれん」

そうなれば申し分ないんですがね、と牛越は内心思った。

「力自慢の猛者《もさ》がおりますんでね、ちょうど今夜は当直のはずだ、呼びましょうかな、ね？」

「そうですな、大熊さんがそうした方がよいとお考えなら、そうして下さい」

「いや、その方がいいと思うなわしは。そうしましょう」

第二幕

「違うよ！　こんなの仮面《マスク》だよ、まどわしの、ただの虚飾さ」

（ボードレール「仮面」）

第一場　サロン

刑事たちの一団が図書室からサロンへ降りてくると、それを目ざとく見つけた英子が、例の非常に発音のはっきりした大声を出した。

「さあさみな様、刑事さんたちが降りていらっしゃいましたわ。仕度もちょうど整ったようですから、お食事に致しましょう。テーブルにおつき下さいませ。今夜は北国の味覚を存分に味わっていただきますわ！」

料理は、英子が自慢するだけあって確かに見事なものであった。毛蟹の姿盛《すがたも》り、ホタテのグラタン、鮭《さけ》のバター焼き、烏賊《いか》のけんちん蒸《む》しといった、確かにこれらは北海道ならではのメニューであったろう。しかし北海道生まれ、北海道育ちの大熊や牛越にしても、こんな食べものを目の前にするのは生まれてはじめてであった。確かに北海道ならではのメニューなんだろうなぁ、と彼らは漠然と想像した。しかしこういうものを北海道のどこでいつも食べさせているものか、見当がつかなかった。

ディナーがすむと、英子は椅子を引いてつと立ちあがり、つかつかと歩いて、サロンの隅のグランドピアノにと向かった。

スポットライトこそ彼女を追わなかったが、外の吹雪に挑むようにショパンの「革命」が唐突にサロンに響き渡ると、客たちはいったい何ごとが起こったのかと顔を見合わせた。当然のことながら、みんなの目は続いていっせいにピアノに注がれる。

英子は、ショパンのもののうちではこの激しい曲を最も好んだ。聴くためならほかにも好きな曲はたくさんあったが（ただ「別れの曲」だけはどうしたわけか大嫌いだった）、自分が弾《ひ》くにはこの曲や「英雄」が一番と考えていた。

ひときわ激しく鍵盤を叩き、曲を終えると、女王の突然の名演を讃《たた》える拍手や、心からの賞讃の声が、ディナー・テーブルから力強く巻き起こった。ショパンの初演の時でさえ、これほど聴衆が熱狂したであろうかと思われるほどであった。

　そして彼らは無心にアンコールを要望した。感動のあまり、ほかには何も思いつけないというふうで、刑事たちも食事をご馳走になった手前もあって、控えめに拍手の群れに加わっていた。

　聴衆に向かって優しく微笑《ほほえ》むと、英子は静かに「夜想曲」を弾いた。弾きながら顔をあげ、大きな窓を見た。

　吹雪は強くなっており、ひと声唸りをあげるとがたがたと窓を揺する。そんなおり、粉雪はさらさらとガラスを打ち、撫でるようにして落下した。

　すべてが、自分のため用意された小道具だと彼女は心から感じた。この吹雪の夜も、礼儀正しい客たちも、そして殺人でさえも、自分という美しい存在を讃えるために、神が用意したのだ。美しい者は、それだけでほかをしたがえ、ひれ伏させる権利を持つ。したがって椅子も、ドアも、彼女にはひとりでに道を開けるべきであった。

　弾き終え、鍵盤の蓋を閉めずに立ちあがりながら、彼女は観客の拍手が鎮《しず》まるのを待って言う。

「この蓋、閉めてしまうにはまだ早いわね、どなたか次に……」

　彼女がそこまで言った時、相倉クミは胃の片隅にキリを突き立てられたような痛みた。


を覚えた。英子の意図《いと》が今や明瞭となったからである。

「私の下手なピアノのあとだから、きっとやりやすいんじゃないかしら」

しかし英子はむろん最も得意な曲を選んでいたため、完璧といってよい出来であった。

英子は、おざなりに日下や戸飼などに水を向けながら、じりじりと目ざす獲物に迫った。

それは怖ろしい光景であった。足がすくんで動けぬ小羊の群れの周囲を、ゆっくりと徘徊する特大の狼のようであった。

そして続く彼女の演技こそは、非常な見ごたえがあった。

「ピアノの弾けそうな素敵な方がいらっしゃったわ！」

とさもたった今思いついたという様子で、女らしい叫び声をあげたのである。

「私はこのサロンで誰かが私のピアノを弾くの、是非一度聴いてみたかったの、相倉クミさん」

というふうに英子は説明した。料理の味など吹雪の彼方に飛んでいき、観客たちは、緊張のあまり生唾を呑んだ。

蒼くなり、怯えたようにパトロンと英子とをかわるがわる見ているところを見る

と、クミはピアノが弾けないらしかった。そうしてほとんど聞きとれないほどの小声で、

「弾けないんです私」

と答えた。その声は、今まで誰も聞いたことのない、まるで別人の声であった。

しかし英子は、この勝利になおもの足りず、じっとしばらく立ったままだ。

「いやあこの子はタイプなんぞの勉強が忙しくてですな、ピアノなんぞをやらせる時間がなかったんですよ。英子さんひとつ、ここは私に免《めん》じて勘弁《かんべん》してやって下さい」

ついに菊岡が助け舟を出した。クミは俯いたままだ。

それよりもっと英子さんのピアノをと、菊岡が例のセイウチのような胴間声でわめきたて、ここが点数の稼ぎどころとばかり金井も熱心に、いや英子さんのピアノは素晴らしい、もっと聴きたいな、などと同意したので、英子は結局自らがピアノへとUターンせざるを得なかった。

そしてまた飽きもせず、クミを除いた商売人たちの拍手が活気に充ちて巻き起こり、などというつまらないことを長々と書いていても仕方があるまい。

客たちが食後の紅茶を飲み終わった頃、大熊の要請で見るからに頑健そうな阿南《あなん》巡査が、制帽に雪を載せて流氷館に到着し、みなに紹介された。

英子が、それでは阿南さんと大熊さんは十二号室に泊まっていただきましょうかしら、と言った。十二号室の先住者戸飼は、驚いて顔をあげた。その顔に向かい彼女は、

「戸飼クンは八号室へ移って、嘉彦と一緒になってちょうだい」

と命じた。

戸飼は、そして日下たちも、十二号室の隣りの十三号は広いのだから、八号室でなく、十三号室の日下と戸飼を何故一緒にしないのだろうと思った。その理由は、おそらく自分を巡るライヴァル同士をひとつの部屋にしてはまずかろうという、女性らしい細やかな配慮と思われる。

しかしそれなら日下を八号室へ動かすべきではあるまいか。十二号より、日下の今いる十三号の方が広いのだ。刑事二人を泊めるには十三号の方がよい。これはたぶん、日下が医師国家試験の受験を間近に控えていたからであろう。プライヴェート・タイムは一人にしておいてやる方が、勉強ははかどるに違いない。自分の崇拝者はさらに磨くというのが英子のモットーである。そうしていずれは医者か弁護士か東大生、さもなければ最低有名人という足切りの基準を設けるつもりでいる。

「牛越さんと尾崎さんは、菊岡さんのお隣りの地下十五号室が空いておりますので、

そちらにお泊まり下さい。すぐに用意をさせますので」

「恐縮です」

牛越刑事が四人を代表して礼を言った。

「お寝巻などは、お持ちじゃないですわね？」

「はあ、ありませんが、そんなものは必要ではないでしょう」

「いくらかパジャマの用意はございますが、四人分はございませんわねえ……」

「いやいやけっこうですよ！　署のセンベエ布団のことを思えば天国です」

「では歯ブラシなどは用意がございますので」

そりゃ留置所並みだなと大熊はひそかに思った。留置所では、勾留者に歯ブラシを出す。

「申し訳ないですな」

「いいえ、私たちを守っていただくんですもの」

「頑張らなくちゃいけませんな」

二杯目のブラック・コーヒーを口に運びながら、浜本幸三郎は菊岡栄吉に話しかけていた。糖尿病を地球最後の日のように恐れている菊岡の二杯目も、むろんブラックである。

菊岡はさっきから窓を、あっけにとられたように眺めていた。水滴で曇ったガラス越しに、邪悪な凶器の破片のように、雪片が勢いよく舞い飛んでいく。

冬になると、このあたりはこういう凶暴な夜が週に一度はあった。ガラス二枚を距《へだ》て、こんな暖かい場所にいられることを、大声をあげて神に感謝したい気分になる。

「いかがですかな菊岡さん、さいはての地の吹雪は」

「ええ……、いや、凄いもんですな。私ははじめてですよ、こんな凄い吹雪の経験は。なんか、家が揺れるようですなあ」

「何か連想されるものはないですか？」

「と、言われますと？」

「いや別に。ここは野中の一軒家ですからな。誰かが言っていたが、大自然の中にあっては、人間の思いついて作るものなんぞささいなもぐら塚です。無力なものです。爆風に絶えず晒されておるようなもんだ」

「本当、さようですな」

「戦争を思い出しませんか？」

「え？　またどうして突然？」

「はっはっは、急に思い出したもんですからね」

「戦争ですか……、いい思い出はない……。しかしお邪魔してからはじめてですよ、こんな夜は。夏はこんなことはなかったですからな。まるで台風ですなあ」

「上田君の怨念かもしれんね」

幸三郎が言う。

「じょ！　冗談はよして下さいよ。今夜は眠るのに苦労しそうですなあ、この音も、それに今夜はいろいろありましたんでねえ……。疲れちゃいるはずなんだが、こういう時はかえって眠れんもんですからな」

横にいた金井が、この時、減給ものといえるほどに効果的な口をはさんだ。

「社長、お車出しましょうかぁ……って、上田が枕もとに立つかもしれませんな」

途端に菊岡は、顔を真っ赤にして激怒した。

「バ、馬鹿なこと言うのはやめたまえ!!　まったく、く、くだらんじゃないか！　なんてこと言うんだ！　くだらんな！」

「菊岡さん」

「は？」

「それで伺うんだが、この前差しあげた睡眠薬はまだ残っておりますか？」

「は、二錠ほど、残っとりますが……」

「いや、じゃいいんだ。君、今夜呑まれるでしょう？」

「はあ、そうですな。そうしようかと今思っとるところです」

「じゃいいんだ。私は日下君にまたもらうとしよう。菊岡さんも二錠ともお呑みになるといい。何度か服用している者は、今夜のような夜は一粒じゃ効かんでしょう」

「そうですな。いずれにせよですな、今夜は早めにさがって眠るとしたいですな。えらいことになってきたから」

「それがいいでしょうな。私ら年寄り組はね。それからせいぜい戸締まりを厳重にした方がいいですよ。ドアのロックを忘れないように。この家の中に殺人犯がいるそうですからな」

「まさか！　わはははは！」

菊岡は、一見豪快な笑い方をした。

「いや、解らんですぞ。もしかするとこの私が血に餓えた殺人鬼で、あんたを殺そうと思っておるかもしれん」

「ははははは！」

菊岡はますます笑ったが、その額には汗が浮いている。その時牛越佐武郎が幸三郎の隣りにやってきて、ちょっとよろしいでしょうかなと言い、幸三郎は快活に、ああどうぞと言った。警官の群れを見ると、牛越を除く三人は、テーブルの一角に額を寄せ、ひそひそと話しこんでいる。

幸三郎が菊岡に背を向け、牛越と話しはじめたので、菊岡はクミの方に向き直った。

「な、クミ、君んとこは、ベッドは電気毛布かね？」

しかし彼の秘書は、いつもと様子が違ってひどく不機嫌だった。

「そうだけど？」

彼女の、つねに何かに驚いて目を見張っているような表情は相変わらずだが、その猫のように大きな目は、ほとんどパトロンの方を向かない。何かにすねているのだ。

「何か、こう……、頼りなくないか？」

「別に」

返事もそっけない。あなたほどじゃないわと言いたげである。

「いや、わしゃ今まで電気毛布一枚で眠ったことがないんでね、何だか頼りないんだよ。暖ったかいのは申し分ないんだが。お前んところも掛け布団用意してなかったのかね？」

「あったわよ」

「どこに、どこにあったんだ？」

「収納棚」

「どんな布団だった？」

「羽根布団」

「わしのところにゃ全然そういうのがないんだ。もともと寝る部屋じゃないんでな。ベッドだって狭くて、寝返りうったら落っこちそうだ。クッションは申し分ないんだけどな。お前も見ただろう？　な？　こういう椅子の、このすわるところを前に向かってぐうっと長くしたような、まあ長椅子じゃからね、枕もとのところに背もたれがついとる。実に変てこりんな代物なんだな」

「あらそう」

返事があまりに手短かなので、さすがに菊岡も恋人の異常に気づいた。

「どうかしたのか？」

「別に」

「別にじゃないだろう、えらくつんけんしとるじゃないか」

「そうかしら」

「そうだよ」

このやりとりを見ていると、どうやら菊岡も、場合によっては小さな声が出せるらしい。

「我慢できない？」

「できないくらいだ。ははあ、だんだん解ってきた。ちょっと部屋で話そう、私はどうせもう寝るつもりだった。ちょっと今挨拶して部屋へさがるから、後でさりげなく部屋へ来なさい。スケジュールの打ち合わせにな」

そう言って菊岡は立ちあがった。するとテーブルの隅から大熊が目ざとく認めて、

「あ、菊岡さん、もしお休みでしたら、部屋の戸締まりを厳重にお願いしますよ。ドアのロックをお忘れなく。あんなことのあとですからな」

と声をかけてきた。

第二場　十四号室、菊岡栄吉の部屋

「もう嫌よ！　私帰るわ！　だから嫌だって言ったのよ。とっても堪えられそうもないわ！」

相倉クミは、菊岡の膝の上ですねていた。

「どうした？　帰るったってお前、あんなことが起こって足留めだ。帰れるわけないじゃないか。いったいどうしたんだ？　ん？」

菊岡社長は、キクオカ・ベアリングの社員たちには一度も（昭和五十年に業績が一挙に倍に跳ねあがった時でさえ）見せたことのない、仏様のように柔和な表情で尋ねた。

「解ってるでしょう？　んもう意地悪ね、社長さんたら！」

こういう場面での女性のセリフは、ここ数十年少しも変わっていない。何故かこういうことに流行はないのである。

クミは、菊岡栄吉の自慢の胸毛があるあたりを軽く叩いた。これはテクニックを要する。強すぎても、弱すぎてもいけない。この時クミは、自分でも気づかなかったのだが、目に薄っすらと涙が滲んでいた。何といっても死ぬほど悔しかったからである。今や天は、彼女に最も効果的な材料を与えられた。

「社長さんたらひどいわ！」

そう言って、手で顔を覆う。

「泣いてばかりいちゃ解らんじゃないか。何がそんなに悲しいんだ？　うん？　あの英子のことか？　あん？」

真珠の涙が濡らしてくれた顔を、クミはこくんと頷かせた。

「よしよし、クミは傷つきやすい子だからな。だがそういうことじゃ、世の中生きてはいけんぞ」

信じ難いことだが、彼はこれを本気で口にしているのであった。

クミはまた愛らしく頷く。

「だがまあわしは、クミのそういう優しいところ、可愛い、ういういしいところが好きなんだけどな、本当にお前はいい子だ」

菊岡栄吉はそう言うと、クミを強く抱きしめ、逞《たくま》しい、保護者としての包容力を感じさせる仕草で（と栄吉は思っていた）、クミの唇にキスをしようとした。しかしもしここに見物人がいたら、この光景を、巨大な熊が捕えた獲物を頭から丸かじりしようとしているところに思ったであろう。

「いや！」

とクミは叫び、菊岡の顎のあたりに手を突っぱった。

「とてもそんな気になれないわ、こんな気分じゃ」

しばらく気まずい沈黙。

「だから私来るの嫌って言ったのよ、上田君は殺されちゃうし。あんなひどい女がいるなんて思ってもみなかったわよ。だからパパ一人で……」

「パパと言うなと言ってあるだろう！」

パパは怒った。注意しないと、いつ社員の前で出ないとも限らない。

「ごめんなさい……」

女らしくクミはしおれた。

「それは私だって、大好きな社長さんと雪のあるところを旅したいわよ、この旅行に出る前はすっごく楽しみにしてたもの。でもあんな凄い女がいるなんて思ってもみなかったもの。ショックだわ」

「ああ。ありゃまるで女じゃないな！」

「そうよ！　あんなのはじめて見たわよ！」

「しかしまあしようがないじゃないか。こんな妙ちきりんな家建てて喜んどるような気違い爺さんの娘だからな、少々頭がイカれとるに決まっとるじゃないか。バカ娘だよ、あんなノータリンの言うことといちいち真に受けて、あれこれ思い悩むやつがあるか」

「それはそうだけど……」

「世の中ルールというもんがある。平等の世の中でも、身分というやつは歴然とあるんだ。こいつはどうあがいてみても仕方がない。だがな、世の中よくしたもので、虐められて後ろを振り向きゃ、虐めていいやつがちゃあんと立っとる。そいつをどんどん虐めてやりゃいいじゃないか。この世は力のある者の天下なんだ、どんどん弱い者虐めて楽しみゃいいんだ。そのための子分だ、堂々とやりゃいい。人生苦あれば楽あり。負け犬になっちゃいかん！」

この男が言うと妙に説得力が出る。

「こいつが浮世の知恵、解ったか？　あん？」

「ええ、でも……」

「何だ、近頃のカッコウばっかりつけとる若いやつらみたいに。でも、でも……、うじうじうじうじしとる。わしぁああいうバカ者どもの気持ちがさっぱり解らん！　男らしゅうスパッといけ、スパッと。神は狼の食糧として羊を作った。子分を虐めて気晴らしをして、英気を養うんだ。そのために給料やっとる！」

「誰を虐めるの？」

「とりあえず金井の腰巾着あたりでいいだろうが」

「だってあの人、奥さんいるから怖いもの」

「怖いって？　金井の女房がか？　何をバカなこと言うとる。女房が何ぞ言うたら、わしが辞表書くか？　とひと言亭主に言うたる！」

「でも明日もまたあの英子なんてヤな女と顔を突き合わせるかと思うと……」

「相手にせにゃいいじゃないか！　頭を下げにゃならん相手はみなカボチャだと思えばよい。わしなんぞ見なさい、浜本にゃ確かに頭下げとる、下げとるが腹の中じゃ何だこのノータリンと思うとる。商売上利用価値のある人間だから、格好だけ頭を下げとるだけだ。人間こうあらんとな」

「解ったわ。じゃあここを帰る時、札幌なんか廻って、それで何か買ってくれたら機嫌直す」

これはかなりの論理の飛躍である。しかし社長は、何故か大きく頷くのであった。

「廻ってやるとも！　札幌へ出て、クミに何でも買ってやるぞ。何がいい？」

「本当？　わあ、うれしい！」

クミは栄吉の太い首に腕を廻し、自分から軽く唇を重ねた。どうやらそういう気分になったようである。

「おおよしよし、クミは可愛いな。あんな英子なんて気違い女とは月とスッポンだな」

「よしてよ！　あんなのと較べないで！」

「ははは、そうだな、こりゃわしが悪かった」

と一件が見事に落着した時、ドアにノックの音がした。クミは瞬間、菊岡の膝から電光石火の素早さで跳び降り、栄吉はかたわらに置いていた見るからに面白くなさそうな業界雑誌を、さっと手もとに引き寄せた。二人の迅速さはなかなかの見ものであったが、この場合は、いくら素早くても素早すぎるということはなかった。何故なら三回のノックの三回目と同時に、ドアは勢いよく開いたからである。訪問者は、おそらく両手を使ったものと思われる。

十四号室には、ほかの部屋と比較してはるかに念入りな錠がついていたが、いかに栄吉でも秘書が来ているこの時、本社の社長室でもあるまいから錠を下ろすわけにはいかなかった。

英子は、サロンにも一号室にもクミがいないことをとうに知っていたから、彼女の居場所もまた心得ていた。彼女の頭にあったものは、自分の家で（父の家というふうには、今までどういうわけか彼女は一度も考えたことがない）おかしな真似はさせられないという、強烈な道徳意識であった。

そこで彼女は、ドアを開くと同時にさっとベッドを見た。しかしそこには栄吉が一人で腰かけてむずかしい顔で業界誌を読んでおり、クミはというと、壁の何の変哲もないヨットの絵を、非常な興味をもって見つめているところであった。

業界誌は逆さにこそなってはいなかったが、栄吉が楽々と読める状態にないことは確かであった。というのも彼は眼鏡なしでは細かい文字は全然読めないとうかつにもサロンで洩らしたことがあり、今彼はまさに眼鏡なしだったからである。

栄吉は今やっと気づいたというふうに顔をあげ（しかし最初からこの状態であったなら、ドアが開くと同時に顔をあげたであろう）、

「あ、こりゃあ英子さん」

と愛想よく言い、尋ねられてもいないうちから馬脚《ばきゃく》を現わした。

「いや何ぶん、スケジュールの打ち合わせとか、いろいろあるもんでしてね」

しかしむろんテーブルにはそれらしい書類も手帳も載ってはいず、社長は熱心に業界誌を読み、秘書は真剣に壁のヨットの絵に見入りながら、スケジュールの打ち合わせをしていたようであった。

「何かご不満でもないかと思って、廻っておりますのよ」

英子は言った。

「不満？　いやいや、何もありませんよ。こんないい部屋で誰が不満を洩らすでしょ

う？　あるわけがないです。それにもう二度目ですからな」

「はじめての方もいらっしゃいますからね」

「え？　ああ！　この子ですか。この子にゃわしから説明しておきました、詳しく」

「お湯出ますかしら？」

「お湯？　おお、出ますとも！」

「一号室はいかがだったかしら？」

「え？　ああ、私？」

「一号室の方はほかにいませんよ！」

「出ました」

「そう。もうおすみになったの？　打ち合わせは」

「すみました」

「そう。お休みになりたいのなら遠慮なさることはありませんのよ。どうぞお休みになって下さい、一号室でね」

「…………」

「君、だから早く寝なさいと言ったじゃないか！

　いやどうもすいませんなお嬢さん、この子はどうも一人で寝るのが怖いらしくてですな、何しろあんな事件のあった後ですし、ゆうべは窓から何か妙な男を見たなんて言いますし、どうも一人じゃ怖いらしい。何ぶんまだ子供で、わははははは」

その言い方も英子はまったく気に入らなかった。若いといっても自分と同じか、ひとつ若いだけのはずである。

「お父様に昔話でもしてもらいながらじゃなきゃ眠れないのかしら？」

英子は、堂々とクミを見据えて言い放った。

さすがにクミは顔を英子の方にさっと振り向け、彼女の目を真正面からじっと睨みつけたまま、しばらくそうしていたが、足音も荒々しく、英子の脇をすり抜けて廊下へと出ていった。

すると英子は柔らかな微笑をたたえ、

「あのくらいの元気があれば、一人でも眠れますわね」

と言ってドアを閉めた。

第三場　九号室、金井夫婦の部屋

「おい初江、見てみなさい。すごい吹雪だが、その向こうに薄っすらと、白い流氷みたいなものが見えるぞ！」

大勢のいる場所から静かな部屋へさがると、風の音や、窓枠の鳴る音が何倍にも大きく感じられ、いよいよすさまじい吹雪だという気がしてくる。それで金井は、いつになく物腰が男性的になっていた。

「さいはての地の吹雪って感じだぞ。実に荒涼とした感じがするじゃないか！　はるばるやってきた北の果てのオホーツクだ。どうだ！　荒々しい大自然とさしで向かい合える場所だ。いいなあ！　男性的で！

やっぱりこの部屋は見晴らしがいいな。晴れていても、吹雪いていても、それなりに見ものだ。明日の朝になればもっといいぞ。きっといい眺めだ。

おい、見ないのか？」

亭主は妻に呼びかけた。妻はさっきからぽつねんとベッドに腰をおろし、何もやる気が起こらないといったふうで、気のなさそうにひと言、見たくないわ、とだけ言った。

「何だもう眠いのか？」

初江は応えなかった。別にそういうことでもないようだ。

「しかしなんだな、殺されてみると上田も、何だかいい男だったように思えてくるなあ。生きている時は、えらく気のきかん、もっさりしたやつだと思ったが……」

金井は、妻の沈んでいる理由を勘違いしたようであった。

「戸締まりは厳重にしておけよ。連中の中に、いやこの家に殺人鬼がおるのかもしれんのだからな。まったくもう、えらい物騒な騒ぎになったもんだ。こんなことなら来るんじゃなかったな、まったくの話が。しかし本当に気をつけた方がよかろう。あの刑事たちが今、戸締まり戸締まりとさかんにうるさく言ってた。おまえも気をつけろよ、ドアのロックしたか?」

「まったくいつ見ても気分の悪い女ね!」

初江は突然、亭主がまるっきり予想もしていなかったことを言った。金井道男は一瞬あっけにとられたが、みるみるうんざりした顔になった。もし英子がここにいたら、今まで見たことのない金井の表情を、何種類もたっぷりと見られたであろう。

「何だ、また始めたのか……、はあ! 社長秘書をやろうなんて種類の女は、みなあんなもんだっていつも言ってるじゃないか」

初江はあきれ顔で亭主を見た。

「あんな小娘のことなんて言ってないわよ。あの英子ってバカ女に決まってるじゃないの!」

どうやら女房の方は亭主とはまた別のかたちで、表の吹雪の影響を受けているらしかった。

「ああ……？」

「まったく自分が何様のつもりでいるのかしら！　あんな胴長の大女のくせして。それでよ！　自分はあのボッテリスタイルしてよ！　私のこと太ってるっていうのよ！　アタマおかしいんじゃないの⁉」

「なんだ、昨日のこと言ってるのか？　別にそうは言ってないだろう。馬鹿だなお前は」

「そう言ってるのよ！　だからあんたは間抜けだっていうのよ。しっかりしなさいよ。あんただって笑われてるのよ！　がりがりの青びょうたんだって」

「何だと！　何てこと言うんだ！」

「それを何よ！　デレデレニヤニヤしちゃってさ。英子さんのピアノは素晴らしい、また聴きたい、なんてあんな小便臭い小娘のご機嫌とって。あんただって重役なのよ！　シャンとしてなさいよ！　私が恥かくんじゃないの！」

「シャンとしてるじゃないか」

「してないわよ！　あんたなんか、笑い顔してないのは私といる時だけじゃないのよ。二人の時はプリプリ小言ばっかり。たいていブスッとしてるのにみなの前にでるとへいこらばっかし。私の身にもなってよ、あの亭主の女房だと思うから、英子なんかがああいう態度に出るんじゃないの！　そうでしょ⁉　そういうもんなのよ！」

「そりゃ宮仕えの辛さだ。多少のことはやむを得ん」

「多少じゃないから言ってんのよ！」

「お前いったい誰のおかげでそんなえらそうな口がきいてられるんだ⁉　未だに公団アパートに住んで、旅行ひとつできん女房は日本中にいっぱいおるんだぞ。まがりなりにも重役夫人と呼ばれて、家があって、車を乗り廻してられるのは誰のおかげだ⁉」

「あんたがそうやって方々でペコペコしてるおかげだって言うの？」

「ああ、そうだ！」

「へえ！」

「ほかにどうできたっていうんだ！」

「あんたも菊岡のスケベ社長が、あのクミって色気違い女に、あんたのこと何て言ってるか聞いたら目が覚めるわよ」

「あのハゲがなんて言ってるっていうんだ⁉」

「金井の腰巾着って言ってるわよ」

「そのくらい陰へ廻りゃあ誰だって言っとる。それがボーナスの金額になると思や安いもんだ」

「でもあんたって人もよくあんな海坊主にペコペコする気になるわね。私ならごめんだわ！」

「俺だって楽しくてやってるんじゃない。妻子のためと思ってじっと堪え忍んどるんじゃないか。歯を喰いしばってるんだ。お前は俺に感謝こそすれ、そんなことが言えた義理じゃないだろう馬鹿もんが。それともやっぱり連れてこなきゃよかったのか？ああ？」

「そりゃ来たいわよ。私だってたまにはこんないいところへ来て、いいもの食べる権利はあるはずよ。普段あんたばっかりいい思いしてるんですからね」

「何で俺がいい思いしてるってんだ！　前後が食い違うこと言うな！　あんなハゲちゃびんのスケベ社長のご機嫌ばっかりとってると今言ったばっかりだろうが！　しっかしお前は、どうしてそんな勝手なことばかり言えるんだ!?　いったいどういう神経しとるんだお前って女は」

「それがあんな英子だのクミだのがいちゃブチ壊しもいいとこよ。まったく何しに来てんだか解りゃしないわ。あのクミなんてバカ女、あんたのこと自分の部下だって思ってるのよ！」

「まさか！　そりゃお前の思いすごしだ」

「思いすごしじゃないから言ってんのよ！」

「あの娘はあれでいいところもあるんだ。案外女らしい心の優しいところもあるんだぞ」

「何ですって!?」

初江は絶句した。

「何だ？」

「あんたって男は救い難い間抜けね。自分がどう思われてるかも知らないで！」

「お前はちょっと考えすぎのところがあるんだよ！」

「私が考えすぎだって言うの!?」

「そうだ。勘ぐりすぎだ。世の中そんなことじゃ生きていけん。もっと逞しくならにゃな」

「あんな海坊主にへいこらして、二号にまでアゴで使われて、それが逞しい生き方だっての!?」

「その通りだ。一日中へいこらするってのも柔《やわ》な男じゃできやせん。俺だからできることだ」

「ああ、あきれた！」

「俺だってあの海坊主を別に尊敬しとるわけじゃない。ただ金儲けはうまいからくっついて利用しとるだけだ。ひねり殺したいといつも思うとる。ゆうべだってあのハゲ頭の脳天カチ割ってやった夢を見たわい。まったくすっとした」

「クミはどうしたのよ？」

「クミ？　クミは出てこなかった。出てきたのは海坊主だけよ。土下座して君勘弁してくれと言うとった。そいつを大笑いしながら斧でもってカパッと……」

その時ノックが聞こえた。

すかさずハイと言ったのは初江の方だった。亭主の方は快感にわれを忘れていたからだ。しかし気をとり直し、金井がドアを開けると、そこは当の話題の主、つまりゆうべ彼が斧で脳天をカチ割った人物が立っていた。

金井は腰を抜かしそうになってうろたえ、なかなか言葉が出てこなかったが、

「あらあ社長様、どうぞお入り下さい。このお部屋見晴らしがよろしゅうございますわよ」

と初江が実に自然、かつ柔和な物腰で社長を招き入れた。

「夫婦でだいぶ会話がはずんどるようだね」

社長は言いながら入ってきた。

「い、いやあ、な、何ぶん眺めがようござんすもんでしてね、いや本当に社長のおかげです。こんな息抜き、骨休めができまして、幸せ者ですわ、私らも」

「うん、うん。いや、わしのところからは外が見えんもんでね、ちょっとつまらんのだよ。調度は申し分ないんじゃがね。吹雪いとるかね?」

「相変わらずのようでございますわねえ、ねえあなた。大変な吹雪」

「そうだな、相変わらずだ。相変わらず吹雪いとるようでございますな、社長」

「しかしこの部屋は特等室だね、劇的ないい眺めじゃないか。今は暗くてよく見えんが、朝になりゃさぞいい眺めだろうな。わしの部屋と替わってもらいたいくらいだな」

「あ、お替わり致しましょうか?」

「う? うん、いや、浜本老じきじきのご指示じゃあそうもいくまい。また明日の昼にでも来させてもらおう」

「どうぞ、どうぞ。いつでもいらして下さいませ。夫婦二人じゃ何ぶん退屈致しますもんですから。この人、もう面白いことひとつ言えない朴念仁ですから……」

「ははは、いや、こりゃきびしいな、はは、まあ、そういうわけでございまして」

「ありゃあ流氷なんだろうなあ、あの白っぽいのは」

「は？　え、さようでございましょう。晴れた日は樺太が見えるそうですけどね」

「流氷かと訊いとるだけだわしゃあ」

「は、は、流氷でございましょう」

「流氷ですわ。さっき英子さんもそうおっしゃっておいででしたもの」

「うむ。さて、そろそろ寝るかな、夜更かしは体にいかんからな。夜更かしで糖尿にでもなったら、人生の楽しみの半分がとこなくなってしまうからなあ、わははははは」

「糖尿？　ご冗談を！　糖尿？　社長はお若い……、うは、うは、うはははは。糖尿なんてご冗談を……、うはははは」

「いや冗談じゃない、君も気をつけた方がいいぞ。奥さんを喜ばせることができんようになるからなあ。わははははは！」

　金井の肩を二度、三度叩き、社長が階段を降りていくと、重役夫婦はこれ以上ないほど苦りきった顔を互いに見合わせた。というのも金井は二週間ほど前の検査で、尿に糖が出ていたからだった。シュガーカットという糖尿者用の砂糖は、おそろしくまずい代物だ。これは食べた者でなければ解らない。

「まったく情けなくて涙が出るわよ。どうしてあんな太っちょの好色爺いが糖尿にならないで、あんたみたいながりがりが、ご丁寧に糖尿にまでならなきゃいけないの⁉あの海坊主がなりゃいいのよ。だったら色狂いもできなくなるってのに！　世の中うまくいかないものよね！」

「うるさいぞもう。黙って寝ろ！」

「あんた一人で寝なさいよ。私はバスでも使うわよ」

「勝手にしろ！」

「明日またあのいまいましい小娘の独演会につき合わなくちゃいけないかと思うと、腹がたって眠れないわ。どうしてあのバカ娘はじっとおとなしくしてらんないのかしらね。まったく！」

その時またノックの音がした。鼻息も荒く、野獣のような勢いで初江は呪いの言葉を吐き続けていたのだが、その時反射的に応えたはいという声は、十代の乙女のように愛らしい声である。

「あらあ、これは英子お嬢様、何か？」

「何かご不満でもないかと思って、一応廻っておりますの。何か勝手が解らないことでもございますかしら？」

「いいえ、とんでもございませんわ。こんないいお部屋で。それに二日目ですもの、解らないことなんて何もございませんわよ」

「お湯出ますかしら？」

「ええ、もう、ちゃーんと」

「そうですか、一応確かめてはおいたつもりなんですけれども」

「本当にこのたびはどうもありがとうございました、素敵なパーティにお招きいただいて。その上あんな素敵なピアノまでお聴かせいただいて」

「本当に英子さんはピアノがお上手だ。もう長いんでしょうな、ピアノを始められて」

　金井の顔はもう例の表情になっている。

「ええ、長いことは長いんですのよ。四つの時からですから。でもお恥ずかしいわ、あんな下手なピアノで」

「とんでもございませんわ、もう、すっばらしいピアノで。この人なんかこんな！何の面白味もない青びょうたんでございましょう？　もうこんなことでもないと、息抜きもなんにもありゃあしませんもの」

「おいおいこいつ、そりゃあないだろう？　しかし、明日も是非お聴かせ願いたいもんですな」

「ええ、是非！」

「いえ、明日は父がレコードのコレクションから何かお聴かせすると思いますわ」

「でも本当、英子さんって素敵だわあ。私もピアノくらいやっておけばよかったって、今も主人と話しておりましたのよ」

「ほほほ、嫌ですわ。では何かありましたなら、何なりと、うちの早川の方か、私までお申しつけ下さい」

「はい、もう、解りました」

「それじゃ、戸締まりを厳重にして下さいね。お休みなさい」

「ええ、どうも、何から何までありがとうございました。お休みなさいませ」

第四場　再びサロン

相倉クミは、まだ一号室で一人になる気にはなれず、サロンに戻ってぐずぐずしていた。

サロンには、菊岡と金井夫婦のキクオカ・ベアリング組、それに英子を除けば、まだ全員が残っていた。その英子も、西側のドアが開いて九号室から帰ってきた。

客たちも、夫婦者や、菊岡のように体調に気を遣う者を別にすれば、クミと同じ気持ちだったのであろう。こんな風の強い夜、さっさと一人になって、心細い気分と闘う気にはなれないのだ。

しかしさすがに警官にはそんな気分はないとみえて、大熊は二度、三度大きなのびをすると、

「ああ、眠くなってきた。ゆうべあんまり寝てないものでね、仕事で」

と言いわけのように言って立ちあがった。英子がその様子を見て、千賀子を案内のために呼んだ。

刑事は十二号室へ消え、千賀子はすぐにサロンへと戻ってきた。しかし変化はそれだけであった。その後サロンに身を寄せ合った者たちは、いっこうに動く気配を見せない。

客たちがこういう状態であったために、早川夫婦も梶原も、先に眠るわけにはいかず、サロンと厨房との境目あたりにみっつ椅子を並べて、控えめに並んでかけていた。

時計は十時を廻った。いつもならテレビもないこのサロンは、もうとっくにひっそりとしているはずである。

英子がステレオに寄り、コリン・デイヴィスの「春の祭典」をかけた。

ディナー・テーブルに、戸飼と嘉彦とが並んでかけていた。日下は医学書を広げ、その向かいの席にいた。戸飼が嘉彦に話しかける。

「嘉彦君、あの花壇の図案なんだけどさ、もともとのデザインは誰かに発注したのかい？」

「ううん、そんなことないよ。幸三郎おじさんが一人でスケッチ描いて、造園業者を呼んで手渡したって話だよ」

「自分一人で図案描いたの？」

「うんそうみたい。で、造園や花壇造りが始まってからもずっと付き添って、あれこれ指図したんだって」

「へえ」

「でもぼくのこれ、聞いた話ですよ、英子姉さんから」

「何のお話？」

言いながら英子がやってきて、嘉彦の隣りの椅子に腰をおろした。

「あの花壇の話だよ」

「ああ、あれね」

英子は興味なさそうに言う。

「パパが何か思いついてデザイン描く時ってたいてい大変なのよ。あれ持ってこい、これ持ってこいって。パパって芸術家なのよね、本当はハマー・ディーゼルの社長なんてやりたくなかったんだと思う。ワーグナーでも聴きながら、絵描いてるのが一番好きなのよ」

「あれ持ってこい、これ持ってこいって、そんなにおっしゃるんですか？」

戸飼が訊く。

「けっこうワンマンだよねえ、おじさんて」

嘉彦が言う。

「芸術家だからよ。あの時もアルミホイルに図案描くんだって言うから、私梶原クンのところへ借りにいかされたのよ」

「アルミホイルに？　そんなものに描いたんですか？」

「そうみたい。で借りてきてあげたら、こんどは返さないの。それで梶原クンに料理に使うからないと困るって言われて、必要なだけとって返してよってパパに言ったら、そんなの駄目だって。新しいの買ってこいって。だから私、わざわざ下の村まで買いにいったのよ、新しいアルミホイル」

「へえ」

とこれは向かいの日下が言った。


阿南巡査は制帽をきちんとテーブルの上に置き、赤い頬を少しこわばらせてテーブル席の一番隅についていた。

「お巡りさん」

と相倉クミが話しかけた。

「はい」

巡査は前を向いたまま、声だけで返事をした。

「阿南さんって変わったお名前だけど、やっぱり北海道だから？」

返事はなかった。

しばらくして彼女がビリヤード台の方へでも行ってみるかと思いはじめた頃、

「父は広島の出身です。祖母は沖縄の出だという話でした」

と巡査が言ったのでクミはびっくりした。

「あなた、彼女いる？」

クミは重ねてやっかいな質問をした。

「そのような質問にはお答えできかねます」

と彼は、考えた末、答えた。

クミはいきなり彼の片腕を引いて立たせ、五歩ばかり歩いてから、

「ビリヤードやらない？」

と訊いた。

「それは……、困ります。自分はここへビリヤードをしにきたんではありませんから」

警官は抵抗した。しかしクミは強引に言う。

「大丈夫よ、ビリヤードをやりながらでもお仕事はできるでしょ？　私たちを守るのがお仕事ですもの。やったことなければ教えてあげるわ」

牛越佐武郎は幸三郎と談笑していたが、阿南巡査が女の子と玉突きを始めたのを、意外なものを見つけたように、時々盗み見た。

やがて戸飼と嘉彦が立ちあがり、部屋へさがるつもりらしく、並んで幸三郎のとこ

ろへやってきた。しかし幸三郎は何故か二人を手で制し、牛越と同時に立ちあがった。それから英子も手で招き、みなをしたがえてビリヤード台の方へ向かう。

さかんに玉を突いていた阿南は、牛越に気づき、はっと姿勢を正した。幸三郎が笑いながら手を振り、どうぞ続けて下さいと言った。

その時テーブルで退屈していたらしい尾崎が立ちあがった。そして玉突き台のそばにいる阿南に軽蔑するような一瞥《いちべつ》をくれると、牛越の耳もとで、休みますんでと告げた。

英子がそれを目ざとく見つけ、千賀子を呼んで案内につけた。早川千賀子はこの時も案内後すぐに戻ってきて、今までと同じ椅子にすわった。

幸三郎は上機嫌で、初心者らしい阿南に模範演技を見せたりした。幸三郎は、牛越が驚いて目を見張ったほど腕がよかった。彼は牛越に向かってやってみますか？　などと言ったが、経験のない牛越は笑って辞退した。

幸三郎は、英子と嘉彦に向かって言う。

「この阿南さんは筋がいい。二人で徹底してコーチしてさしあげなさい。

阿南さん、夜っぴて玉を突いて下すってかまいませんよ。ここは隣家もないし、あなたがここでずっと起きていて下すってると思うと私も心強い。明日、あなたの上達を見るのが楽しみです。上達されたら二人で対戦しましょう。しかし、もし殺人犯人を見つけたら練習は中断して下さいよ。

嘉彦君、英子、よおくコーチしてさしあげるんだぞ。この人はひと晩で上手になるだろう。今夜は、できるだけ警官のそばから離れん方がいいかもしれん」

牛越には、阿南がそれほどビリヤードの素質をひめているようには見えなかったので、幸三郎のこの提案はずいぶん意外だった。

「さて牛越さん、ちょっと私の部屋へまいりませんか？　あなたとは話が合いそうだ。私の部屋にはとっておきのコニャックがあるんですよ。偉い人間に飲ませるためでなく、話が合う人のためにとっておいたやつがね。それに何より私も心細いんでね、何しろ殺人事件の翌晩だ、刑事さんと一緒の方がいい酒になりそうです」

「おつき合いしましょう」

と牛越も言った。戸飼は一人では部屋へ引き揚げる気になれないのか、所在なさそうにしていたが、日下の隣りの椅子に腰をおろした。

幸三郎は、牛越と一緒にサロン隅の階段を昇ろうと一段目に足をかけたが、思い直して牛越に言った。

「そうだった。菊岡さんに言っておくことがあったんだった。もう眠ったかな？　ちょっと申し訳ありませんが、おつき合い願えませんかな」

「いいですよ」

牛越は応え、二人はサロンを横切って地下への階段を降り、十四号室のドアの前に立った。

「眠ってしまっているのなら、起こすのは申し訳ないからな……」

とつぶやきながら幸三郎は控えめに十四号のドアをノックした。返事はなかった。

「菊岡さん、私だ、浜本です。もう眠りましたか？」

あまり大きい声でもなかった。耳を澄ますと、吹雪の音が地下の廊下に案外よく響いていた。

「返事がない。もう寝たようですな」

幸三郎は一応ノブをガチャつかせた。中からロックされている。

「行きましょう。眠ってるようだ」

「いいんですか？」

「かまわんです。明日でもいいことですから」

二人は階段を昇り、ホールへ戻った。幸三郎は早川夫婦のところへ行き、

「今夜はずいぶんと冷えそうだ、いつもより暖房の温度をずっとあげてくれ」

と命じた。それから二人は塔の部屋へ帰るために、サロンの階段を昇っていった。やがて跳ね橋階段をかけるガラガラという音が、風の鳴る音に混じってかすかにホールまで届いた。

ビリヤード台のところにいた相倉クミは、英子の参加によってゲームが息苦しいものに変わっていたから、幸三郎が姿を消すとすぐに自室へさがる決心をした。

サロンには、例の花壇の図を眺めている戸飼と、医学書をめくっている日下、ビリヤードに興じている英子、嘉彦、阿南巡査、それから早川夫婦と梶原春男が残っていた。

第五場　塔の幸三郎の部屋

「こりゃあまた、何とも奇抜な、しかし素晴らしいお住まいだ。いい部屋ですね」

(図6)

「不良道楽老人の閑《ひま》つぶしには持ってこいです。われながら何でこんな馬鹿げたことをやったんだろうと考えているうちに一日が経ちます。あきれかえられたでしょう？」

「驚くことばかりだ。いやはや驚きの連続です。この丸い部屋も床は傾いておるんですな？」

「これはピサの斜塔のつもりですからな。もともとは、この塔だけを傾けるつもりだったんですがね、ピサの斜塔は五度十一分二十秒ほど傾いておるんです。この塔も正確にその角度だけ傾けてあります」

「ははあ……」

「今、何か淹れます。つまみも作ろうかな、ちょっとお待ち下さい」

「ええ、ええ、よろしゅうございますが、この向こうは台所か何かなんでございますか？」

「まあ台所というほどじゃないが流しとか、冷蔵庫とかレンジとか、ご覧になりますか？」

「そうですな、こんな珍しい建物へ入ったのははじめてですからな、後学のために是非ひとつ……」

幸三郎は台所へのドアを開け、明かりをつけた。

「ほう！　こっちにも窓がたくさんありますな、ぐるりに付いておるんですな？」

「この部屋のぐるりは窓が九個にドアがひとつ、台所は窓で言えばよっつ分ですな」

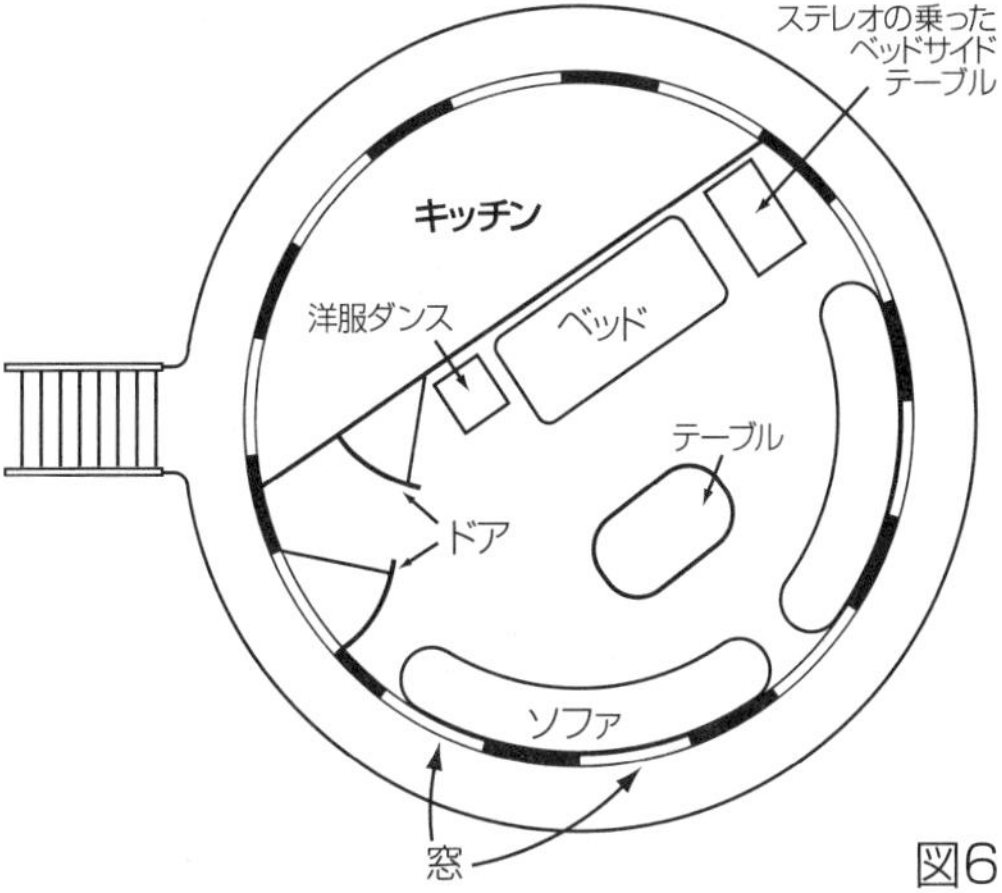

図6

「そうですな、眺めもいいんでしょうなぁ……」

「眺めはいいですよ。今は真っ暗で何も見えんが、朝になれば一面に海が見えます。そうだ、よろしかったらここへお泊まりになりませんか？　朝の眺めが一番いいんですよ、ここに眠っていれば見逃すことはない、ね？　そうなさいませんか？　いや私もね、あとで一杯やりながらゆっくり白状しようと思ったが、少々心細いんですよ。ここまで来るのに、やはり敵をまったく作らないというわけにはいかなかった。もし殺し屋がこのへんにひそんでおるなら、次の目標を私に定めても何の不思議もない。刑事さんにひと晩中同室してもらえるなら、こんな心強いことはありませんからな」

「そりゃかまいませんが、ベッドがないでしょう。見たところひとつしかありませんでした」

「いや、これをご覧下さい、ここに、この下にですね……」

幸三郎は自分のベッドの下に手を入れ、何か引き出した。見るとそれもベッドだった。

「ほら、親子ベッドなんですよ、引き出しみたいになっておるんです」

次に幸三郎は窓ぎわのソファのクッションをどけた。

「それからこの下は収納になっていて、布団が入っておるんです、二人分ね、お解りでしょう？」

「ははははぁ、こりゃまた驚いた。ずいぶんと合理的にできておりますね」

それから二人はソファに腰をおろし、ルイ十三世を飲んだ。外はさらに風の音が増してきたようで、手の中のグラスに氷が触れる音も、聞きとれないほどだった。

「こんなすごい風だと、こんな傾いた塔は倒れませんかな？」

「ははは、大丈夫でしょう」

「あっちの母屋の方も平気ですか？」

「はっはっは。平気、平気」

「そうですか。しかしこの家が倒れて、隠れておった犯人が下敷きになったりすると愉快ですな。はっはっは」

「ふむ、しかしこの雪の中に犯人が立ってるとすりゃ、もうコチコチに凍っておる頃合いでしょう」

「でしょうなぁ、行ってこのブランデーでも飲ましてやりたいもんだ。これがルイ十三世ですか。噂には聞いていたが、見たのも飲んだのもはじめてだ。いや、旨いものですな」

「悪酔いしないのですよ、これは。牛越さんはところで、犯人の目星はついていらっしゃるんですか？」

「来ましたな！　うーむ、ついとるといえばついているような……。ま、結論から白状してしまうならば、まだです。かなり困っとることは確かです。えらく風変わりな事件ですからな、ガイシャが、殺されて三十分もたってから悲鳴をあげた事件なんぞ私はほかに知りません」

「しかも死体は踊りを踊っている」

「さようですな。ホシはといえば、どこにもいないような、頬にケロイドがあって、髭をはやした肌の浅黒い夢遊病者という話で、これじゃまるで怪奇映画だ。警察の出る幕はないです」

「人殺しをやった後、空中をふわふわ飛んで、女の子の部屋を覗いたりしてる……。ちょっといくつか質問してもよろしいですか？」

「ええ、まあ、さしつかえのない範囲内でならお答えしましょう」

「犯人は、何で私の人形なんか持ち出してあんな雪の上に、しかもバラバラにして撒いたんです？」

「うーん、そりゃあま、単なる目くらましでしょう。一見意味ありげに見せて、混乱させるためでしょうな、われわれを。それ以上の深い意味あいなんぞ、ありはしませんでしょう」

「上田君のあのおかしな格好はどうです？」

「あれこそ何の意味もないでしょう。他殺死体というものは、苦痛からいろんな奇妙奇天烈な格好をするもんですよ」

「上田君が左の腰のところの床に描いていた、丸い血のマークは何です？」

「偶然でしょう、それは。偶然苦悶する指が触れたんですよ、あのあたりの床に」

「庭に立っていたと日下君が言っておる棒は？」

「さあて、それはですな。もしあれが上田さんの犯行と関係があるとすれば、犯人というやつは、みな間違いなく一種の精神異常者ですからな、殺人をはじめ、いろんな犯罪に及ぶ際、常人には理解のむずかしいいろんなまじない、まあ願《がん》かけのようなものをよくやるんです。そういう例は無数にあります。たとえばある空巣《あきす》は、仕事の時は必ず女性用のストッキングを履いていましてね、こりゃ一種のジンクスだったらしいんですな、奴《やっこ》さんにとって。女のストッキングを履いて出かけると、決まってうまくいったと言っておりました。まあそういったことだと私どもは思ってますがね……」

「ふうん、すると相倉さんの部屋を覗き込んでいた、顔に火傷のある男というのは」

「そんな人間はこの家にもこの近所にも住んではおらんのでしょう？　下の村の連中にも見た者はない。となるとやはり……」

「相倉さんの夢ということになりますか、ふむ。しかしそうでしょうか。あの叫び声や、足跡がないこと……、うーん、そんな単純なものなんでしょうかねえこの事件は。で、動機も見当がつかれますか？」

「そこなんですなぁ問題は。この館の住人の内からホシを一人絞れというのなら、これはいくら難問とはいっても、最後には間違いなくやり遂げられるでしょう。しかし、この家の誰を選びだしても動機だけはないという話になりそうです。登場人物の全員に動機がない。こういう種類の難問が、われわれには一番こたえるんです。しかし桜田門の方にも動いてもらっておりますからな、必ずや予想外の動機が出てくると確信しておりますがね」

「そう願いたいですな。ところで牛越さん、刑事になられて長いのでしょう？」

「二十年選手です」

「そういうベテランの方は、犯人に対する強烈な勘をお持ちと伺っておりますが、今度の事件でもその勘に訴える人間がおるのじゃないですか？」

「残念ながら。しかし予想外の人間のような気はしておりますがね……。ところで、私はここで休んだ方がよろしいのですかな？」

「できましたら是非」

「じゃあ尾崎君にそう断わってこないと。彼もドアをロックしないで待っておるかもしれん、ちょっと行ってきましょう」

「いや、それなら誰かを呼びましょう。このボタンを押せば、サロンと早川夫婦の部屋と両方のベルが鳴るんです。千賀さんが来てくれるから彼女に頼みましょう。なに、すぐ来ますよ」

まもなく髪の雪を払いながら、早川千賀子が現われた。幸三郎は、牛越がここへ泊まることを十五号室の尾崎に伝えてくれと言い、サロンの様子を訊いた。まだみなさんいらっしゃいます、と千賀子は答えた。幸三郎は、それじゃあもう三十分もしたら部屋へさがりなさいと言い添えた。牛越は何となく部屋の時計を見たが、その時十時四十四分だった。

千賀子がドアを閉めると、二、三分して入れ替わりのように英子が現われた。

「おう英子、どうしたんだね？」

「私、そろそろ休みたいと思うんです。眠いから」

「そうかね」

「それで、よろしかったらこの橋、あげてくれません？　こちらの刑事さんがここにお休みになるのなら。サロンの方たちが寒いから」

「ああ、そうか、解った。今サロンには誰がいるんだね？」

「日下クンと戸飼クン、嘉彦ちゃんはお巡りさんとビリヤードやってますわ。あと早川夫婦と梶原クンよ」

「みんなまだ部屋へは帰りそうもないかね？」

「帰りそうもないみたい、日下クンも戸飼クンもビリヤード観てるもの」

「相倉さんはもう部屋へ引き揚げたんだね？」

「あの人はもうとっくよ」

「解った。じゃあお前も早く寝なさい」

幸三郎は英子を送り出し、ドアを閉めた。

それから彼はソファに腰をおろし、ルイ十三世を一口飲んだが、

「氷がなくなりましたな」

と妙に沈んだ声で言った。

「何か音楽でもかけましょう、殺伐とした夜ですからな。ここにはカセットテープしかないんだが」

ベッドサイドのテーブルの上に、卓上型のステレオがあった。

「この曲、娘は大嫌いだと言うんだが……」

流れはじめたピアノ曲は、牛越にも確かに聴き憶えのあるメロディだった。しかし思い出せなかった。自分も知っているくらいだから、たぶん有名な曲に違いない、そう牛越は思ったが、そうなると題名を尋ねるのはますますためらわれた。あまり極端な恥はかかない方がよかろう、今後の捜査にもさしつかえる、と彼は考えた。

「私はクラシックではピアノ曲が最も好きでしてね、オペラとか交響曲など、大袈裟

なものも割合好きなんだが。牛越さんは音楽などお聴きになることはありますか？どういったものがお好きです？」

「い、いや、私は……」

牛越は激しく手を振った。

「音楽は全然駄目なんです。歌は音痴ですし、ベートーベンを聴いてもみんな同じに聴こえます」

「そうですか……」

浜本幸三郎はいくぶん悲しげに言った。それではこっちの方向の話はできないなと思ったようだった。

「氷をとってこよう」

そう言ってアイスペールをとると、彼は隣りの台所へのドアを開けた。

隣室で冷蔵庫の開く気配がした。牛越はグラスを持ったまま、隣室とのドアを見ていた。それはきちんとは閉じられていず、隙間を幸三郎の姿がちらちら横切るのが見える。

「よく吹雪きますなあ」

幸三郎が大声を出した。

「まったく！」

とドア越しに牛越も応える。ピアノ曲は相変わらず続いていたが、外の風の音もほとんどそれと同じくらいのボリュームだった。

ドアが開き、アイスペールを氷で充たした幸三郎が現われた。ベッドに腰をおろし、牛越のグラスに氷を落とす。

「恐縮です」

牛越は言い、幸三郎の顔を覗き込んだ。

「どうかされましたか？　元気がありませんな」

訊くと、幸三郎は少し笑った。

「どうもこういう夜っていうのは、いけませんな。私は弱いんです」

「はあ……」

牛越は幸三郎の言葉の意味をはかりかねた。しかし重ねて訊くのも野暮に思われた。

「とにかく、この氷を使いきるまで飲むとしましょう。つき合って下さいますね？」

幸三郎は言った。その言葉が終わるか終わらないかのうち、壁の古風な時計が十一時を打った。

第六場　サロン

　それからずいぶんと経って幸三郎が、そうだった、橋をあげなければ、と言った。牛越と幸三郎は揃って吹雪の中へ出て、一緒に鎖を引き、体が冷えたのでまたしばらく飲んだから、二人が眠ったのは零時を少し廻った頃だったろう。

　しかし翌朝は塔からの眺望を楽しむために、二人は八時前に目を覚ました。すっかり風もやみ、雪ももう舞ってはいなかった。だが青空は見えず、陰鬱な空の下に、流氷が覆いつくした寒々とした海が望めた。東の雲が一ヵ所白く光っている。障子《しょうじ》の向こう側で電球が光っているようだった。あのあたりに太陽があるのだろう。

　北の地に住み馴れた者にも、そんな光景は感動的だ。人間が白い板を浮かべてこの広い海を隠そうと思えば、いったいどれほどの労力を必要とするのだろう。自然は、いともたやすくそれをやってのけるのだ。

　跳ね橋階段をおろし、これを下る時、牛越は行く手の母屋の壁に、コの字形の金属が縦一列に埋め込まれているのを見た。壁に埋込み式の梯子であろう。母屋の屋上にあがるには、あの梯子を昇るわけだなと彼は考えた。

サロンに降り、時計を見ると、午前九時を少し廻ったところだった。しかしゆうべが遅かったせいか、サロンに起きてきていたのは金井道男が一人だけだった。ぽつんと一人、食卓についていた。三人の使用人たちは厨房でたち働いている気配だったが、ほかの客たちはまだ眠っているのだろう。

三人は挨拶をかわした。金井はすぐに読んでいた新聞に目を戻し、幸三郎は燃えている暖炉のそばの、愛用のロッキング・チェアまで行って腰をおろした。牛越もその近くの椅子にかけた。

暖炉の薪がはぜ、煙は巨大な漏斗のような煙突に吸い込まれていき、窓ガラスは外の寒さを教えるように曇っている。いつもと変わらない朝だった。

しかし、牛越佐武郎はかすかに妙な気分を抱いた。そして、すぐにその理由に思いいたった。尾崎や大熊たちが起きてこないからだ。そう思ったとたん、ドアが乱暴な調子で開いて、尾崎と大熊がサロンに駈け込んできた。

「すいません！　ちょっと疲れてたもんで」

尾崎が言った。

「何か変わったことはありませんか？」

言いながら椅子を引き、食卓についた。牛越は暖炉のそばから立ちあがり、テーブルの方へ歩いた。

「まあ、昨日の今日だからね、何も変わったことは起きんだろうと思うよ、今のところはね」

「でしょうな」

大熊も寝ぼけまなこで言った。

「どうもゆうべは風の音で寝つけなくて……」

尾崎がまた言いわけした。

「阿南君はどうしたろう？」

「あの男はゆうべ夜っぴて遊び呆《ほう》けてたから、当分起きてはこんでしょう」

大熊が言う。

それから金井初江が降りてきた。続いて英子、すぐその後に相倉クミも続いた。しかしそれで先発隊は撃ち止めで、残りの連中が起きてくるまでには、それから一時間以上がかかった。

みなは紅茶を飲みながら待っていたが、

「どうしましょう、起こしてこようかしら……」

と英子は幸三郎に言った。

「いや寝かせておいてあげなさい」

と幸三郎は応える。その時車が坂を昇ってくる音がして、すぐに、ごめん下さい、おはようございます、という若い男の声が玄関でした。

英子がはいと返事をして玄関へ出ていき、きゃあと悲鳴をあげたので警官たちは色めきたったが、英子はすぐにひと抱《かか》えもある菖蒲《しょうぶ》の花束《はなたば》を抱えてサロンへ戻ってきた。

「お父様が注文なすったの？」

「そうだ。冬の間は花でもなければ殺風景だからね、空輸されてきた花だよ」

「お父様って素敵！」

英子は花を抱いたままで言った。車が坂を下っていく音がした。英子は菖蒲の花束を、ゆっくりとテーブルに横たえた。

「千賀さんと手わけして、それをここや、みなさんの部屋へお配りしなさい。各部屋に花瓶があるはずだし、なければどこかそのへんにあるだろう。なにしろ部屋数だけ花瓶はあったと思うからね」

「ありましたわ、お父様。さっそくやりましょうか、おばさん、おばさん！」

客たちは自主的に立ちあがって、それじゃあ花瓶を持ってきましょうと言った。そして花の分配があらかた終わった頃、日下と戸飼が起きてきた。しかし事情を聞いて彼らはもう一度部屋へ花瓶を取りに引き返さなくてはならなかった。

その時点でもう午前十一時が近くなっていた。英子は花を持って嘉彦を起こしにいった。阿南巡査はその頃起きてきた。

十一時五分前になり、サロンには菊岡一人を除いて全員が集合した。菊岡栄吉は瘦せても枯れても社長であるから、誰も起こしにいこうとは考えなかったのだ。

しかし考えてみれば、これはおかしいと言わなくてはならない。ゆうべ菊岡は一番早く寝たのだ。サロンから消えたのは九時前くらいだった。あれから金井の部屋を訪ねたりはしているが、おそらく九時半くらいには寝たのではあるまいか？　それが十一時になっても起きてこない——。

「おかしいな……」

金井がつぶやいた。

「何か具合でも悪いのかな？」

「様子見にいきましょうか？」

クミも言いだした。

「しかし眠いのを起こすと機嫌悪いからなぁ……」

「まさかとは思いますがね……」

大熊が言った。

「起こした方が安心ではありましょうな」

「よし、じゃあ花でも持って……、英子、その花瓶貸しておくれ」

「あら、だってこれはここに置く分よ」

「いいじゃないか、ここには花なんかなくていい……、ありがとう。じゃあみなさん行ってみましょう」

そこでみなは、ぞろぞろと十四号室へ向かった。

ドアの前に立ち、幸三郎はドアを叩いて、菊岡さん、浜本です、と呼んだ。牛越は一瞬ぎくりとした。ゆうべこれとまったく同じ情景があったのを思い出したからだ。あの時はもう少し控えめな呼び方だったが。

「起きないな……。今度は君が呼んでみて下さい。女性の声の方が目が覚めるかもしれない」

幸三郎はクミに言った。しかしクミの声でも同じことだった。みなは顔を見合わせた。

一番顔色を変えたのは牛越だった。彼はヒステリックにドアを叩き、

「菊岡さん！　菊岡さん！」

と叫んだ。

「おかしいぞ、こいつは！」

刑事の切羽詰まった声は、誰の胸にも急激な不安を呼び起こした。

「ぶつかっていいですか？　壊しても……」

「いや、しかし……」

幸三郎は少しためらった。この部屋には愛着があったのだろう。

「あそこから、少しなら中が見えるんじゃあ……」

日下が壁の高いところにある小さな換気孔を指差した。しかし廊下にはテーブルも椅子も、台になる何ものもなかった。

「尾崎君、君の寝た部屋に台……」

牛越が言い終わらないうち、尾崎は十五号室に飛び込んだ。そして、ベッドサイドのテーブルを持ってきた。それを換気孔の下に置くのももどかしくとび乗ったが、

「駄目だ！　低くてよく見えません。ベッドまでは！」

「脚立《きやたつ》だ！　梶原君、外の物置に脚立があったろう!?　持ってくるんだ！」

幸三郎が命じた。脚立が届くまでのわずかな時間が、ずいぶん長く感じられた。脚立が立てられ、尾崎が昇って覗き込むと、

「いかん！」

と叫んだ。

「死んでるのか⁉」

「やられてるのか⁉」

刑事たちが叫ぶ。

「いや、菊岡さんはベッドの上にはおりません！　しかし血らしいものがベッドの上に」

「何⁉　菊岡さんはどこに⁉」

「見えんのですよ、ここからは。ベッドのあたりしか見えません！」

「破りますよ」

牛越がもう有無を言わせぬ口調で言った。こうなればもう致し方ない。大熊と牛越が揃ってドアに体をぶつけた。

「それはかまわんのですが……」

幸三郎が言う。

「このドアは特別頑丈なんですよ。おまけに錠も特別製で、ちょっとやそっとでは壊れんでしょう。さらには合鍵《あいかぎ》もない」

幸三郎の言葉は正しく、阿南も加わって三人の男が体当たりしても、ドアはびくともしなかった。

「斧だ！」

幸三郎が叫んだ。

「梶原君、もう一度物置だ。あそこに斧があったろう？　もう一度行ってとってくるんだ！」

梶原は駈けだした。

斧が届くと、さがって下さいと言いながら阿南が、両手で客たちを押した。

大熊が斧をふるった。この男は、どうやら斧をふるうのがはじめてではないようだった。たちまち木片がとび散り、小さな裂け目ができた。

「いや、そこでは駄目なんです」

幸三郎が見物人の群れから進み出た。

「ここと、ここと、このあたり、この三ヵ所を見当に破って下さい」

幸三郎は、ドアの上部と下部と真ん中あたりを指し示した。大熊は怪訝そうな顔をした。破れば解ります、と幸三郎は言った。

三つ穴があき、大熊は不用意に手を入れようとした。牛越がさっと白ハンカチを差し出す。大熊はそれを受け取り、手に巻いた。

「このドアの上と下に、上に向かってと、下に向かってのカンヌキがあるんです。つまみを持ってぐるりと回して下さい。上のは落ちるでしょう、下のは引きあげて、それからぐるりと回して留めて下さい」

しかし勝手が解らないらしく、ずいぶん手間取った。

ようやくドアが開く、警官たちは一気になだれ込もうとした。しかしどすんと音がして、ドアが何かにつかえた。尾崎が力まかせに押す。するとソファらしいものが見えた。どうやらソファが邪魔しているらしい。しかしそのソファは、どうしたわけか底がこちら側に見えている。倒れているのだ。尾崎が足を差し入れ、蹴飛ばした。

「乱暴にするなよ!」

牛越が言った。

「現場が失われる。ドアが開きゃあいいんだ」

ドアが開き、後ろで半円を作った見物人たちは、息を呑んだ。ソファが倒れ、テーブルも横倒しになっている。その向こうに、菊岡栄吉の巨体がパジャマ姿で横たわっていた。どうやら争った跡らしい。菊岡はうつ伏せになっている。その背中の右側に、ナイフが立っていた。

「菊岡さん！」

幸三郎が叫び、社長、と金井道男も叫び、クミはうっかりパパ！　と口走った。

刑事の群れが飛び込む。その時、しまった！　という叫び声が背後で起こった。尾崎が振り返る。瞬間大きな音をたてて花瓶が割れていた。

「しまった！　すいません」

幸三郎が言った。彼も刑事に続いてあわてて部屋に入ろうとしてソファにつまずいたのだ。

菖蒲の花が菊岡の巨体の上に散乱していた。これも何かの因縁か、と牛越は口には出さず、思った。

「本当に申し訳ありません、拾いましょう」

幸三郎が言った。

「いやけっこう。こちらでやります。あなたはさがっていて下さい。尾崎君、花を片づけてくれ」

牛越は現場を見廻した（図7）。血はかなり流れている。ベッドのシーツに少々、それから床にずり落ちた電気毛布にも付き、さらに、寄せ木細工の床の中央に敷かれたペルシャ絨毯の上にも流れていた。

ベッドは床に木ネジで留められているから当然動いてはいない。家具で位置を変えているものはソファとテーブルで、しかも両方とも横倒しになっている。ほかには見渡したところ、位置が変わったり壊れたりしたものはないようだ。暖炉にガスストーヴがあったが、火はついていず、元栓も閉じている。

牛越は菊岡の背中のナイフを見た。そして驚いた。ひとつには、ずいぶん深々と突き立っていることだ。柄の部分までが体に埋まりそうになっている。力まかせに突き立てたのだろう。しかしそれ以上に驚いたのは、ナイフが上田殺しの時と同種の登山ナイフで、しかもこれに白い糸が結びつけられていたからだ。パジャマは血に染まっているが、白い糸はまったく染まっていない。

ナイフは背中の右寄りに立っているから、心臓ははずれていることになる。

「死んでます」

尾崎が言った。ということは、出血多量で死んだということか。

牛越はドアを振り返った。思わず、馬鹿な、という言葉が口をついて出た。こんなはずはない！

〈14号室〉

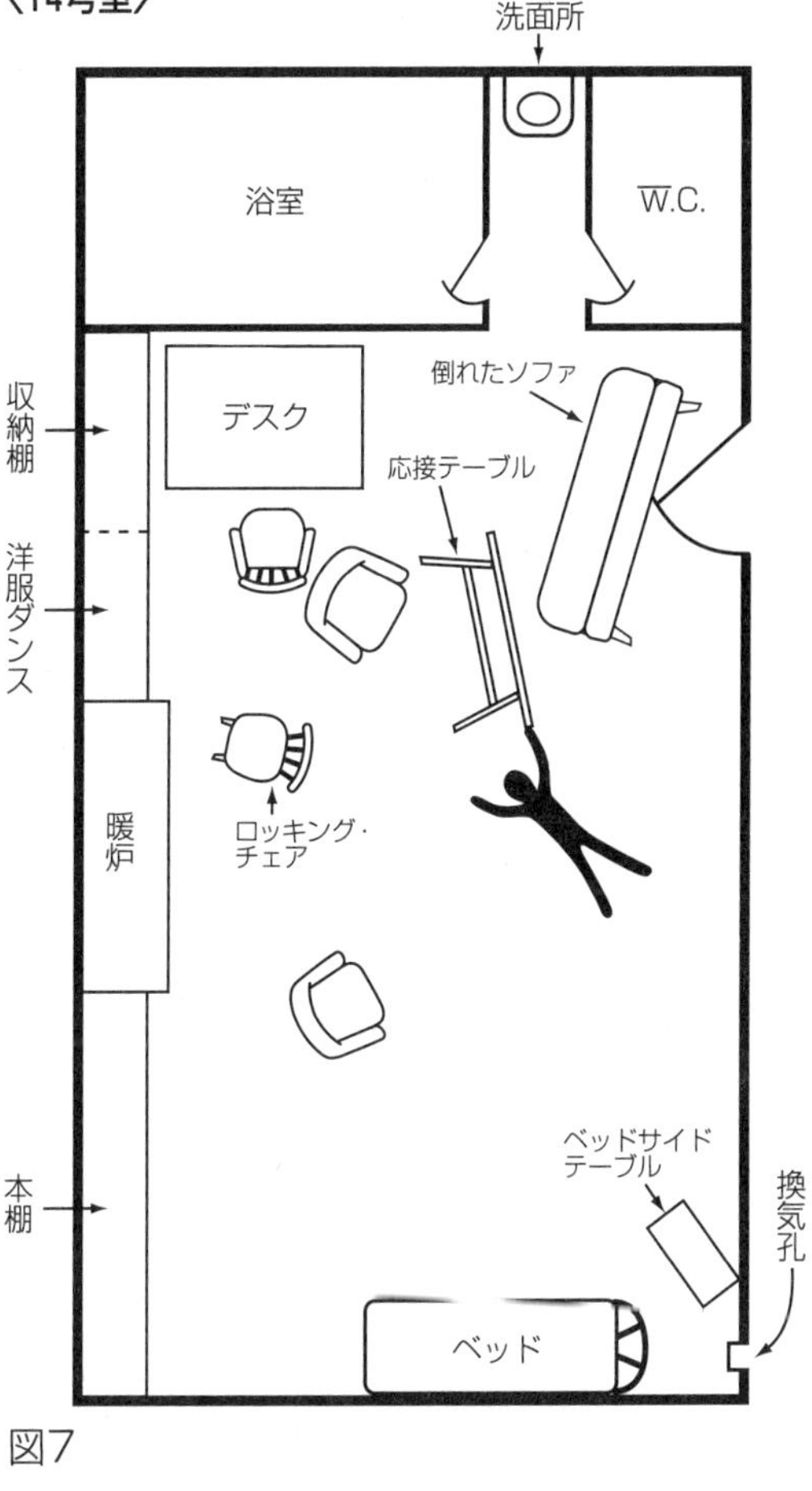
洗面所
浴室
W.C.
倒れたソファ
収納棚
デスク
応接テーブル
洋服ダンス
暖炉
ロッキング・チェア
本棚
ベッドサイドテーブル
換気孔
ベッド

図7

ドアはこれ以上ないほどに丈夫なものだった。今あらためて室内側から眺めると、まるで嫌味なくらい頑丈にできている。厚い樫《かし》の木でできていて、錠前も上田殺しの時と違って、何ともしっかりしたものだ。しかも三つもついている。まるで金庫である。

ひとつはドアノブの中央のボタンを押す形式のもので、これはほかの部屋のものと同じだが、残りのふたつが大した代物だった。ドアの上部と下部に小型のカンヌキが取りつけてある。直径三センチばかりの頑丈そうな金属のバーを、当然上のものは持ちあげてからぐるりと回して留め、下のは落とし込んでおく。これではいくら器用《きよう》な人間でも、部屋の外から遠隔操作してロックすることなどできまい。しかもドアに限らず、ドアの四方の枠も、実に細工のしっかりしたもので、上下左右に隙間などほとんどなかった。

それがこの乱れたソファとテーブル、そしてナイフによる死体、いったいどうなっているんだ⁉　何が起こったんだ⁉

牛越はしかし冷静を装って言った。

「尾崎君、みなさん全員をサロンに誘導してくれ。阿南君、署に連絡だ！」

「この花瓶の破片はどうする？」

大熊が言った。

「そうですな、それは集めて棄ててもよござんしょう」

それから牛越は腕組みをし、面目《めんぼく》まる潰《つぶ》れだ、とつぶやいた。

警官の群れが坂を昇って一ダースも駈けつけ、いつもの大騒ぎが始まった時、牛越の胸はますます敗北感でいっぱいになった。いったいどこの血に飢えた野郎の仕業なんだ⁉　警察官が四人も泊まり込んでいるというのに、少しは遠慮してもよさそうなものじゃないか！　何でまるでおかまいなしに、連続して殺しなんぞやらなくてはならないのか？

だいたいどうして密室なんだ？　二人とも自殺ではあり得ないじゃないか！　どんなヘソ曲がりが見てもあの死体では自殺には見えまい。まして菊岡の場合、背中じゃないか。

赤恥をかかせてくれたものだ。簡単には許さんぞ、と牛越は思った。彼の見込み違い、見当違いをしていた部分が多くあったことも確かだった。これだけ警官がいるのだから、連続殺人など百パーセントないと、内心たかをくくっていたのだ。出直さなければいかんなと、牛越は気を引き締めた。

夕方には、もう鑑識から死亡推定時刻の報告が届いた。それによれば午後十一時頃だが、余裕を持ってその前後三十分以内ということだった。午後十時三十分から、十一時三十分までの間——。

「手っとり早く伺いましょう」

牛越はサロンで、生き残った客たちと家の主、そして使用人たちに向かって口を切った。

「昨日の夜、午後十時半から十一時半の間、つまり午後十一時をはさんで前後三十分ずつの間です、この時刻、みなさんはどこで何をしていらっしゃいました？」

「われわれは……」

日下が即座に言った。

「その時間はまだこのサロンに、そのお巡りさんと一緒にいた頃です」

「われわれというのは？」

「ぼくと戸飼君、それから嘉彦君に早川さん夫婦、梶原君です。この六人ですね」

「なるほど、で何時頃までここにおられましたか？」

「午前二時すぎまでです。時計を見て二時だったんで、あわてて部屋へ帰って寝たんです」

「六人全員ですか？」

「いえ」

「あの、私たちは十一時半頃、部屋へさがりましたです」

早川千賀子が口をはさんだ。

「あなた方ご夫婦が、ですな？」

「いえ、ぼくもです」

梶原が言った。

「するとあなた方は十一時三十分頃、三人で十四号室の前を通ったわけですな？」

「いえ、前は通りません、階段を降りたところは、十四号室のドアと反対側ですから」

「ふむ、それで十四号室のもの音とか、何か不審な人影とか、見ませんでしたか？」

「さあ、何しろあの風の音でしたから」

「そうですな……」

この三人は、きわどいところだが、時間の点から一応除外できるだろう、と牛越は思った。しかし十一時三十分に十四号室のドア近くを通った者があるという事実は大きいかもしれない。犯人はすでに仕事をすませて立ち去っていたのか——!?

「すると、ですな、残りの三人の方が、午前二時頃までサロンにいたわけですな？」

「そうです。阿南さんと一緒に」

「阿南君、そうかね？」

「そうです」

　すると日下、戸飼、嘉彦の三人は文句なく除外できる。幸三郎もゆうべはずっと自分と一緒にいたから問題外だろう。

「早川さん、ゆうべは家中の戸締まりはしっかりしていましたね？」

「そりゃもう、夕方五時頃からしっかり鍵をかっておりました。あんなことのあとですから」

「ふむ」

　しかし、これで殺人鬼がこの家の中にいるという事実がはっきりしたことになる。ということは、とりもなおさず自分の目の前のこの十一人の内に犯人がいるということだ。今、七人が除外できた。残る人間は、浜本英子、相倉クミ、金井道男、初江、この四人！　何と、ほとんど女ばかりではないか!?

「浜本英子さん、相倉クミさん、あなた方はどうです？」

「私はもう部屋で休んでましたから」

「私もです」

二人が答える。

「つまり、証明はむずかしいわけですな？　アリバイの」

二人の顔色が、少し白くなった。

「でも」

クミが思いつめたような声で言う。

「一号室から十四号室へ行くのでしたら、サロンを通らなければ行けませんし、サロンにはお巡りさんたちがいたんだから……」

「そうよ、私もそうだわ！　サロンを通らずに十四号室へ行く方法は絶対にないですわ。十四号室は地下で窓もないし、たとえ外へ出て廻ったにしても、また中へ入る方法がないわ」

「なるほど」

「ちょっと、ちょっと待って下さいよ！　それじゃあわれわれが怪しいということになる。私はずっと部屋に、九号室におりましたよ。女房が証人です」

金井道男が大あわてで言った。

「ご夫婦の場合はですな……」

「い、いや、ちょっと待って下さい。今度のことで一番打撃を受けているのは私なんだ、ということは女房もそうです。菊岡さんが死んで一番深刻な打撃をこうむっているのはわれわれ夫婦なんですよ。こういう言い方は何だが、この際かまっちゃいられません、私はいわゆる菊岡派なんですよ、社内の派閥でね。言ってみりゃ菊岡の子分ですわ、十何年というものね、菊岡さんにかけてここまで来とるんです。ここのところはどうお調べいただいてもけっこうです。よっく調べて下さい。私は菊岡社長が死んだらもうお先真っ暗なんですわ、明日からどうしようかと思っとるくらいです。私に殺せるわけがないじゃないですか！　動機の持ちようがないです。社長を殺そうというやつがいたら、体をはってでも守らにゃいかん立場だ。自分の生活のためにです。私が殺すわけがない。第一こんな貧弱な体です、社長に立ち向かっても勝てる道理がない。私じゃありません、私じゃないですよ。同じ理由で女房でもありません」

「ふむ」

牛越は溜息をついた。追い詰められるとえらく能弁になる男だ。ただ、この男の言い分ももっともではあろう。しかし、そうなるとまたしても犯人は存在しなくなるのだ。弱った。

「浜本さん、またあの図書室を利用させていただいてよろしゅうございますか？　われわれ、またちょっと打ち合わせをしたいんで」

「おお、よろしいですよ。どうぞ、どうぞ。ご自由にお使い下さい」

幸三郎が言い、

「恐縮です」

牛越は応えた。そして、行こう、と仲間を促して立ちあがった。

第七場　図書室

「こんな馬鹿げた事件は見たことがない！」

大熊警部補が言った。

「いったいどうなっとるんだ⁉　死因がナイフによるものであるのは確かなんでしょうな？」

「確かです。解剖の結果ですからな。若干の睡眠薬も検出されたが、むろん致死量には遠いものです」

「何か仕掛けがあるんじゃないのか？　この家には」

「十四号室は、鑑識の連中がざっとですが、さっき調べてますよ。どこにも隠し戸や、隠し戸棚の類いはないですな。それは十号室も同じです」

「天井はどうですか?」

「天井も同様です。普通の天井ですよ。もっとも壁板にせよ天井板にせよ、全部引き剝がしてみれば、案外何か出てくるかもしれませんがね、現段階では、まだそこまでの必要性にはいたってないでしょう。その前にやるべきことがたくさんありそうです」

「しかし、天井くらいは調べる必要がないかな? なんとなればあの糸だよ。ナイフになんで糸が付いておるんだろう?」

大熊がなかばわめくように言う。

「この家の連中は、金井夫婦を除けばアリバイが立つ、十一時前後はね。しかし金井には動機がない、そしてまあ、ホシが今この家に寝起きしている連中の中に確かにおるのなら、こりゃいささか小説めくが、前もって何か仕掛けをしておいて、十一時頃菊岡の背中にナイフが立つようにしておいたんじゃないかね? それしか考えられん。そうじゃないですか?」

「ふむ、そういう可能性も考えなきゃならんでしょう。こうなっては、ですな」

「ね? だろう? そうすると、天井が一番臭い。なんとなればあの糸です。あれでナイフを吊り下げておいて、十一時になればベッドの上に落ちるようにしておく……」

「だから天井板ですか？　しかし、天井板はごく普通のシーリング材でしたよ。さんざん叩いて廻った限りでは、どこにもはずれたりめくれたりするような仕掛けはありませんでした。

それに、です。その考え方は……、そうですな、ふたつばかりの理由によってむずかしいです。ひとつは高さです。あのナイフは柄もほとんど埋まるほどに深く刺さっております。天井から下げて落としたくらいでは、あれほど深くは立ちませんよ。いや、傷を負わせられるかどうかだってむずかしい。天井から落下したくらいではね、少々痛いかもしれんが、せいぜい蜂に刺されたくらいで、ぽろりと横に落ちるでしょう。

ではずっと高くすればどうか？　すると十四号室の上の階には大熊さん、あなたが寝てらしたわけですからな、あのくらい深くナイフを突き立てるためには少なくとも二階分程度の高さは必要でしょう。それでもあのくらい刺さるかどうか解らんですがね。十四号室でとれる高さというのは、どう頑張っても十四号室の天井裏、上の十二号室の床板の下までです。その高さでは、ナイフはあんなに深くは立ちませんよ」

「ふん、まあそうだろうね……」

大熊が言った。

「もうひとつは毛布です。それだと毛布の上から突き立てることになります。しかも背中じゃなく、まず胸でしょう」

「だがそりゃあまあ俯伏せに寝てたかしれん」

「そうですな」

「この考えが弱いことは解っとります。それなら私にはこれしか考えられん、つまりこの家のどこかにもう一人、見たこともないホシがひそんどるんだ。それしか考えられんじゃないですか。どう見てもあの十一人の中にゃホシはおりませんよ！」

「それもしかし、どうですか。誰も泊まってない空いている部屋は、すべて調べましたよ。宿泊している客が、まさか匿《かくま》っているわけもないでしょうしね」

「それはしかし、解らんでしょうが」

「ふむ、一応彼ら立ち会いのもとで、この家の全室のチェックをやった方がいいかしれませんね、しかし……」

「いや、それもですがね、案外この家のどこかに一人くらい人間がひそんでいられるスペースがあるかもしれん、その点をね、念入りに捜査した方がいいかもしれん。仕掛けというのはそういうことです。何しろこんな変てこりんな家ですからな、何が用意されとるか解らん」

「お言葉なんですが……」

尾崎が口をはさむ。

「そうするとこの家の主であるところの浜本幸三郎、ないし英子が共犯という話になってきます。ところがですね、動機ということを考えますと、浜本親子は日下、戸飼と並んで、真っ先に除外されてしかるべき人間なんですね。上田一哉に関してもそうなんですが、菊岡栄吉に対してもそうなんです。

上田の時の資料なんですが、浜本幸三郎は菊岡栄吉という人間に対して、別に古くからのつき合いがあるわけではありません。むろん幼馴染みというわけではありませんし、二人が出遭ったのは互いに一国一城の主となってからです。仕事の関係で、つまりキクオカ・ベアリングとハマー・ディーゼルとのつき合いとして、関係が始まったわけです。

それはもう十四、五年の前になるようですが、しかし二人が特に親しくつき合った様子もないですし、このふたつの会社が、特別危険な摩擦を生じたという事実もありません。幸三郎氏と菊岡氏が会った回数にしても、十回にも充たない程度です。菊岡をこんなふうに屋敷に招き入れるようなつき合い方を始めたのもつい最近、浜本氏がここに別荘を構えてからです。とても殺意が生まれるほどのつき合いがあったとは考えられません」

「出身地も違うのかね？」

「違います。浜本は東京、菊岡は関西ですから。この二人が会社を興《おこ》す以前に知り合いであったという事実はないと、多くの二人の側近が断言しています」

「英子も当然そうだろうね」

「当然そうです。英子が菊岡に会うのは、夏の時と今回とでまだ二度目のはずです」

「ふうん」

「この夏と今度とでこの家にはまだ二度目だというのがほかにもおりまして、それが日下と戸飼です。それから浜本嘉彦と梶原春男ですね。これらはすべて条件は同じ、今回で菊岡に会うのは二度目です。どう考えても、殺意を生むほどの確執《かくしつ》が生じる時間はなさそうですな」

「ふむ、常識的に、動機の点を考えれば、今名前の出た連中は除外してよいと、こういうわけだね」

「動機の線からは、ですね」

「しかし、われわれの扱ったヤマで、変質者の仕業でない限り、動機のない殺しなんてのはなかったよな」

「そうですね」

「怨恨、もの盗り、嫉妬、かっときて、女とやりたい、金が欲しい……、おっそろしくケチなものばっかりだったがな」

「今名前が出なかった者の内に、秘書嬢や子分の金井夫婦は解るとしても、この家の使用人の早川夫婦がいるな？　これはどうしたわけだ？」

「これが昨日の時点では解らなかったんですが、大いにわけありでしてね。今日報告が入ったんです。実は早川夫婦には二十歳《はたち》になる一人娘がありましてね、この娘がこの夏、避暑にきた菊岡とここで会っているわけです」

「ほう！」

牛越と大熊の目の色が少し変わった。

「色白でポッチャリ型の、男好きのする顔だちだったという話ですが、写真は手に入っておりません。必要なら早川夫婦に言えばよいでしょう」

「解った、それで？」

「その娘は東京は台東区、浅草橋でヒミコというスナックに勤務しておったんですが、この娘も今年の八月、ここへ遊びにきておったわけです。それをここへやってきた菊岡が、まあ興味を抱いたんでしょうな、菊岡栄吉という男の女に対する執着というか、情熱家ぶりは、当人を知る人間誰もが口を揃えるところでしてね」

「菊岡って男は独身なのかい？」

「とんでもない。妻と、高校生になる男の子、中学生の女の子、二人の子持ちです」

「ふうん、頑張るね……」

「菊岡ってのは豪放磊落《らいらく》を装いながら、一面ちょっと陰険なところがある男らしくてですね、社内でも自分に不義理をしたような人間があると、表面的には笑ってすませるんですが、あとでしっかり仕返ししておくというような性格のようです」

「宮仕えの辛さじゃね」

「早川良江《よしえ》、その早川夫婦の娘ですが、この時もそういうことがありましてね、ここでは両親の手前もあってそういう素ぶりは露《つゆ》ほども見せませんでしたが、東京へ帰ってからせっせとヒミコへ通ったらしいんですな。

　ヒミコというのは若い連中が相手の、まあモダンだが高くはない店でしてね、ママと良江の二人だけでやっていたようですが、そこへキクオカ・ベアリングの大社長が日参したわけですからな、これはひとたまりもないです」

「金も地位もある好色爺さんというのは、悪徳警官の次にたちが悪いね」

「奴さん、女には金を惜しまないというのが生活信条だったようですから」

「大した心がけだ」

「ご立派なものだね」

「そういうわけで、せいぜい札びらを切ったんじゃないですか。で、良江としばらく関係を続けておったようですが、ある時菊岡がポンと身を引いたようなんですね」

「ふん」

「ところがヒミコのママの話によると、マンションも買ってやる、スポーツカーも買ってやるという口約束を菊岡はしていたらしい、それがそのままになっている、悔しいと、そういう話だったらしい」

「なるほどね」

「ママとしては、良江がさかんにそういう話をするので気分が悪かったらしいんですがね、とにかく良江は捨てられた、菊岡に電話しても出てはくれないし、うまく捕えてもそんな話した憶えはないというわけです」

「それでどうしたんだい？」

「自殺をはかったわけです」

「いえ、死にはしなかったようです。睡眠薬を飲んだんですが、すぐに洗浄《せんじょう》されましてね、たぶんに菊岡に対するあてつけの要素が強かったようですね。それからママの話では、まあ自分にあんな話をした手前、恥をかいたということもあるんじゃないかと」

「えっ？　死んだのか⁉」

「ふうん、これはどっちもどっちのような感じだが。で、今は？」

「それがですね、体の方もどうにか回復してぶらぶらしていたところが、先月のはじめに交通事故で死んだそうです」

「死んだか⁉」

「これは菊岡は何のかかわりもない単なる交通事故だったんですが、おさまらないのは早川夫婦ですね、菊岡に殺されたと思ってるようです」

「だろうな……、一人娘じゃな。……で、それは浜本幸三郎氏は知っとるのかい？その話」

「たぶん知らんでしょう。早川夫婦の一人娘が交通事故で死んだというくらいは知ってるでしょうがね」

「なるほどねえ、女の趣味もほどほどにせんといかんな。

で、その早川夫婦のいるこの家へ、菊岡はのこのこ来る気になったわけか？」

「それは大ハマー・ディーゼル会長じきじきのお招きとあれば、断われんでしょう」

「やれやれ気の毒に。よく解った。早川夫婦に菊岡殺しの動機はあり、か。昨日は、そいつを黙っていやがったんだな。では上田に対しては？」

「こっちは何とも妙なんですね、早川夫婦に上田一哉を消したいという動機は絶対にないはずです。早川夫婦が上田と接触があったのは、この家で二度だけのはずです」

「ふうん、菊岡にはあるが、上田にはない。妙だな……。おまけにその菊岡殺しの方に関しては鉄壁とも言えるアリバイがある。

ま、いいだろう。では次に金井道男、初江夫婦に関して菊岡殺しの動機にからんだ情報はあるかね？」

「こっちもありますよ、女性週刊誌ふうのやつが」

「ほう」

「金井道男が社内で菊岡派であること、これは疑いもない事実です。奴さんは菊岡のよいしょを十数年、雨の日も風の日も続けてここまでのしあがったんです。この点に関しては金井自身がさっき熱弁をふるっておった通りです。大筋としてはやつの言う通りで間違いはないです。ただ問題は、女房の初江なんですがね」

「女房か……」

尾崎はじらすように煙草に火をつける。

「初江を金井に妻《めあ》わせたのは菊岡で、それは二十年近くも昔の話になるんですが、どうも初江というのはもと菊岡の愛人であったふしがあるんですな」

「またか!」

「好きな男だな!」

「根が好きというんでしょうかね」

「頭が下がるね。で、金井はそのことを知ってるのか?」

「どうですかね、このへんが微妙なところでしてね、表面は知らん顔しているが、案外勘づいておるかもしれません」

「となると、だ、こりゃどうかねえ……。金井がこれに勘づいてたとしても、こんなものが殺しの動機になるかねえ……」

「むずかしいと思うんですよ。というのもですね、菊岡という大黒柱を失ったら、金井は社内ではカカシも同然です。菊岡あっての金井重役ですから。となるとですね、やつがそういうことに気づいたにせよ、こりゃあ時効の事実です。だったら菊岡に死ぬまでむしゃぶりついて、こいつを銭で返してもらおうと考えるのが普通じゃないでしょうか。殺しちまっちゃあ元も子もありません。

もしくはですな、どうしても殺してやりたい、でないと腹の虫がおさまらんと金井が考えたとしてです、その時はどうするかというと、社内の他派の連中に前もって渡りをつけておくだろうと思うんです、親分なきあとのね。ところが調べた限りでは、そういう形跡はまったくないんですな」

「終始一貫、菊岡の腰巾着だった……」

「そうです」

「なるほど」

「算盤《ソロバン》の上からもですね、金井に菊岡殺しの動機ありと考えるのはちょっと厳しいように思いますね、私としては」

「女房はどうだ？」

「女房がねえ、そんなことするとは、できるとは思えんのですがねえ」

「金井は上田に対しては？」

「これは前の調査の通り、別に親しいつき合いがないですからね、動機というのは、どんなもんでしょうな、全然無理と思いますね」

「じゃあ次に相倉クミだ」

「この女が菊岡の愛人であることは社内では公然の秘密です。しかしクミとしても菊岡あっての現在ですからねえ……、殺しちゃまずいでしょう。万一殺す理由があったにせよ、搾《しぼ》れるだけ搾り取って、そろそろ菊岡が自分から離れそうだなという、頃合いを見計らってやるでしょう。現在のところ菊岡は、クミに惚れきっておったようですから」

「じゃあ良江とのことは、クミと並行して励んでおったわけか？」

「まあ、ま、そうなりますね」

「感心、感心」

「性格がマメなんですな」

「しかし、たとえばだが、何かわけありでクミが菊岡殺害のために秘書にもぐりこんでおった、なんていうことはないかな？」

「それもないでしょう。クミは秋田県出身で、子供の頃も、それからクミの両親も、まったく秋田を離れたことはないですし、菊岡も秋田へ行ったことはないようですから」

「ふうん、よく解った。つまるところ、動機ありは早川夫婦だけか。そして上田殺しに関しては動機を持つ者はなし、か。おまけに今度の密室はやっかい千万だ。大熊さん、あなたはこれをどう思われます？」

「見たこともないくらい馬鹿馬鹿しい事件です。絶対外から操作できんような密室で助平爺さんが殺され、動機を持つ者なんかいやしない。やっといたと思ったら、殺しの時間はお巡りさんと一緒にサロンにいたというわけですからな！

私としちゃあ、やることはひとつだと思いますね、十四号室の壁板と天井板を引っぺがすんです。たぶん抜け穴でもあるんじゃないかな？　あの暖炉あたりが一番怪しい。あの裏に抜け穴があるんだ。抜け穴をたどっていくと、秘密の隠し小部屋があって、そこに十二人目の人間、小人《こびと》か何かかもしれん、そういうやつがじっとひそんどる……、いや、これは冗談で言っとるんじゃありませんぞ、私は。これしかないんじゃないですか？　小人なら狭いところにでもひそんでいられるし、細い抜け穴もくぐってこられる」

「あの暖炉はかたちばかりで、実際に火は焚けないようになってました。ガストーヴが置いてあるだけなんですよ。したがって煙突、つまり上に穴もありません。さんざん叩いて廻って、継ぎ目も調べて、私が調査した限りでは何の仕掛けもありませんでした」

「じゃあ牛越さん、あんたはどうお考えなんです？」

「ふうむ……、尾崎君、君はどう思う？」

「すべて論理的に考えなきゃいかんと思うんです」

「同感だね」

「ふたつの殺人は、ふたつの密室で起こってます。言い換えれば、ホシは殺人に際して、ふたつの密室を作りだしておるわけです。といいますのも、十号室の場合、殺した上田の手首にどういう理由かは知らんが、紐を巻きつけたり、床の砲丸に糸を足したりしている。今度の十四号室の場合、ソファとテーブルを菊岡と争って倒したりして、室内に入った形跡を確実に遺している。したがって密室は、両方とも殺人の後作りだしたもんじゃないか、そう考えるべきじゃないですかね？」

「ううん、ま、そういうことになるだろうなあ」

「しかし両方とも、特に十四号の場合、上下のカンヌキふたつと、ノブのボタンというみっつものやっかいな錠を、きれいにおろしている。ドアに隙間でもあるならともかく、あの十四号室のドアは実によくできていて、上部も下部も横も、隙間はまるでない。しかもドアは、内側の天地左右の枠にあたって止まるようになっているわけですから、隙間はさらに完全になくなります。

　ということは、あの壁の高いところにある、二十センチ四方の換気孔から、糸か何かで操作するしかなくなってくる。ところがドアの周りの床や、柱付近にも、ピンの類いが落ちていたり、留めた跡らしい新しい穴なんかもない、私はずいぶん念入りに調べたんです。そういう方法を用いた形跡はないんですね」

「うーん……」

「それともあの倒れていたソファやテーブルが、何か密室工作のトリックに関係あるんでしょうかね？」

「どうだろうなぁ、それに、何で密室にする必要があったのかという問題もある。背中刺しておいて自殺ですって言う馬鹿もいないだろう」

「ええ。しかし今一応ソファやテーブルを、密室作りの小細工の道具に使ったとしますね、このふたつを倒したら、紐で引かれて錠が降りるみたいな方法が何かあったとしてです。これだって紐か丈夫な糸かは絶対必要だろうと思うんですが。そして糸は例の換気孔から回収したと。牛越さんはゆうべ十四号室のドアをノックしたとおっしゃいましたね？」

「叩いたのは浜本氏だがね」

「それは何時頃でした？」

「十時半くらいだったろうな」

「その時、壁の換気孔から糸が垂れていたりしませんでしたか？」

「なかった。私は中の返事がないから、何となく壁の上の換気孔を見たんだ。何もなかったな」

「そうでしょうね。その時点ではまだ菊岡は生きて眠っていたはずですから。しかしそのおよそ三十分後に菊岡はホトケになって、しかも十一時三十分には使用人の三人が近くを通っている。彼らは換気孔なぞ見なかったらしいが、常識的にはこの時は、もう紐の回収は終えていなきゃならんでしょう。

あの換気孔は高くて、ベッドサイドのテーブルに乗っても中が見えないくらいだから、犯人が踏み台を使わないとすれば、紐は相当長く垂らしておかなくちゃならん。これを、そばを人が通るのに、いくら真ん前は通らないといっても、そのままにしておくというのは考えにくいでしょう」

「つまり、十一時十分くらいまでにさっさとやってしまったと、こういうことだな、十分程度の時間で」

「そうですが、これはたまたま十一時三十分に使用人たちは地下へ降りてますが、これはそうなるとは全然限らないんですな、いつもならもっとずっと早い時間に使用人たちは部屋へさがるわけですから。下手をすれば糸を引いてるところを見られるかもしれない、この計画だとそういうことになりますね。だから私なら、もっともっと早くやりますね、遅ければ遅くなるほど使用人たちが地下へ降りてくる確率があがるわけですから」

「うん、俺なんぞがドアの前に行った頃は、もう片づけていても不思議はない」

「ええ」

「しかし、その計画だと、ホシは物理的に決まってきそうだな。十一時頃という犯行時刻は動かないんだからな。その時、人目につかず、十四号室を訪問できる人間というと、九号室の住人だけという話になる」

「まあ、そうなんですがねえ……、するとと十一時という時間が領けない。それにこういう計画自体えらくきわどいですしねえ、どうでしょうかねえ」

「まあ俺ならやらんが、俺なら最初から人殺しもやろうとは思わんからな」

「もうひとつ考えとかなきゃならんことがあると思うんですよ」

「うん」

「つまり、十一時になると菊岡の背にナイフが立つような仕掛けですね、こういううまいことがもしできるものなら、ホシは悠々とお巡りさんとビリヤードをしてようと、刑事と酒を飲んでいようといっこうにかまわんわけです」

「うん、それをね、わしも考えたんだ！」

大熊がわめいた。

「しかし、こいつは糸で密室を作るのよりもよほどむずかしいですよ。というのは、十四号室に前もってそういう仕掛けを準備しておこうにも、まず第一、部屋に入れんのです。

加えて十四号室自体、別段何の変哲もない部屋で、そんな都合のいい仕掛けができそうじゃないんですがね、隅の書き物机の上は片づいていて、インク壺とペンとペーパーウェイトくらいしか載っていなかったし、本棚も荒らされてはいない。聞いた限りでは、本の位置も変わってはいないと浜本氏が言ってました。暖炉の右の壁に、造りつけの洋服箪笥《ワードロウブ》がありますが、これも中には何の異常もなく、ドアは閉まっていました。

ただ変わってる点といえば、この部屋にはやたらと椅子が多いんですね。隅の書き物机用の椅子、これはいつもの位置から動いてません。机に押し込んであります。それから暖炉の前のロッキング・チェア、これもだいたいいつも通りの位置らしいですがね。それから応接セットふうの椅子ふたつとソファですね、ベッドも椅子の変形みたいなものですが、これを入れなくても合計五つもあるんですな。こいつらを使って何かやれるかなとも考えたんですが、どうですかな、応接セットの椅子ふたつも、あんまり位置は動いてないようですしね。

ま、ともかくです、そんなことより、まずこの部屋には菊岡本人以外ちょっと入れんのです。というのは、十四号室には合鍵というものがないんですね。作らなかったのか失くしたのか、それとも浜本自身神経質なところがあったんで、自分の書斎の鍵はひとつしか作らせなかったのか、とにかく絶対にないのは確からしい。そのひとつを菊岡が持っていたわけです。今朝もこれが菊岡の脱ぎ捨てた上着のポケットに入っておりました」

「じゃあ、うっかり鍵を部屋の中に置いて、ボタンを押してロックしたままドアを閉めたりしたら大変だ」

「いや、それは大丈夫なんです。開いているドアのノブの中央のボタンを押して、ドアを閉めても、ロックはされないそうです。その場合、ロックは自動的に解除されるらしくてですな」

「ああそうなのか」

「しかしいずれにしても、菊岡は滞在中、部屋を出る時はきちんとドアをロックしていたようです、金を部屋に置いていたらしくてね。これは早川夫婦をはじめ、何人かの証言があります」

「なるほど、それじゃあ前もって部屋へ入れる者はないということだな」

「ええ、ほかの部屋ならですね、空いてる時は鍵ふたつを早川夫婦が管理し、客を入れたらその時点で鍵をひとつ渡し、残りひとつの合鍵は英子に渡しておくというシステムのようですがね。とにかく十四号室の場合特別なんですね。そういうこともあって、ここに一番の金持ちを入れたんでしょう」

「やれやれ！」

「サロンの連中の前じゃ言えることじゃないですがね、私自身の気持ちを結論から言や、もうお手上げと言いたいところです。大熊さんが今言われたようにね、犯人がいないんですから。あの十一人の中には犯人はいませんよ」

「ふうん……」

「今度のもそうですがね、前のあの上田殺しにしたって、棚あげになったままの不明の事実はいっぱいありますよ。まず第一、足跡がないという問題がある。密室の方はあんなちゃちな錠ですからね、何とでもなるかしらんが、あの雪は、ふんわり積もったままの状態だった。母屋のどの出入口付近も、それから家の周囲、さらに十号室の階段のところの雪、みんなそうでした。この家の連中や、日下が嘘ついているのでなければ、昨日連中が踏みあらす前に見た雪は、間違いなく処女雪でしょう。この問題。

さらには日下が夜見たという二本の棒の問題。それからあのゴーレムとかいう薄汚ない人形の問題……。あと、そうだ、牛越さん、上田殺しがあったのは二十五日の深夜ですが、二十五日の昼、例の人形は隣りの三号室にあったかどうか確かめるって言ってましたね、どうでした？」

「あったって。二十五日の昼、ちゃんと三号室にすわってるのを浜本氏が見たんだそうだ」

「そうですか、じゃあ、やはり殺しのちょっと前にホシが持ち出した……、待てよ！ちょっと一応念のために隣りの人形を見てきます」

人形はもう天狗の部屋に戻されている。尾崎は図書室を出ていった。

「だからさ、私はひょっとして十号室も、外側からは、つまりドアからは入ってないんじゃないか、あの部屋の換気孔はこの家の中に向かって開いとるんだろう？　あの穴から何か操作したんじゃないか？」

大熊がまた言いだした。

「しかし壁の遥か上の方に開いてるんですよ」

「さもなきゃあこいつもまた抜け穴で、いや何かそういう仕掛けでもって……」

「牛越さん！」

尾崎が戻ってきた。

「あの人形の右手に、糸が巻きついてますよ」

「何⁉」

「見てごらんなさい」

三人は争って図書室を出た。天狗の部屋の窓のところへ行くと、なるほど窓ぎわに足を投げだしてすわったゴーレムの右手首に、白い糸が巻きついているのが見える。

「くだらんまやかしだよ、戻ろう。こんなのに騙《だま》されてたまるものか」

牛越が言った。

「ホシがやったもんでしょうね」

「そりゃそうだろうな、鑑識の連中が早々《はやばや》とこんな人形を返してよこすからだ。しかし人を喰った野郎だ」

三人は、図書室のもとの椅子に戻った。

「さっきの足跡に戻りますが、もしあれを何らかのトリックで消したとするとですね、あんまりそれは意味がないと思うんです。今度の菊岡殺しで、ホシはこの家の内部にいるとほぼ完全に解ったわけですから、言ってみれば次に菊岡を殺す予定でいるなら、上田の時別段足跡を消す必要はないともいえる」

「そうかな……、まあいい、するとどうなるんだ？」

「ですから最初から足跡などなかったと、何らかのトリックで、この家の中からやったと……」

「それを今、わしも言っとったんだ！」

大熊が大声を出した。

「しかしそれじゃ、あの人形はどうしたんだ？　一人で空を飛んでったのか？　私はそうは思わんよ。いくら内部の者の犯行とあとで解るにせよ、足跡というやつからは案外いろんなことが解るもんだ。まず男靴か女靴かが解る。歩幅から身長や性別も割れやすい。歩幅から女くさいのに、靴が男靴なら女で男靴を持ち出せそうなやつが怪しいという話にもなってくる。何しろ消した方が無難なんだよ。できることならな」

その時ドアにノックの音がした。

「はい」

虚を衝《つ》かれた刑事たちがいっせいに応えた。おずおずとドアが開き、早川康平が腰を屈めるようにして立っていた。

「あの、そろそろ昼食の用意が整うようでございますが……」

「あ、そう。それはどうも」

ドアは閉まろうとした。

「早川さん、菊岡が死んで気は安らぎましたかな？」

牛越が無遠慮な言い方をした。早川は蒼白になって目を見開き、ノブを握る手に力が込もるのが解った。

「なんで、そういうことを言われます⁉　私があれに関係していたと……」

「早川さん、警察を舐めんで下さい。娘さんの良江さんのことは調べがついとるんですよ。あんたは娘さんの葬式で、東京へもいらしてるはずだ」

早川はがっくりと肩を落とした。

「ま、こっちへかけて下さい」

「いや、このままで……、申しあげることは何もない……」

「かけろと言ってるんだ！」

尾崎が言った。早川はのろのろと三人の前まで歩み寄り、椅子を引いた。

「あんたこの前、やはりその椅子にすわって、そいつを隠してた。一回ならまあすんだことだ、だがもう一回、今またそれをやろうとしてるなら、はっきり言うが、ためになりませんぞ」

「刑事さん、そんなつもりはもうないです。あの時にしてもです、私は言いたかった、ここまで出ておったです。でも、菊岡さんが亡くなったならともかく、あの時は上田さんだった、わざわざ申しあげて疑われることもあるまいと思いまして……」

「今日はどうです？　菊岡はもう死にましたぞ」

「刑事さん方、私を疑っておられるんですか⁉　私がどうやってやれるというんです？　そりゃ私は娘が死んだ時、確かに菊岡さんを憎いと思うとりました。女房も同じでしょう、一人娘ですからな。そりゃ否定はせんです。しかし殺そうとまで思うわけもない、また思ってもできんです。私はホールの方におったし、部屋に入ることもできんのです」

牛越はじっと早川の目を、鍵穴から脳の中を覗こうとでもするように覗き込んだ。しばらくの沈黙。

「あんたは、菊岡さんがまだサロンにいる時にでも、前もって十四号室に入ったりはしなかったでしょうな？」

「滅相《めっそう》もない！　お嬢さんなどからも、お客様がお泊まりの時は、絶対に部屋へ入っちゃいかんと言われておりますし、第一鍵がないです。入りようがないでしょう」

「ふむ、それからもうひとつ伺いたい。外の物置小屋ですな、今朝梶原さんが斧や脚立を取りにいった、あの小屋は鍵がかかってはいないのですか？」

「かかっとります」

「しかし今朝彼は別に鍵を持ってはいかなかったようだが？」

「あの小屋のは数字を合わせると開く、あのぶら下げておく……」

「カバン形の数字錠？」

「そうです」

「その数字は、誰でも知ってるんですか？」

「この家の者なら知っとります。数字を言いましょうか？」

「いやけっこう。必要ならあとで伺います。つまり客を除いて、浜本さん、お嬢さん、梶原さん、それからあなた方ご夫婦、これだけの者が知っておるんですな？」

「そうです」

「それ以外の方は知らんわけですな？」

「知りません」

「解りました。けっこうです。われわれは三十分以内に降りていくと伝えて下さい」

早川は、実にほっとした顔になり、即座に立ちあがった。

「あの爺さんは、上田一哉の方は充分にやれる立場にいるわけです」

ドアが閉まると尾崎が言った。

「ああ、動機がないという致命的な弱点はあるがね」

牛越が、なかば皮肉のように言った。

「条件としちゃ可能だ。夫婦が共謀すりゃさらにやりやすくなる。何しろ執事というやつは、主人なんぞより遥かに家のことを知ってるもんだ」

「動機の点ですが、こう考えられんこともないんじゃないですか？　菊岡を消すつもりだったが、上田が用心棒として頑張っており、したがってこいつをまず消す必要があったと……」

「そりゃ弱いだろう。その話なら、上田殺しの夜は、同時に菊岡殺しに願ってもない条件下にあったわけだ。用心棒は一人だけ、そして用心棒は外からしか出入りできないような、まあ物置小屋みたいなえらく離れた場所に追いやられたわけだからね、菊岡を消すにはもってこいの状態だったわけだよ。そうならホシは、躊躇《ちゆうちよ》なく菊岡だけをやるだろう。

何といっても上田はまだ若いし、自衛隊あがりで体力もある。菊岡ならもう歳だし、あんなに太ってるからね、早川でも何とかなるだろう。わざわざ上田を殺す必要なんかない」

「しかし上田は早川良江がらみの事情を知っていて、口を封じておかないと後がやっかいだったということもあるかもしれませんよ」

「まあ、ないとは言えんが、それなら金井とクミがもっと心配だろう。菊岡は上田とはそれほど打ちとけてはなかったようだからな。まずそんな話はしてなかったろう、上田には」

「まあ、そうでしょうね」

「とにかく早川夫妻がやったのなら、何といっても十四号室の密室が解らん。ま、密室はともかく、死亡推定時刻にはあの二人は明らかにサロンにいたわけだ。こいつはもうどうしようもない。そうなると、だ、動機の問題などはとりあえず一切合切かなぐり捨てて、物理的に犯行が可能であった者に対象を絞った方がよかないかな」

「そうですね……、となると……」

「さよう、金井夫婦ということになる。それから点を甘くしてクミと英子だ」

「英子が……？」

「だからそういった問題は、今は一切合切はしょるんだ」

「しかし、それじゃ菊岡殺しをどうやってやったか、ホシを絞るのはともかく、牛越さんは方法の見当はついてるんですか？」

「ま、そりゃいささかついておらんこともない」

「どうやったんです⁉」

尾崎は真剣に、しかし大熊は半信半疑の目を牛越に向けた。

「つまりだね、やはりあのドアは完全なものと考えなきゃならんと思うんだ。あれを糸か何かの操作で、上のカンヌキを上に向かってかけ、下のカンヌキを下に落とし、ドアノブの真ん中のボタンを押し、とそこまでは絶対にできんと思うんだ」

「あの施錠はガイシャ自身が施《ほどこ》したものということですね？」

「さよう。となると、だ、あの部屋は地下室で窓もない、ドアも開かない、となると残るはただひとつ、あの換気孔しかないことになる」

「あの二十センチ四方の穴ですか？」

「いかにも、あの穴だよ。あそこから刺したとしか考えようがないじゃないか」

「どうやってです？」

「あの換気孔はベッドの真上あたりに開いておった。だから槍《やり》みたいな長い棒の先にナイフをくくりつけて、あそこから室内に差し入れ、刺したとこういうわけだよ」

「ははあ！　すると少なくとも二メートル以上の長さの棒が要りますよ。廊下につかえちまうでしょう。さらにです、持ち運びに不便だし、部屋に置いておけば目立つし、第一この家に運び込むのが大変だったでしょう」

「だからだ、私はこう考えた。それは折り畳みのできる釣り竿だったんじゃないかとね」

「ははあ！　なるほど」

「釣り竿なら適宜《てきぎ》継《つ》ぎ足《た》しながら部屋へ差し入れることもできる」

牛越は得意げに言った。

「はあ、しかしですな、うまく体内にナイフが残るでしょうか。しっかりくくりつけているわけでしょう？」

「さよう。それがあの糸だと思うんだが。しかしその仕組みはまだ解らない。何とかうまく考えたんじゃあるまいか。だがそりゃ犯人に訊きゃよかろう、捕まえてからな」

「すると十号室も、そのやり方ということになりますか……」

「いや、そりゃ解らん」

「しかし、あの廊下には踏み台になるものは何もなかったですよ。それで私は、部屋からベッドサイドのテーブルを持ってきたが、それに乗ってもまだ低すぎて中は全然覗けませんでした。応接テーブルはもっと低いし、どの部屋のベッドサイドのテーブルも、全部あれと同じ高さですよ」

「うん、それなんだがねえ……。ふたつ重ねたかな……？」

「傾いた床で？　ほかの家ならいいですがね。それにテーブルはひと部屋にひとつしかありませんよ。ふたつ重ねたテーブルに乗るのはちょっと骨でしょう、足場が不安だ」

「二人組なら肩ぐるまするとか、いろいろと方法はあるんじゃないか？　まあそれでさっき早川に外の物置の錠のことを訊いたんだがね、例の脚立のことを考えてな」

「しかしまあこの家の、外へ開いた出入口は一応みっつしかないわけです。そのみっつともサロンに隣接してますからね、出入りすればサロンにいた連中に姿を見られるわけです。外へ出るだけなら、たとえば一号室からの階段の、踊り場の窓のところからでも外へ降りられるわけですが、今度は入ってくるところがない。また同じところから入ったら、十四号室へ行くためにはやはりサロンを通らなきゃならんわけです。これじゃなんのために表へ出るんです？」

「サロンにいたやつらがみんな共謀したんじゃないだろうな、と疑いたくもなるが……」

「阿南も一緒に？　すると阿南という巡査も混じってるわけです」

「ああそうだ。やつらに尋ねても、脚立を抱えてのこのこサロンを横断してった、ペンキ屋みたいなのはいなかったと言うに決まってるだろうしな」

その時、牛越の頭に電流が触れたように閃めいた事柄があった。待てよ！　と彼は思った。もうひとつだけ方法があるんじゃないか。一階の住人だけは、自室の窓から自由に外と出入りができるのだ。それはつまり日下か戸飼ということになるのだが。この当人たちは菊岡殺害時刻には確かにサロンにいたが、英子とクミはいなかった。この二人がさっき話の出た東側階段の踊り場の窓から外へ出て——。

「それだったら特殊な、つまり特別製の銃というのはどうだろう？」

と大熊が言いだしたために、牛越の思考は中断された。

「バネ仕掛けかゴム仕掛けでナイフを撃ち出す鉄砲だね。糸はその時、このからくりに必要だったということで……」

「しかし踏み台がないという問題は依然残りますからね。それにあの十四号室の中は、ソファとテーブルがひっくり返っていた。争った形跡があったという問題も無視できませんよ。十号室の場合もホシは中へ入ってますからね」

尾崎が言う。牛越は腕時計を見ながら続けた。

「だからだ、そこんところは一応目をつむってだね、客、およびこの家の住人たちの部屋をあらためさせてもらっちゃどうだろうな。こいつは是非ともやっといた方がよかろうと思う。

　特に金井夫婦、英子、クミ、この三組をマークして、捜すものは釣り竿、二メートル以上の棒、それから特製の、改造銃のようなもの、さらに折畳み式の高い台になるようなものだね、こういったものだ。

　むろん令状はないから、本人の同意が必要だが、学生たちは見せてくれるだろう。なに、これだけ人数がいりゃ、まず最後には全員が部屋を見せるだろう。まだ兵隊はいるだろう？　サロンの阿南君とも手分けして、できりゃ同時がいい。空部屋もやった方がいいな。それから、窓から棄てているかもしれん。家の周りの雪の中も一応念入りに見た方がよかろう。投げて届く範囲もだ。あ、それから暖炉だな。サロンの暖炉で燃されておらんとも限らん。一応見といた方がいい。

　さて、遅くなったな、サロンへ降りよう。食事がすんだら私からみなに言うとしよう。丁重にお願いせんといかんな、何しろ上品なお方ばかりだ」

　食事の後、牛越と大熊は、むっつりしたまま図書室の同じ椅子に陣どり、陽が落ちていくのをぼんやり見ていた。明日も明後日もこんな調子で陽の暮れるのを見なきゃいかんのではないかという悪い予感がして、互いに口をきく気になれなかった。

ドアが開いたのにも気づかなかったというわけではないのだが、牛越佐武郎は、自分の名を呼ばれるまで何となく振り返らなかった。結果に期待は大きかった。牛越は何となく尾崎の顔を見ずに口を開いた。

「どうだった？」

「全室、全員、念入りにやりましたよ。婦人警官がいなかったんでね、女性軍には告訴されるかもしれません」

尾崎のしゃべり方は、少々だらだらした調子だった。

「ああ。で？」

「まったく何もなしです。釣り竿なんか誰も持っちゃないし、この家にもなさそうです。長い棒もありません。せいぜいビリヤードのキューくらいです。むろん改造銃の類いも見つかりませんでした。

暖炉も最近薪以外を燃した形跡はないですし、家の周りも、オリンピックの槍投げ選手でも届かないくらいの遠くまで念入りに調べさせましたが、何も出ません。

台もないですね。梶原の部屋と早川の部屋には十四号室みたいな、いやあれほど上等なものではないですが書きもの机がありまして、しかしこれは大きすぎて持ち運びはむずかしそうだし、高さも各部屋のテーブルと大差ないですしね。せいぜい二十センチばかり高い程度です。

それから長いものは、十号室に槍投げの槍でもあるかと思って行ってみましたが、そんなものはなく、スキーと、ストックがありましたね。それから物置小屋に鋤《すき》、鍬《くわ》、スコップ、箒の類いですね、これがありました。でもこれらは家に持ち込むとしたら、脚立と同じ条件ですからね。とにかくお手あげですよ」

「ま、何ともね。覚悟はしていたさ」

溜息と一緒に、牛越は強がった。

「ほかに何か、いい考えはないかね？」

「実はですね、あれからいろいろと思いついたんですよ」

尾崎は言う。

「ほう、どんな？」

「たとえば凍らせた縄、これだって長い棒になるかもしれませんからね」

「うまい！　でどうだった？」

「誰も縄なんぞ持ってませんでした。物置小屋にはありましたけどね」

牛越はじっと考え込む。

「……しかしだ、こいつはポイントかもしれん。何か長い棒だ。この家の中の長いものだ。いつも俺たちの目に触れているものなんだ、たぶんな。そいつがちょいと手を加えると長い棒に早変りする、長い棒として使える、そういうものだ。そういうものがあるはずなんだな、この家の中に。この隣りの部屋にゃなかったかい？」

「念入りに見ましたがねえ……、棒はねえ……」

「どっかにあるはずだ。でなきゃホシのやつはドアを閉めなきゃならなくなっちまう。ロックしなきゃならなくなるんだ。取りはずすと長い棒になるようなもの……、階段の手すりなんてのは取りはずせないしな……、暖炉の薪、こいつを何本も糸で結んで継ぎ足して、長くしたかな？　……いや、無理だろうな、くそ！　本当に隣りにゃないんだな？」

「ないですよ。ご自分でご覧になったらいいでしょう」

「そうね」

「ただ、ですね、一応隣りの人形、例のゴーレムってやつです、あれはもともと手が何か握っている格好をしてますね、あの手に例のナイフが差し込めるかどうか、ちょっと試してみたんですよ」

「はあ……、君はなかなか優秀なデカだな、好奇心が強い。で、どうだった」

「ぴったり！　赤ちゃんがおしゃぶりをくわえるみたいに塡まりましたよ」

「嫌なことに気づく男だ君は。そりゃどうひいきめに見ても、単なる偶然というやつだろう？」

「ま、そうですね」

「とにかくだ、いろんなことがこれですっかり駄目になったが、九号室の金井夫婦にアリバイがないということ、ただ一点、こいつだけは確かなんだ。こいつがある限り、そう悲観したもんでもないさ」

牛越が自らを慰めるように言い、三人はしばらく黙りこんだ。

「何だ？　尾崎君、何か言いたそうだな？」

牛越が、尾崎がもじもじするふうなのを見とがめて言った。

「実はですね、牛越さん。今まで黙っていたんですが……」

「何だ？」

「ちょっと申しあげにくいことなんですが、ゆうべ部屋に帰りましてから、どうにも気になりましてね、考えてみれば今部屋にさがっておるのは、大熊さんと自分を除けば、菊岡と金井夫婦だけだなと思うと、どうにも気になりはじめましてね、この二人が部屋を出て何かやるんじゃないかと。それで私は自室を出て、二人の部屋のドアノブの下のところに、ドアと壁を跨いで髪の毛を一本、整髪剤で留めておいたんですよ。ドアが開けば髪の毛が落ちて、後で見た時解るように。どうもあまりにおとなげない思いつきなんで、ちょいと言いづらかったんですが……」

「どうしてだ⁉　いい着眼だよ。菊岡の部屋と金井の部屋以外はどうしたんだね？」

「サロンを通らないと行けない部屋はやりませんでした。自分が人に見られない範囲でだけやったわけです。ほかの西側の連中、日下や戸飼や使用人たちは、彼らが部屋へ籠ったらやろうと思っていたんですが、なかなか帰ってこないもんですからね、自分は寝てしまいました」

「その、髪の毛を貼りつけたのは何時頃だね？」

「牛越さんに部屋へさがりますと言った直後ですからね、十時十五分か二十分か、そのくらいでしょう」

「ふむ、それで？」

「一度目を覚ましてこの二部屋だけは髪の毛を確かめにいったわけです」

「ふむ、で、どうだった⁉」

「菊岡の部屋の髪の毛はなくなってました。ドアが開いたわけです。しかし、金井の部屋の方ですが……」

「どうだった!?」

「そのままでした」

「何!?」

「ド、ドアは開いてないわけです」

途端に牛越は、下を向いて唇を噛《か》むような仕草をした。それから顔をあげて尾崎を睨み、

「何てこった！　君はひどい男だ。これで正真正銘お手あげになったじゃないか！」

と言った。

第八場　サロン

翌十二月二十八日の朝は何ごともなく明けた。それは刑事たちにとって、ささやかながら胸を張れるできごとであった。ゆうべは何ごとも起こらなかった。彼らにとって心残りは、それを、起こさせなかったと言えないところだ。

辛辣《しんらつ》な客たちは、このもったいぶった顔の専門家たちも、摑《つか》んでいるものは自分ら

と大差ないと気づきはじめていた。クリスマス・パーティの夜から数えて、彼らの経験したみっつの夜のうち、殺人は二晩にわたって起こり、一度は無遠慮にも刑事たちの鼻先で行なわれた。そしてこの哀れな専門家たちの突きとめた事実はといえば、死亡推定時刻と、指紋をはじめとするあらゆる手がかりが、まるで遺されていないことを確かめたという程度なのであった。

やがて客たちにとってはゆるゆると、警官たちにとってはあっという間に二十八日の陽は落ち、夕食の時間となる。警察官たちは名を呼ばれ、のろのろと贅沢《ぜいたく》な料理に向かって行動を起こした。

テーブルを囲むたび、客たちの口数が減っていく。幸三郎はそのことを気にかけているふうだった。食事の間中、強いて陽気に振るまっていたが、そういう時、見えすいているとはいえ、がらがら声で大袈裟なお追従《ついしょう》を言う男が一人欠けたのは大きかった。

「どうも楽しかるべきクリスマス休暇が、何だか大変なことになってしまった。私は責任を感じております」

食事が終わり幸三郎が言う。

「いやいや、会長が責任をお感じになることはありません」

横から金井が言った。

「そうよ、お父様がそんなふうにおっしゃることないわ！」

英子も、例の悲鳴のような声で大急ぎで言った。少しの沈黙。そしてこの沈黙が、ある人間たちに口を開くことを促した。

「責任を感じねばならんのはわれわれです」

牛越佐武郎が観念して言った。幸三郎が言葉を続ける。

「こういうことだけは絶対に避けねばならんと思っていたことがひとつある。それは、われわれのうちで、あいつが犯人だ、いやあいつだと陰でひそひそやり合うことです。われわれ素人が、互いにそんなことを始めると、この家の中の人間関係はがたがたになってしまいますからな。

しかし見たところ、刑事さん方は本当にお困りのご様子だし、そして何より私たちも、こんなつまらんごたごたには早くけりをつけたい。みなさん方の中で、この事件について何か気づいた方、あるいは知恵を刑事さんたちにお貸ししたいという方はおられんかな？」

専門家たちはそれを聞くと一瞬苦い顔をし、それからちょっと身構えるような姿勢になった。刑事たちのそういう気配を察してか、幸三郎の言葉を受けてすぐ口を開く者はなかった。幸三郎はそれでもう少し言葉を続けなくてはならなかった。

「日下君、君はこういった謎解きは得意だったんじゃないかね？」

「ええ、いくつか考えたこと、あります」

日下はやはり待ち構えており、即座に言った。

「どうです？　刑事さん方」

「うかがいましょう」

牛越が言った。

「まず、例の上田さん殺害の十号室の密室ですね、あれは解けると思います。つまりあれは砲丸だと思うんです」

刑事たちに、誰も頷く様子はなかった。

「あの砲丸には糸が結びつけてあって、その先に木の札が付いていた。その糸が、おそらく犯人によってさらに長くされていましたが、それは明らかに密室工作という目的のためだと思うんです。あの錠の、踏切の遮断機ふうに上下する方の金具を持ちあげておいて、支《ささ》える格好に木の札をセロテープでとめておく、そうしておいて砲丸をドアのところに置いてさっとドアを閉めると、この家の床は全部斜めになっていますから、当然砲丸は転がっていく、やがて糸はピンと張って、ついには木の札は引かれて剝がれ落ちる、すると錠は受け金具に落ちる」

「ああ、なるほど！」

金井が言い、戸飼はというと、明らかに心中穏やかでない顔になった。刑事たちは無言で二度三度頷いただけだった。

「ふむ日下君、ほかにも考えたことはあるかね？」

幸三郎が言った。

「あることはありますが、後のものはまだはっきりしません。菊岡さんの密室なんですが、あれも何とかやってやれないことはないように思うんです。というのも完全な密室なら文句はないんですが、小さいとはいえ換気孔が開いているわけですから、ナイフで殺してソファの上にテーブルを縦にして置いて、それを紐で支えて、どこかトイレのノブにでもひっかけてそれから換気孔に出して、その紐の端を廊下で放せば、テーブルが倒れてその足の先がノブの中心を押すみたいなやり方で……」

「そういうことはむろんわれわれも考えましたがね」

尾崎がきっぱりした口調で遮《さえぎ》った。

「しかし柱にも壁にも、ピンの類いを留めた跡などいっさいないし、さらにそういうことなら膨大な量の紐の類いが要るが、この家の中には、あるいはみなさん方の所持品の中にも、ロープや紐の類いはいっさいなかったのです。

さらに、密室工作を何かやるとしたら、いつ早川さんたちが地下に降りてくるかもしれないあの状況下では、ホシはそういった操作、細工には五分からせいぜい十分以上は見込まんだろうと私は思います。しかし今おたくの言ったやり方だと、錠はみっつもあるわけだし、それ以上の時間は確実にかかります」

日下は黙った。そして、それからの何げない沈黙も、前よりずっと気まずいものに変わった。

「英子、レコードが聴きたいな。何かかけてくれんか」

幸三郎が気配を察して言い、英子が立ちあがり、誰も埋めることのできないサロンの空虚さを、ワーグナーの「ローエングリン」が埋めた。

第九場　天狗の部屋

十二月二十九日の午後ともなると、流氷館の客たちは、サロンのあちこちで死んだように動かず、ホールはまるで刑場へ引かれていく罪人たちの待合室のようになった。倦怠感に支配されているというには緊張しすぎていたし、怯えていたといえばそれも当たっている。しかし退屈していたといえば、確かにそんな感じもあった。客たちのそんな様子を見て、浜本幸三郎は金井夫婦やクミに、自分の西洋からくりの収集品をお観せしましょうかと言った。金井道男と殺された菊岡は夏に一度観ていたが、初江とクミはまだ観ていなかった。もっと早く観せる予定だったのだろうが、あんな騒ぎでそれどころではなくなっていたのであるからだ。

少々古いが西洋人形がいっぱいあるから、クミは興味を持つと幸三郎は考えたのだろう。英子と嘉彦はもう観飽きていたからサロンに残った。となると当然戸飼も残った。日下はそういうものに興味があると見えて、何度も観ているのにもかかわらず、ついてきた。クミは先日図書室に行く途中、廊下の窓から中を観て、あまりいい印象がなかったので気が進まなかったのだが、したがった。何となく悪い予感のようなものが彼女にはあったのだ。

浜本幸三郎と、金井夫婦、それから相倉クミと日下は、西側の階段を昇り、天狗の部屋のドアの前に立った。クミはこの前と同じように窓を見た。廊下に窓が付いているのはこの三号室だけだ。それもすこぶる大きい。室内の様子が廊下からすっかり覗けるほどだ。

窓の右端は南端の壁と接する格好で始まり、左端のドアの手前一・五メートルくらいのところまであるから、窓の幅は二メートル近くあるだろう。左右が三十センチばかり開けられ、二枚のガラス戸は中央に集められるかたちにされている。この部屋のガラス戸は、たいていこうされていた。

幸三郎が鍵を差し込み、ドアを開いた。外からあらかじめ様子は解っていても、中へ入るとやはり壮観だった。まず入口の正面に、等身大のピエロが立っている。陽気に笑った顔、しかしそれとは対照的に黴臭《かび》い、すえたような陰気な匂いがする。

大きい人形も小さい人形もあるが、それらは一様に薄汚れていて、若い表情のまま歳をとった、今や瀕死《ひんし》の者たちだ。顔が汚れ、塗料が剝げかかった人形は、どこか狂気を秘めている。立ったまま、あるいは思い思いに椅子にかけ、みな一様に常人には理解のむずかしい感情で薄笑いを浮かべている。しかしみな不思議に穏やかで、まるで悪い夢に出てくる、精神病棟の待合室のようだ。

長い時間が贅肉を削ぎ落とし、塗料をかさぶたのように剝いで、彼らの内面の狂気を、今やはっきりと露出させている。その狂気が何より蝕《むしば》んでいるものは、紅《べに》の落ちた唇に浮かぶ微笑に似たものだろう。

今やそれはもう、微笑などではなく、彼ら人形という、この世で最も得体《えたい》の知れない存在の本質、それとも業《ごう》の滲みに変わっている。微笑の本質とはこんなものなのか

と、観る者に一瞬怖気《おぞけ》をふるわせる。腐食、そうだ、それはまさにそう呼ぶのがふさ
わしい。彼ら愛玩用の存在の浮かべる微笑の変質ほど、そんな言葉のふさわしいもの
はない。
救い難い怨念。彼らは人間の気紛れから生み落とされ、千年も死ぬことを許されな
い。われわれの体にもしもそんなことが起こったなら、われわれの唇も、あんな狂気
を浮かべるに相違ない。つねに復讐の時を狙う、怨念の嵩《こう》じた狂気を。
クミは小さく、しかし、深刻な悲鳴をあげた。だがそれはこの部屋の大勢の人形た
ちの口が、常にあげ続けているかん高い、声になる前の悲鳴に較べれば、なんとささ
やかなものであったろう。
南側の壁を、天狗の面が真っ赤に埋めている。怒ったような無数の目と、林のよう
にそびえ立つ鼻が、部屋の人形たちを見おろしている。
部屋に入った者は、この無数の面の意味に気づく。この面が、人形たちの悲鳴を威
圧によって封じ込めているのだ。
クミが声をあげたのを見て、幸三郎は少しご機嫌になったふうだった。
「いやいつ見ても素晴らしいものですな」
と金井が言い、初江がさかんに相槌を打ったが、そんなおざなりな会話は、この部

屋の深刻な雰囲気にふさわしくない。

「私は昔からね、博物館を作りたかった。だが仕事が忙しくてね、ようやく集めた収集品は、これですべてなんです」

幸三郎は言った。

「充分博物館ですよ」

牛越が言うと、幸三郎は少し笑う。そして、

「これがね」

と手近のガラスケースを開け、高さが五十センチくらいの、椅子にかけた男の子の人形を取り出した。その椅子は小さいテーブル付きのもので、男の子はペンを握った右手と、何も持たない左手をテーブルの上に置いている。この人形の表情は可愛く、顔もあまり汚れていない。クミが「可愛い！」と声をたてた。

「文字書き人形といわれる、からくり人形の傑作でね、十八世紀末の作品といわれています。噂には聞いていてね、手に入れるのに苦労したんだ」

ほう、と客たちは一様に感嘆の声をあげる。

「文字書き人形って言うからには、字が書けるんですか？」

クミが怯えたような声で尋ねた。

うか？」

「むろんその通り。今でも自分の名前くらいは書けると思うよ、やってみせてあげよ
　クミは何となく答えなかった。幸三郎は横に置いてあった小さいメモ用紙を一枚破り、人形の左手の下に挟むと、背中のゼンマイを巻き、そして右手にちょっと触れた。すると人形の右手がぎこちなく動き、メモ用紙にたどたどしく、何か文字らしいものを書きはじめた。カタカタと、歯車の噛み合うらしいかすかな音がする。

　安心したことに、それはすこぶる愛らしい動きであった。紙を押える左手に、時々力を込める様子もリアルだ。それでクミは、

「わあ、可愛い！　でも何だか怖いけど」

と叫んだ。

　実際、気持ちがすうっと落ちつくような気分を、一同は味わった。なんだ、彼らの動きはこんなものじゃないか、正体が解った、ちっとも怖いことなんかない、とそんな思いである。

　人形はほんのちょっとしか書かなかった。書き終えると、両手をつと紙から浮かす。そして動かなくなった。幸三郎はメモ用紙を抜くと、クミに見せた。

「もう二百歳なんでね、少々下手になっちゃったが、Ｍａｒｋと読めるでしょう？

マーク、マルコかな、この少年の名前だよ」

「まあ、ほんと。サインするなんてスターみたいですね」

「はっはっは。昔は自分の名くらいしか字が書けないスターもいたらしいからね。以前はもっといろいろ書けたらしいんだが、今はレパートリーはこれだけなんですよ。字を忘れたのかもしれん」

「二百歳なら老眼になったのかもしれませんわね」

「はっはっは。じゃあ私と同じだ。しかしペンをボール・ポイント・ペンに換えてあげたんでね、昔よりはずっと書きやすくなったはずだとは思うんだがね、昔はいいペンがなかったから」

「すごいですわね。これ、ずいぶんとあの、お高いんでしょうね？」

初江が主婦らしいことを言う。

「値段はつけられんでしょうな。大英博物館にでもあるべき代物なんでね。私がこれをいくらで手に入れたかという質問には、答えんことにしておるんです。私の非常識ぶりで、あまりみなさんを驚かせても申し訳がないから」

「ははあ」

亭主が言った。

「しかし高価という意味では、こっちのものの方がもっと高かった。この『ティンパノンを奏《かな》でる公爵夫人』の方がね」

「これは、この机と込みになっとるんでございますな？」

「さよう。この台と中の方に主にからくりが仕込んであるんでね」

ティンパノンを奏でる公爵夫人は、見事な木目を浮かせたマホガニーの台の上に、長いスカートを穿《は》いてすわっている。彼女の前には小型のグランドピアノのように見えるティンパノンがあった。人形自体はそう大きなものではない。三十センチくらいの高さだろうか。

幸三郎がどこかを操作したらしく、突然ティンパノンが鳴りはじめた。意外に大きな音だった。人形の両手が動いている。

「実際に鍵盤を叩いてはいないんですね」

日下が言った。

「うん。そこまではちと無理のようだね。まあ、大袈裟なオルゴールのようなものといってよかろうと思う。動く人形付きのオルゴールだね。原理は同じなんだから」

「でもオルゴールにしては音がきんきんしてませんね、まろやかな、どちらかといえばゆったりした、低音もある音です」

「本当。鐘が鳴ってるようにも聴こえますね」

クミも言った。

「箱が大きいからだろうね。それにこれはあのマルコ少年と違ってレパートリーが広いんだ。LPの片面いっぱい分くらいはあるんだよ」

「へえ！」

「これは、ロココ時代のフランスの傑作だね。こっちはドイツの傑作、十五世紀のものといわれている。『キリスト降誕場面のある時計』」

それは金属製で、城のようなかたちをしていた。上にはバベルの塔があり、宇宙を模した球からT字形の振り子が下がっていて、その上にキリストが載っている。

「こっちは『女神の鹿狩り』、この鹿や、犬や馬もそれぞれ動くようになっている。これは『水撒き人形』、今はもうちょっと水を撒く元気はない。

それからこっちは十四世紀の貴族が造らせた卓上の噴水、これももう水はあがらなくなってしまったがね。

こんなふうに中世の頃のヨーロッパというのは、こういう魔術的玩具のびっくり箱という観があるね。まあそれまでの魔術に替わるものとして、機械が登場しはじめていたんだね。誰でも驚かされるのは好きだからね。その役目を魔法がになっていた時代は長かったが、ここにいたってようやく機械が登場してきて、お役目交代というわけだ。機械崇拝というかな、自然を機械でもって次々に複写しようとするような傾向があった。だから魔術と機械というのはね、当時しばらくの間、同義語だったんだよ。過渡期にあたるのでね。もちろんそれらは玩具、つまり遊びとしてだが。しかしそれが今日の科学の明らかな出発点、原点となっていると思う」

「日本のものはないんですね」

「そうだね、あの天狗の面くらいだ」

「日本のからくりはそれだけ出来が落ちるわけですか?」

「うーん、いや、そうは思わんね。茶くみ坊主とか、飛驒高山のからくり人形とか、田《た》平賀源内や、特にからくり儀右衛門なんかは非常に高度な自動人形を造っていた、田中久重《なかひさしげ》。ただもう手に入らんのだね、入りにくい。何故かというと、日本の場合、金属の部品というものが少ない、久重は違うがほとんどが木の歯車に鯨《くじら》のヒゲのゼンマイという調子だからね、百年も経てば破損してしまう。手に入っても、それはコピーだね、模作品、しかしそれももう手に入りにくいな」

「図面も遺りにくいでしょうね」

「そうなんだ、図面がなければ模作もできない。ただ絵が遺っているというだけではね。

どうも日本の職人というのは遺したがらん傾向がある。からくりの秘密を自分だけのものにしたがるんだね。技術の高卑じゃない。私は日本人のこういう体質の方をこそ問題にしたい。たとえば江戸時代に『鼓笛児童《こてきじどう》』という、なかなか見事なからくり人形があったらしい。一人で笛を吹いて太鼓を打ったらしい。これなど、実物も図面も遺っておらん。だから私は会社のエンジニアたちにうるさく言う。新製品や技術を開発したら、そのプロセスまで細かく記録に遺しておくようにとね。それは後世への遺産になるんだよ」

「いい話ですなあ！」

と金井が言った。

「日本でからくり職人が軽視されたという事情もあるんじゃないですか？」

「あるだろうね。日本ではからくりなんてのは結局単なる遊び、玩具でしかなかったからね。西洋のようにそれが発展して時計を生み、オートメーションを生み、ついにはコンピューターを生んでいくというふうにはなっていかん」

「なるほど、そうですね」

客たちはそれから各自、思い思いに収集品を観て廻った。相倉クミは、さっきの文字書き人形と、「ティンパノンを奏でる公爵夫人」の方へ引き返していった。金井と幸三郎は並んで歩き、初江は一人でずんずん奥へと進んでいった。そして、突きあたりにある一体の人形の前に立った時、初江は、突然激しい恐怖――に似た衝撃を感じて立ちすくんだ。最初この部屋に入った時、ひそかに感じていた恐怖がさっと甦《よみがえ》る。

いや、それは以前にも増したもので、この部屋全体から受けた得体の知れない妖気は、すべてこの一体が発していたものだったのではあるまいかとさえ思われた。

初江は、自分が霊《れい》能力があると感じていて、夫にもお前は神がかったところがあると何度か言われていた。この人形は彼女から見て、明らかに尋常でない気配を発散させている。

それは、例のゴーレムと呼ばれている等身大の男の人形だった。体だけは雪の上に横たわっている時も、組み立てられてサロンに置いてある時も見たが、顔を見るのはこれがはじめてだった。大きな目を開き、口髭を生やし、天狗の面で埋まった南の壁のすぐ右側、窓のある廊下側の壁に背をもたせかけ、両足を前方に投げだしてすわっていた。

体は木でできている。手も足も木だった。顔もおそらく木でできているのだろうが、顔はすこぶる精巧に作られているのに、胴体の方は木目《もくめ》の浮いた粗い木の肌がむき出しだった。

それは、この人形がもともとは衣裳を着けていたせいに違いない。その証拠に、手首から先はリアルに造られ、足は、靴を履いたふうに入念に造られている。これは服から露出する部分だからである。そして手は両方とも、何故か細い棒でも握った時のような格好をしていた。しかし実際には何も握っていない。

妖気は、その人形の体全体から発散されていたが、一番強いのはやはりその頭部、いや顔からだった。この人形の表情は、ほかのどれよりも強烈な狂気の薄笑いを浮かべている。可愛らしい人形というなら解るが、何故こんな大きな、しかも成人男性の人形の顔を、笑っているふうに造る必要があったのだろうと初江は不思議に思った。

気づくと後ろに亭主と、幸三郎が立っていた。二人に勇気づけられ、彼女は人形の顔に自分の顔を近づけ、子細に観察した。

アラブ人のように少し黒ずんだ皮膚、しかし鼻の頭だけはどうしたわけか白く、てらてらと光っている。頬のところは、塗料が、ちょうどゆで卵の殻が剝がれ落ちるようにして剝がれはじめていて、まるで重度の火傷か、凍傷を負っているようだ。それなのに口もとには、そんなことにまるでおかまいなしといった様子で薄笑いが浮かんでいる。無痛症のようだ。

「こんな顔してたんですのね、このお人形」

「ああ、はじめてでしたな、こいつをごらんになるのは」

　幸三郎が言った。

「ええと、ゴ……、なんとかっていいましたわね」

「ゴーレムですか？」

「ええ、どうしてそういう名前なんでしょう？」

「買った時、店の連中がそう呼んでおったんです。それで私も何となくそう呼んでおります」

「すごく気味の悪いお顔ですわね。さっきから何かをじっと見てにやにやしてるみたいだわ。何だか怖いわ、これ」

「そうですか」

「あのサインするお人形みたいな可愛いところがちっともございませんのね。どうしてこんなふうに笑い顔に造ったんでございましょう？」

「たぶん人形はみんな笑ってなきゃいかんものと、当時の職人は考えたんじゃないですかな」

「…………」

「夜に一人でここへ入ったりする時、暗がりにこいつがすわって一人でにたにたしているのを見ると、私もいささか気味が悪い時がある」

「いやですわ」

「こいつには感情がある」

「本当ですね。人の気づかない場所をじっと見て、ひそかににんまりしてるみたいだ。何となくこいつの視線、追いたくなりますね、何を見てやがんだろうって感じで」

日下もやってきて言った。

「君もそう思うかね？　私もね、この部屋ができたばかりでがらんとしてた時、まずこいつを持ってきてすわらせてね、その時こいつが見てる私の背中側の壁に、蠅か蜂でもとまってるんじゃないかと思えて仕方なかったもんだ。すごい存在感だ。ひと癖ありそうな人形だろう？　何か腹にいちもつ持っているような、その癖何を考えているのか解らんような顔しておる。しかしそれだけよくできた人形ということだね」

「ずいぶん大きいですが、これは何のための人形だったんですか？」

「等身大だからね。おそらくね、鉄棒人形だったんだろうと思う。サーカスあたりの出し物だったんだろう。それとも遊園地かな。手のひらを見ると小さな穴があいている。そこに鉄棒についた突起《とっき》を差し込んでいたんじゃないかと思うんだ。手足の各関節は、人間の体と同じ範囲の動き方しかせんようにできている。おそらく鉄棒の方を回して、こいつに大車輪なんぞをやらせたんだろうな。体の方はただの木の塊りで、何の仕掛けもないんでね」

「それはちょっとした見ものだったでしょうね、等身大だから」

「なかなかの迫力だったろうね」

「どうしてゴーレムって名なんですか？　何か意味があるんですの？」

初江が尋ねた。

「ゴーレムって、何かの創作の出てくる自動人形じゃなかったでしたっけ？　確か瓶《かめ》に入れた水を永遠に運ぶといったような、ロボットのはしりだったような記憶がありますが……、違ったかな」

日下が言った。

「ゴーレムというのは、ユダヤ教の伝説にある人工人間のことなんだよ。もともとはどうやら創世記の、詩篇百三十九の記述から来ているらしい。ユダヤ教の偉人は、代々ゴーレムを作り出せる能力があるというんだな。アブラハムがノアの息子のセムと一緒にゴーレムを大勢作って、パレスチナに連れていったという記述が詩篇にあるらしい」

「そんなに昔からあるものなんですか？　ゴーレムって。旧約聖書の時代から」

「もともとはそうなんだ、一般には知られていないが。私はゴーレムについては少し研究した。それが、時代がくだった一六〇〇年頃のプラハに甦るんだ」

「プラハに？」

「そう。当時のプラハは、これはヨーロッパにあって、輝ける学問の中心地だった。『千の奇跡と無数の恐怖の街』と言われていた。その学問とは、占星術や錬金術、黒魔術などのことだが、つまり当時のプラハは、オカルト的な神秘主義の都だったわけだ。あらゆる神秘主義者たち、思想家や、奇跡を起こせるというふれ込みの魔術師たちが大勢集まっていた。そういう街でゴーレムが甦った。何故なら、この街に欧州最大のユダヤ人コミュニティがあったからだよ」

「ユダヤ人の？」

「そう、ユダヤ人ゲットーだ。何故ユダヤかというと、ゴーレムというのはもともとはユダヤ教のヤハウェと同じでね、迫害の民ユダヤ人の、凶暴な守り神なんだ。怪力で、強大で、無敵なんだ。どんな権力者も、どんな武器も、彼を倒すことはできない。ユダヤ人は古くから迫害を受け続け、放浪と苦難の歴史を生きてきている。だから彼らはヤハウェやゴーレムといった願望や想像を生んだ。そんなふうに私は解釈している。ヤハウェは神だが、ゴーレムは修行を積んだ聖職者や、賢人ならば創りだせる人工人間とされていた。だからユダヤ教のある宗派は、いかにしてゴーレムを創るか、いかにしてそんな偉大な人物になり得るか、そういった神秘主義的な研究に没頭するようになる。この思想をカバラと呼ぶ。

そして十二、三世紀、フランスとドイツにゴーレムの論文が現れる。ハシドというラビと、フランスのガオンという神秘主義者が、粘土と水でゴーレムを創る方法を詳しく書き遺したんだ。呪文や、必要な儀式をこと細かに書いたんだな。アブラハム以来、一部の賢人や位の高い聖職者しか知ることができなかった秘法だ。それがついに書かれた。プラハのゴーレムは、この論文が下敷きになっているんだ」

「プラハでゴーレム創りが盛んになったのは、ここが学問の街であったことと、ユダヤ人のコミュニティがあったゆえですか？」

「それと迫害があったからだね。プラハは迫害の街でもあった。ここでユダヤ人は激しく迫害された」

「誰にですか？」

「むろんキリスト教徒にだ。だからユダヤ人にゴーレムの必要が生じた。身の危険があったからだ。最初にゴーレムを創った者は、レーヴ・ベン・ベザレルというラビだといわれる。彼はユダヤ社会の指導者だった。プラハを流れる川の、川岸の粘土から創ったそうだ。おびただしく現れた伝承や物語、のちに創られた白黒無声映画も、だからたいていそういうストーリーになっている。ユダヤ教のラビが、呪文とともに粘土から作るんだ」

「映画もですか？」

「何本もある。一般に知られるようになったのはそれからだ。ドイツ映画の奇才、パウル・ヴェゲナーなんて人は、三度もゴーレム映画を作っている。私がまだ若い頃、あれは昭和十一年だったと思うが、デュヴィヴィエの『巨人ゴーレム』なんて映画が日本に来ていた記憶がある」

「どんな話だったんですか？」

「いろいろあったからね、どれがどれだったかもう忘れたが、たとえばあるラビが、自分が創ったゴーレムを宮廷に連れていった。王が見物を所望したからだ。このラビは、ユダヤ人のこれまでの困難と流浪の歴史を、魔法を使って映画のようにして王に観せる。ところがその時、宮廷の道化が不謹慎なジョークを言い、集まっていた貴族や踊り子たちが腹を抱えて笑いこけた。するとユダヤの神の怒りに触れて、宮廷が轟音とともに崩壊を始める。ユダヤ人への迫害を止めるという王の約束と引き換えに、ラビがゴーレムに命じて王や人々を救出するというお話だったりね」

「ふうん」

「こんなのもあったな。あるラビがゴーレムを創る。しかし彼は聖職者としてまだ未熟だったから、創り出したゴーレムを制御しきれなかった。大きさも予定よりうんと大きくなって、頭が家の天井を突き破ってしまった。そこで彼はゴーレムを壊そうとした」

「どうやってです？」

「カバラの秘法では、ゴーレムには最後にヒブル、つまりヘブライ語で『エメット』と額に書き込まなくてはならない。でないと動かないんだ。この文字からEのひと文字を書き落とすと『メット』となって、これは土という意味だから、ゴーレムはたちまち土に返ってしまうんだ」

「ふうん」

「ユダヤ教の考え方では、言葉とか文字は霊力を持っているとされていた。だからゴーレムを創り、動かすものも、儀式の呪文と、ゴーレム自体に書き込まれた文字なんだ。ラビはゴーレムに、自分の靴紐を結べと命令する。そしてゴーレムが自分の足もとに跪いてきたら、彼の額の文字を素早く消すんだ。するとゴーレムはたちまちひび割れ、崩れ落ちて土に返ってしまう」

「はあ」

「ここにあるゴーレムも、これは木製だが、よく見ると額にヘブライ文字で小さく『エメット』と書かれている」

「そうなんですか？　じゃもしこれが動いたらこの文字を消せばいいんですね？」

「そういうことだね」

「ぼくもゴーレムの話、何かで読んだことあります」

「ほう、どんな？」

「ある村の井戸が干上がってしまって、村人たちが喉の渇きに苦しみます。そこで遥かに離れている小川から、瓶に水を汲んでこの井戸に運んでくるようにとゴーレムに命令するんです。ゴーレムは忠実にしたがって、来る日も来る日も井戸まで水を運び続けるんです。いつか井戸からは水が溢れて、村は水びたしになるんです。家々がだんだんに水没していって、だけど誰もゴーレムを止めることができない。止める呪文が解らないからです。そんな話でしたね」

「恐いのね」

　金井初江が言った。

「人工人間というのは、どこかそんな融通のきかない不完全さを持っていて、それが人間には狂気として映り、恐怖も生む。人形にも、ややもするとそういうものを感じるんじゃないかね？」

「おそらくそうでしょう。核戦争の恐怖みたいなものじゃないですか？　最初は人間がスウィッチを入れるんだけれど、いざ作動をはじめたら、人間にはもうどうすることもできない。人間の懇願なんて全然通じない。人形の無表情さには、そんな様子を連想させるところがあります」

　幸三郎は感心したらしく、大きく頷いた。

「ふむ、いいことを言うね、日下君。それは実に言い得ている。

　ところでこの人形だが、この人形ももともとは、こういったものがたいていそうであるように、ジャックというごくありきたりの名前を持っていたらしい。『鉄棒ジャック』だね。ところが、この人形を買ったプラハの古道具屋の親爺が言うには、こいつは嵐の夜になると、井戸端とか川とか、水のある場所へ一人で降りていくというんだな」

「いやだ……」

「ある嵐の晩の翌日、こいつの口のところが濡れているのを発見したというのさ」

「はっはっ、まさか！」

「水を飲んだ跡が残っていたというわけだ。それ以来、こいつをゴーレムと呼ぶようにしたんだと言ってた」

「作り話でしょう？」

「いや、実は私も見たんだ」

「え⁉」

「ある朝こいつの顔を見たら、唇の端からすうっと一筋、水滴が垂れていた」

「本当ですの⁉」

「本当です。しかしそれは何てことなくてね、ただ汗をかいたのさ。よくあるでしょう？　ガラスが曇るみたいにね、顔に水滴がついて、それが唇のところを伝って流れてたんだよ」

「なんだ！」

「いや、そうなんだろうと私は解釈してるんだがね」

「はっはっは」

その時、突然けたたましい悲鳴が背後で起こり、一同は飛びあがった。振り向くと、いつのまにか後ろに、蒼白な顔をしたクミが立っており、それが膝をついて床に崩れるところだった。男たちが抱きとめると、

「この人よ！　私の部屋覗いてたの！」

と人形の顔を指差して叫んだ。

第十場　サロン

ところがこの驚くべき新事実も、捜査の進展にいささかも寄与するところがなかった。例によって石橋を叩きすぎる刑事たちは、半日ばかりクミの発見を信じようとしなかったが、三十日の朝が明けると、渋々ながら、そういうこともあるかもしれないと言いはじめた。

それはむろん彼ら流の常識論にあっても、そういうけしからん事実が存在していい抜け道を、半日かけて思いついたせいである。すなわち、「誰かがあの人形を使って、寝ているクミを脅《おど》かしたのだ」という、いかにも彼ららしい解釈だった。しかし

彼らは、誰が、いったい何のために、クミを脅かす必要があったのかと問われると、たちまち暗礁に乗りあげてしまうのだった。

犯人がクミを殺そうとしてそんなことをやったとは、どうにも考えにくい。今にいたるまで彼女には、あれ以外の危害は加えられていない。ましてあの夜は、上田を殺したばかりの時間帯なのだ。

クミを脅かせば上田を殺しやすくなるということはさらに考えられない。クミが人形の顔を見たと主張しているのは、上田殺害の時刻より三十分も後になる。

さらにその時間こえたという男の悲鳴。あれは何なのか？　ゴーレムは、バラバラになって十号室付近の雪の上に落ちていたが、それでは、その後人形は体をバラバラにされたのだろうか？

三十日の午前中、刑事たちはサロンの一隅のソファで、半日ばかり頭を抱えていた。

「何度も言うようだが、こんな馬鹿げた事件からはわしはもう降りたい。いち抜けたと言って、さっさと退場したい。まるでからかわれとるような気がする」

大熊が、ディナー・テーブルの客たちに聞こえないよう、小声で言った。

「右に同じですな」

牛越も声を殺して言った。

「どっかの気違いが上田を殺して、それから人形を引っぱり出してクミを脅かし、それからそいつをバラバラにして雪の上に放りだしたというわけだ。こんな精神分裂病とのおつき合いは、早いとこご免こうむりたいもんだ」

「クミの一号室の下は三号室ですね、人形の置いてある部屋だ」

尾崎が言う。

「ああ、しかし、クミの部屋の窓の下に三号室の窓はないぞ。天狗の部屋の南側には、表に向かって開いた窓はないんだ」

「しかし、牛越さんの今言われた一連の行動に、ちゃんと理屈にかなった意味はあるんでしょうかね？」

「あるもんか！　もう放り出したくなったよ、俺は」

「この一連の訳の解らない謎々を、あっさり片づける方法はあるぞ」

大熊が言いだした。

「何です？」

「つまりだ、あの人形一人に全部おっかぶせるのよ」

大熊はふてくされたように言いつのる。

「全部あいつがやった、上田も菊岡も。そしてあの晩は、上田をやったあとフラフラ空中を飛んでて、ちょいと気紛れを起こしてクミの部屋も覗いたのさ。しかし、はめをはずしすぎて体がバラバラになっちゃった。その時やつは、一人前に悲鳴をあげたというわけさ」

しばらくの沈黙。くだらない軽口だとは思いながら、誰もそれをたしなめる気になれなかった。たった今のでっちあげのストーリーには、何がしかの真相がひそむように感じられた。

大熊は、もう少し真面目にやろうと思い直したらしく、今度はずっとまともなことを言いはじめた。

「そんな素っ頓狂なことはしばらくおいといて、菊岡の密室の問題に戻ろう。ナイフはこう、真っすぐ刺し込まれてはいないよな？　菊岡は」

「そうです。斜め上から振りおろすようなかたちで入っています。ですから、こう振りかぶってナイフを持つ手をザクッと振りおろしたんでしょう。ですからナイフが体からみて少し斜めに入っている」

尾崎が答える。

「つまり立っているところを、後からグサッとやったわけだね、その考え方は」

「私はそう思いますね。あるいはガイシャは少し俯き加減に腰を屈めていたのかもしれません。その方がホシとしてはやりやすいかもしれない」

「じゃあ尾崎君は、寝てる時じゃなく、ガイシャが起きて部屋で行動している状態の時、ホシはやったと、こういう考えだね？」

「うーん、断定するに足る根拠はないんですがね、背中だしね、寝ている状態をやったのなら、俯伏せで眠ってたことになります。それにそれだったらこう、普通に真っ直ぐ押し込むように思います」

「しかし、それはこう寝ているやつの上に覆い被《かぶ》さるようにして、上の方からナイフを持った腕を振りおろすということだってあるだろう？」

「まあ、そりゃそうでしょうね」

「それにだ、菊岡が起きて動いてる状態だったとすると、ちょっと解せんことがあるんだよ」

　牛越が口を挟んだ。

「というのは十時半頃、いや二十五分ぐらいだったかしれんが、浜本幸三郎氏が菊岡の部屋をノックしてるんだな。私は同行してそれを見ている。ノックは比較的軽いもんではあったが、中から菊岡の反応はなかった。もし起きていたのなら、あの時返事をしただろう。

死亡推定時刻はそれからほんの三十分ばかり後だから、あの時もう死んでいたということは考えられない。ということは眠っていたんだ。

ところがガイシャはその後三十分以内に目を覚まし、ホシを部屋へ迎え入れたことになる。いったいどんな方法でホシは菊岡を起こしたんだろう？　あの時の浜本氏と違うやり方ができるもんだろうか？

せいぜいドアをノックするくらいだろう。ほかに方法なんてない。何といってもあの夜、上には大熊さん、隣りには尾崎君がいたんだ。あんまり大声も、大きな音もたてられまい。どうやって起こしたんだ？　それとも浜本氏のあのノックの時は、寝たふりをしていたんだろうか？」

「なるほど。それこそあの換気孔から棒で突っついたかな？」

それが皮肉に聞こえたのか、牛越は少し苦い顔をした。謎だらけで彼も多少いらついているのだろう。

「しかしもし尾崎君の言うようにガイシャが突っ立っている状態で刺されたのなら、そのナイフの角度で、ホシの身長なんぞ割りだせんかな？」

大熊は無頓着に重ねて言った。

「そういうことは案外むずかしいんですね、小説のようにはいきません。さっき申しあげたように、ガイシャは腰を屈めていたかもしれませんし。ただ、ナイフが比較的高い位置に入っているんで、そう背の低い人間ではないだろうと、それくらいは言ってもいいんじゃないでしょうかね。つまり女性軍は除外できる可能性が出てくる。もっとも英子は除外できないかもしれませんが。英子は一メートル七十以上あるので……」

「小人説はするとむずかしいな」

牛越がすかさず言った。

「どういうことです、それは？」

一瞬、秩序の番人たる警察官の間に、不穏《ふおん》な空気が流れた。

「それでですね」

尾崎があわてて割って入った。

「右にナイフが入ってるのが問題といえば問題です」

「右に心臓はないからな」

牛越が言った。

「あわてたんだろう」

「心臓を刺す気がなかったんじゃないかな」

大熊が言った。

「世の中変わり者がいる」

「いや、右利きか左利きかという問題なんですが……」

尾崎が話を戻そうと頑張ったが、彼らは少し意固地になっていた。

「もう駄目だ！」

牛越が言って椅子から立ちあがった。

「私は手をあげます。さっぱり見当がつかない。こんなことしていて、また事件が起こったでは遅いです。私はこれから署へ行って、東京の一課に応援を頼んでみますよ。いいですか？　かまわんでしょう？　このさい面子にこだわってはいられません」

一同は無言だった。それで牛越は、さっさとサロンを出ていった。

「確かにわれわれだけじゃ無理かもしれん。こんなやっかいなヤマはな」

大熊も言った。尾崎だけは憮然とした表情であった。

彼らがとりたてて無能というわけではなかったろう。しかし、彼らが長年の経験で身につけたやり方は、明らかにこの事件には通用しなかった。

外には雪こそちらついてはいなかったが、どんよりとして陰気な朝だった。サロンの客たちは、一隅を占めた警察官たちからはずっと離れた位置で、思い思いに顔を寄せ合っていた。その中で日下のつぶやいたひと言だけは、ここに紹介しておくだけの意味がある。

「こりゃあ、どう考えても刑事が犯人だぜ」

牛越は、午後に入ってから流氷館へ帰ってきた。

「どうでした？」

尾崎が尋ねた。

「まあひと口で言えば難色を示していたよ」

「はあ？」

「つまりこっちの面子をおもんぱかってのことだろう。例の赤渡雄造《あかわたゆうぞう》事件の東京出張で知り合った中村《なかむら》刑事だけどね、私とは気が合うんだ。事件を念入りに説明すると、確かに不思議な事件だが、ホシが間違いなくその一軒の家の中にいるんだったら、何も焦《あせ》ることはないんじゃないかと、こう言うんだな。

それは確かにそうなんだが、ホシさえ挙げりゃそれでいいってもんじゃない。問題は、これ以上の犯罪は断じて防がなきゃならんということだ。そのためにこっちは恥を承知で頭を下げている」

「ええ」

「何しろこんな妙ちくりんな事件は、都会では知らんが、こんな田舎じゃあ絶対起こらんからね、東京の連中はいくらか、少なくともわれわれよりはこの種の事件に馴れとるだろうとこっちは思ってな」

「しかし牛越さん、実際われわれの面子に関わりますよ。何もそう早々と手をあげることはないんじゃないですか？　われわれで何とかなりますよ。われわれが自分を無能だって言ってるようなもんじゃないですか」

「そりゃそうだが、しかし君それじゃ見当はつくかね？」

「それは……」

「それに東京から応援が来ても、われわれは、それで完全に出番をおろされるわけじゃない。協力してことにあたりゃそれでいいじゃないか。要は人命を守ることだ。われわれの面目なんぞ小事だよ」

「しかしこれ以上殺しが起こりますかね？」

「何しろ動機の見当がつかないんだ、解らんよ。私はまたやると思うな」

「そうですかね」

「とにかくそう言ったら向こうは、それじゃお互いによい方法を考えましょう、ちょっと心あたりがあるからと言っていた」

「何です？　心あたりってのは？」

「さあね、あとでここに連絡すると言っていた」

「どうやってです？」

「電報だろう」

「嫌だな私は、そういう言い方は。嫌な予感がするな。パイプをくわえたシャーロック・ホームズがやってくるなんてのじゃないでしょうね。私はそういうのだけは絶対に嫌だからね」

「ふふん、しかしそんな名探偵がもし東京あたりにいるものなら、私は是非ご出馬願いたいね。もしいるものならだがね！」

第三幕

「君たちを困らせているものの正体は、たぶん、その極端な単純さなんだろうよ」

（デュパン）

第一場　サロン

電報です！　の声に英子が立ちあがった。

牛越もすぐに続いて立ちあがり、英子にしたがうような格好で玄関へ行った。やがてこんどは白い紙を眺めながら牛越が先に現われ、英子の顔はその肩越しに見えたが、さっさと仲間たちに囲まれたもとの席に戻った。

牛越は尾崎の隣りの椅子へ復しながら、尾崎の鼻先に電報用紙を突きだした。

「読んでくれんかね」

大熊が無愛想に言い、それで尾崎が声に出して読んだ。

「『そのような……、えー……、キカイセンバンなジケンにふさわしいニンゲンは、ニホンジュウにこの男のほかになし、ゴゴのビンですでにそちらへむかえり。その男の名は、ミタ……、えーと、ミタライ』か。なんです？　こりゃあ。ちぇっ！　やっぱりホームズ気どりの能無《のうな》しが登場ときやがった！」

「何だ？　そのミタなんとかってえのは。一課の人間か？」

大熊が尾崎に訊いた。すると驚いたことに、尾崎は御手洗《みたらい》の名を知っていた。

「占い師ですよ」

牛越と大熊は目をパチクリさせ、一瞬絶句した。牛越は、胃痙攣《いけいれん》の起こっている男がようやく薬をくれというような声で言う。

「……何かの冗談か……!?　いくら五里霧中たぁ言っても、まだ占い師のご託宣《たくせん》にすがろうってほど落ち込んじゃいないぜ、こっちは」

大熊は大笑いを始めた。

「はっはっはっはっはっはっはっはあ！　牛越さん、あんたの友達もひどい男だねえ！

からかっとるんだよ、わしらを。はっはっはっは。しかしまあ考えてみれば、その占い師の爺さんがぜい竹を振るって首尾よく犯人を当ててくれりゃ儲けもんではあるな！　確かにこっちの面子は安泰《あんたい》だし、桜田門の連中としても一応協力はしたことにはなる。互いにとって確かにこりゃよい方法だわ。最善の方法にゃ違いない。しかしそんなら爺さんなんぞじゃなくて、犬でも送ってくれた方がまだよかったんじゃないかな？　鼻の利く警察犬なら、腰の曲がった爺さんよりは役にたつ」

「しかし、中村という刑事は、そんないい加減な男じゃないんだが……。しかし尾崎君、君はこのミタライってやつを知ってるのか？」

「牛越さん、梅沢《うめざわ》家の鏖殺《おうさつ》事件を知っておられるでしょう？」

「ああ、そりゃまあ、あれだけ有名な事件だからなあ」

「ありゃあ私らの子供時分の事件だろう？」

大熊も言う。

「それがやっとこの三、四年前に解決したでしょう？」

「そうらしいな」

「一説にはあの事件は、このミタライって占い師が解決したっていうんですよ」

「ありゃあ一課の何とかいう刑事が解決したんじゃないのかね？　私はそう聞いてい

るが」

「まあ真相はそうでしょう。でも占い師本人は、自分が解決したと思ってテングになっておるようです」

「そういう爺さんがよくいるな。こっちが汗水たらしてヤマを片づけたのに、ホシが自分が前言った当てずっぽうと偶然同じだったもんで、自分のご託宣が正しかったと思い込んでるんだ」

　大熊が言った。

「いや、このミタライってのは爺さんじゃなくて、まだ若い男なんですよ。高慢ちきでね、どうしようもない鼻つまみだという噂でしてね」

　牛越は溜息をついた。

「中村さんも、何を勘違いしたんだろうなあ……。会いたくねえなあ……、そんなのには……」

　しかし彼らの心配は、その程度ではまだまだ不充分であった。奇人御手洗が、その日の夜からどんな種類の活躍をするかを彼らが知っていたら、牛越佐武郎は溜息をつくくらいではすまなかったろう。

私と御手洗とがその家に到着するのは夜も遅くになりそうだったので、私たちは土地の粗末なレストランで食事をしてから流氷館へ向かった。雪は降っていなかったが、靄《もや》のようなものが、荒涼とした平野一面にかかっていた。

流氷館の住人にとって（特に警察官たちにとって）、われわれは招かれざる客であろうと二人でさかんに想像したが、これはすぐに確かめることができた。玄関まで迎えてくれたのは英子と刑事たちだったが、私たちは北国への長旅《ながたび》をねぎらう言葉もかけてはもらえず、なかなかに歓迎されていないのが解った。

しかし御手洗への刑事たちの予想は、大いにはずれたようだった。御手洗はあれで、愛想笑いをすると妙に人なつこい顔になる男である。

刑事たちは、われわれをどう扱ってよいか戸惑っていたが、とりあえず互いの自己紹介をすませ、牛越は十一人の流氷館の住人に向かって、このお二方《ふたかた》はわざわざ東京から、この事件を調査するために来られました、などと苦しい説明をして、住人の一人一人を私たちに紹介した。

ある者はにやにや笑いながら、ある者は深刻そうな顔で、一様にこっちを見つめている客たちの視線を浴びた時、私は座興のために呼ばれ、これからポケットのハンカチを取り出そうとする手品師にでもなったような心地がした。

しかし御手洗の方は、少なくともそう控えめに自らを評価してはいなかった。牛越刑事の、こちらがミタライさん——、という言葉が終わるか終わらないかのうち、

「やあみなさん、ずいぶんお待たせしたようです。ぼくが御手洗です！」

と、さも大物のような口をきいた。

「人力だ、人力が落下をもたらし、人形を立ちあがらせる、これは明らかにテコの原理というものです。ジャンピング・ジャック・フラッシュだ、ひと幕限りの操り人形。何とせつない幻だろう！　彼の棺《ひつぎ》に土をかける前に、ぼくは跪き、敬意を表するために、こうして北の地まではるばる足を運んできたのです」

そして御手洗の意味不明の演説が進むうち、先ほどの刑事の、多少は愛想のあった顔もみるみる曇っていき、彼がさっき御手洗に対して抱いたほんのささやかな好感らしきものも、あっさり帳消しになっていくのが解った。

「年末も押し迫ってきたようですね？　いやはや東京中がバーゲンセールを始めたみたいだった。紙袋を持ったおばさんがみんなで体当たりしてくる。しかしここは、まるで別天地のように静かです！　でもお気の毒だな。正月の四日ともなれば、みなさんは最前線へ逆戻りというわけですからね。しかし土産話にはこと欠かないでしょう、三日の解決はなかなか変わったものになると思いますのでね。

しかし、死体はふたつでもう充分でしょう！　もう大丈夫。ぼくが来たからにはみなさんのうちの誰も、あの冷たい死体になることはありません。何故なら、ぼくにはすでに犯人が解っているからです」

客たちの間から、一様にどよめきが起こった。横にいた私も、実は驚いた。刑事たちもむろん同様であったろう。が、彼らは無言だった。

「誰ですか？　それは⁉」

客たちを代表して日下が大声を出した。

「言うまでもないでしょう」

一同が息を呑むのが伝わってくる。

「ゴーレムとかいうやつです！」

なんだ冗談かという失笑が、客たちの口もとに浮いた。しかし一番ほっとしたのは、どうやら刑事たちらしかった。

「熱いお茶でもいただければ、雪を踏んできた体も暖まります。そうしたら階段を昇り、ぼくは彼に会いにいきたい」

このあたりから刑事たちの顔は、一様に渋いものに変わった。

「がしかし、急ぐこともない、やつはたぶん逃げないと思うからです」

そりゃそうだ、と戸飼が英子に言うのが聞こえた。何だ？　漫才師か？　とささやく声も聞こえた。

「みなさんは当事者でいらっしゃるから、この刺激的な事件について、いくらか知恵を絞られたことと思う。しかし、もしもあの人形を、一年中ただ三号室にすわっているだけのでくの坊と考えたのであれば、眼鏡をかけることをお勧めしたい！　あれはただの棒っきれなんかじゃない。二百年昔のヨーロッパ人なのです。二百年という時空を越えて、彼はこの家にやってきている。みなさんはそのことを、もっと光栄に思わなくてはならない。二百年昔のチェコ人。したがって彼こそは奇蹟だ。吹雪をつき、空高く舞い、ガラス窓越しに部屋を覗き込む。人間の心臓にナイフを突き立てることなど、われわれが鼻先のティーカップに手を触れるより簡単だ。ユダヤの秘法カバラで千年の眠りから醒め、この事件のひと幕を演ずるために天から生命を与えられた、彼こそは最も重要な配役を割り振られた存在なのであります。

　踊る人形のひと幕限りのきらめきだ！　嵐の夜にだけ、彼はその暗い玉座《ぎょくざ》より立ちあがり、漆黒の天空から延びた操りの糸を闇にきらめかせて、千年の昔より定められた舞いを舞うのだ。死者の舞いだ！　何とあざやかな瞬間だろう！　最初の死体もそうだった。彼は魅せられたんです。

歴史は進んでなどいない。千年の昔と同じです。時間は今、故障したバスのようにすわり込んでいる。だからやつにとって、待つ時間などほんの瞬きの間だったに相違ない。

進歩なんてまやかしだ。われわれはどんどん足が速くなった。さっきまで銀座にいたのに、もうこんな北の果てで震えていられる。しかし、この浮いた時間を自由にできますか？　できやしない」

御手洗は自分の世界に酔っているようだったが、ついに客席からは、声をともなった笑いが起こりはじめた。刑事たちはというと、御手洗のこの馬鹿馬鹿しいおしゃべりを、早く打ち切らせたいとうずうずしていた。

「機械は人間を楽にする？　何と見えすいたお題目でありましょう。こんなのに較べたら、駅から三分、都心へ三十分、緑多い絶好の環境なんていう不動産屋の誇大広告の方がずっと信用できるんであります。われわれはこんなものに優越意識を持ってちゃいけない。雑用一般を機械がやってくれ、一時間で北海道へ行けるとなれば、この通り、今夜中に北海道へ行ってきてくれと言われる。ほかにも仕事があったのにね。北海道に行くのに三日かかった頃よりずっと忙しくなって、本を読む時間もなくなっちゃった。なんてくだらないペテンだ！　今にお巡りさんは自動販売機で犯人が買えるようになるに違いない。しかしその頃は、犯人の方もコインを放り込んで死体を買っているのです」

「御手洗さん……」

牛越がついに割って入った。

「初対面の挨拶としてはもう充分でしょう。ほかにおっしゃりたいことがなければお茶が入ったようですから……」

「あ、そうですか。ではもうひとつ、友人を紹介しておかなくちゃなりません。彼はぼくの友人で石岡《いしおか》君と言います」

私の紹介は簡単なものだった。

第二場　天狗の部屋

お茶を飲み終わると、疲れを知らない御手洗は、ゴーレムはどこです？　と訊いた。

「逮捕なさるんですかな？」

牛越が横あいから声をかける。

「いや、今夜はその必要はありますまい」

御手洗は真面目くさって答える。

「はたしてやつがぼくの想像通りの殺人鬼であるか否か、これから確かめてみるつもりでおります」

「そりゃ、そりゃ」

と感心したように大熊が言った。

「それじゃあ不肖私めがご案内せずばなりますまい」

そう言って浜本幸三郎が立ちあがった。


「天狗の部屋」のドアを幸三郎が開けると、例の大きなピエロがわれわれを出迎える。この人形は台に固定されているから動くことはできない。

「おや、こりゃ『スルース』の！」

御手洗が大声を出した。

「おお！　あなたはあの映画をご覧になりましたか⁉」

幸三郎が嬉しそうに言った。

「三度ばかり」

御手洗が答える。

「映像的とは言い難いですからね、映画としては評論家の言う通り二流かもしれませんが、好きな作品です」

「私は大好きな映画なんですよ。イギリスで舞台も観ました。実によくできていた。こんなガラクタを集めたいと思ったのも、ひとつにはあの映画の影響もあるんです。とてもカラフルでね、コール・ポーターの音楽なんぞも、申し分なくよい趣味だった。いや、あれをご存知の方がいたとは嬉しいな」

「このピエロは、あの映画みたいに笑ったり手を打ったりするんですか？」

「実に残念ながら、さっきのあなたの言葉を借りればでくの坊です。ヨーロッパ中探したんですがね、あんなのはありませんでしたよ。たぶん映画用に作ったものか、トリックじゃないですかな」

「そりゃあ残念でしたね。で、彼はどこです？」

言いながら御手洗は、勝手にずんずん奥へ進んだ。幸三郎もしたがい、部屋の一隅を指さした。

「いた、こいつか、うーむ……。あっ、これはいかん！」

御手洗は周りがびっくりするような大声を出した。サロンの客たちのほとんどが、ぞろぞろとわれわれについてきていた。

「これはいかん、これは駄目ですよ！　むき出しですね、こういうのはいけませんよ、浜本さん！」

御手洗は一人で大騒ぎをする。

「何故です？」

「こいつは屈折した怨念の塊《かたま》りです。しかも二百年もの間それが蓄積されている。いやそうではない。彼はパレスチナ以降、迫害に迫害を重ねられてきた全ユダヤの怨念の化身なのです。このような姿で置いておくことは、彼を辱《はずかし》めることになります！　何といかん、実に危険だ！　これこそがこの家を舞台としたあらゆる悲劇の原因です。何とかしなければ！　浜本さん、あなたほどの方がこんなことにお気づきにならないとは、誠に遺憾です」

「ど、どうすればいいんでしょう？」

浜本氏は途方に暮れたように言う。

「もちろん服を着せるんです。石岡君！　君のバッグの中に、もうあまり着たくないと言ってたジーンズの上下があったね、急いで持ってきてくれたまえ」

「御手洗君……」

さすがに私はたまりかねて彼の悪ふざけをやめさせようとした。

「それからぼくのバッグの中に着古したセーターがある。そいつも頼むよ」

私はそれでも一応忠告を試みようとして口を開きかけたが、早くしてくれたまえと促され、しぶしぶサロンへ降りた。

服を持ってくると、彼はうきうきした仕草で人形にズボンを穿かせ、セーターを着せた。上着のボタンを塡める頃には、御手洗の口からハミングが洩れはじめた。一方警察学校の卒業生たちは、全員苦虫《にがむし》を嚙みつぶした顔で、友人の仕事ぶりを見守っていた。しかし彼らは実に辛棒強いことに、何も口をさし挟まなかった。

「やはりこいつが犯人ですか？」

見学していた日下が、御手洗に話しかけた。

「間違いないです。凶悪なやつだ」

その頃には、作業はもうほとんど終了していた。服を着て、人形はますます気味の悪い様子になった。西洋人の浮浪者が一人、家に紛れ込んだように見える。

「するとこいつが裸で放っておかれたがために、二人も人を殺したと、こう言われるのですな？」

幸三郎が言う。

「二人ですめば儲けものです」

御手洗はさっさと言う。

「いかんなあ、まだこれでは」

言って御手洗は腕組みをする。

「セーターに上着まで着せて、まだ足りませんか?」

「帽子です! 帽子が必要だ。こいつの頭が曲者なんです。隠さなければ。となると帽子が欲しいな。むき出しにしておいてはいけない。しかしぼくは帽子までは持ってこなかったしな……。

誰か、みなさんの中で帽子を持っている方はいらっしゃいませんか? どんなものでもけっこうです。ちょっとお借りしたい、借りるだけです」

御手洗は観客を振り返って言う。コックの梶原春男が控えめに口を開いた。

「あのう……、ぼくが、皮のテンガロン・ハット持ってますけど……。西部劇みたいなやつです」

「皮のテンガロン・ハット!?」

御手洗はほとんど叫び声をあげた。観客たちは、これがこの狂人のどういう感情のゆえなのかを計りかね、次の言葉をじっと待った。

「犯罪を防ぐのに何と理想的だろう！　これこそが神の御恵《みめぐ》みだ。君！　早くそれを持ってきてくれますか？」

「はあ……」

梶原は首をかしげながら階段を降りていき、やがてハットを持って帰ってきた。

御手洗の体中から、嬉しくてしょうがないという気分があふれていた。彼はそれを受け取ると、うきうきと踊るような仕草で、人形の頭の上へちょんと載せた。

「完璧だ！　これなら絶対大丈夫。君、どうもありがとう！　君こそこの事件の最大の功労者です。これほど素晴らしい帽子が手に入るとは思わなかったな！」

御手洗はそれからも揉《も》み手《で》をしたりしてひとしきりはしゃいでいたが、ゴーレムの方はこれ以上ないほど不気味な様子になって、そこに人間が一人すわっているようにしか見えなかった。

糸はまだ彼の手首に結びついていたが、もうこれは取った方がいいでしょう、と言いながら御手洗は、プツンと切ってしまった。あ、と牛越がつぶやくのが私には聞こえた。

それからみなでまたサロンに戻り、御手洗は幸三郎や客たちと談笑した。中でも日下と一番話が合ったらしく、夜が更けるまで精神障害についてさかんに話しこんでいた。

二人は、はた目にはいかにも和気あいあいと、非常に打ちとけているように見えたが、日下という医学生は、どうも御手洗を患者として興味を抱いていたのではないかと私は思う。精神科の医師と患者の話し合いというものは、あのようななごやかなものと聞いている。

私たちのあてがわれた部屋は、何と上田一哉の殺された例の十号室であった。これを見ても、女主人のわれわれへの歓迎ぶりが解ろうというものだ。

さすがにベッドだけは早川康平に命じて折畳み式のものをもう一台運び込ませたが（十号室のベッドは完全なシングルだった）、十号室はトイレもシャワーもないから、私は刑事たちの部屋を借りてシャワーを浴び、旅の疲れをとらなくてはならなかった。

殺人のあった部屋で眠るというのもまたとない貴重な体験であった。観光旅行ではこんなことはちょっと味わえまい。

御手洗が、私の後からその寝苦しいベッドにもぐり込んできたのは、もう十二時を少し廻った頃であった。

第三場　十五号室、刑事たちの部屋

「いったいどこの気違い病院から来たんだ、あいつは！」

若い尾崎刑事が憤懣《ふんまん》やるかたないという調子でわめいた。

「いったい何ですかありゃあ!?　だいたいどういう理由でわれわれのようなちゃんとした警察官が、あんなクルクルパーのお守《も》りをせにゃならんのですか！」

その夜、刑事たちは十五号室に集まっていた。今夜は阿南巡査もいる。

「まあそう言うなよ尾崎君。あの先生は確かに普通じゃないが、あれはそれでも一課の中村氏が、自信を持って送り込んできた人間には違いないんだ。しばらくお手並みを拝見させてもらおうじゃないか」

牛越がなだめるように言う。

「お手並み!?　もう見ましたよ、人形にズボンを穿かせるお手並みをね！」

「確かにあんなことをやっていてホシが挙げられるもんなら、警察の仕事もずいぶん楽ではあるな」

大熊も言った。

「私はあんな正真正銘の、どこからひっくり返してみてもバカ者というやつを生まれてはじめて見ましたよ。あんなのを野放《のばな》しにしておいたら、捜査も何もあったもんじゃない。めちゃめちゃにされてしまいますよ！」

尾崎は吐き捨てるように言う。

「しかしまあ、人形にズボンを穿かせたところで捜査に著しい支障をきたすということもなかろう」

「そりゃ今のところは人形相手で悦に入ってますが、もしまた殺しでもあったら、こんどは死体にケチャップでも振りかけかねませんよ！」

牛越はうーんと考えこんだ。確かにそのくらいのことはやりかねないように思われたからである。

「阿南君、君はどう思う？　あの男を」

牛越は若い巡査に尋ねる。

「さあ……、私は何とも……」

「君は玉突きの練習はやめたのか？」

尾崎が言った。

「連れの男の方はどうした？」

「今、十二号室の方でシャワーを浴びていますよ」

「あの男はまともなようだな」

「あれは狂人の付添夫といったところでしょうね」

「とにかくだ、お引き取り願った方がよくはないかな？」

　大熊が言う。

「ええ、でもまあもうしばらく様子を見ましょうよ。あまりわれわれの仕事に支障をきたすようでしたら、私の方で言います」

「まったくくぜい竹持った爺さんの方がよっぽどマシだったですよ。腰がたたなきゃ、少なくともじっとはしてるでしょうからな！　あいつは若い分だけ始末が悪い。今に雨乞《あまご》い踊りみたいに、あの人形を持って犯人を占う踊りでもやりだすんじゃないですか？　そしてわれわれには、刑事さん、火を焚いて下さいと言いますよ！」

第四場　サロン

　翌朝、外は比較的晴れていた。どこからかハンマーで何かを叩く音が聞こえてくる。三人の刑事はまたソファのところにかたまっていた。

「何だ？　何を叩いているんだ？」

「女性軍二人が換気孔を塞いでくれと言いだしたんですよ、気味が悪いから。それで戸飼と日下がナイトぶりを発揮して、金槌《かなづち》を振るっておるところです。日下はついでに自分のところも塞ぐんだと言っておりました」

「ふん、ま、そうしとけば安心には違いあるまい。しかし、金槌の音ってのは何か落ちつかないな、何となく大晦日《おおみそか》らしい雰囲気になってきやがった」

「あわただしいですな」

しかしそこへ、さらにあわただしい男が入ってきて、人の名前とも何ともつかぬ、意味不明の言葉をわめいた。

「南大門《なんだいもん》さん！」

誰も反応を示す者はなく、サロンには非常に不可解な沈黙が訪れた。

御手洗は不思議そうに首をかしげた。巡査が、ひょっとして自分のことかと第六感を働かせたらしく、立ちあがった。しかし実際よく解ったものと思う。

「阿南ですが……」

「失礼！　稚内署までの道順を教えてくれませんか」

「はあ、承知しました」

御手洗という男は、生年月日は一度聞いたらすぐ憶えるくせに、人の名前というものを絶対に憶えようとしないのである。のみならず、その場の思いつきで勝手な名で呼ぶ。しかも一度間違って憶えると、横で何度訂正しようと死ぬまでその名で呼び続けるのだ。

御手洗がいそいそとサロンを出ていくと、入れ替わりに幸三郎が現われた。

「あ、浜本さん」

大熊が声をかけた。

幸三郎はパイプの煙とともに寄ってくると、大熊の横の椅子にかけた。それで牛越は尋ねた。

「あの名探偵の先生はどこへ行ったんです？」

「変わってますな、あの人は」

「変わりすぎです。完全なパーでしょう」

「例のゴーレムの首を取りはずして、もう一度鑑識へ持っていきたいと言うんですよ。あの首がやはり怪しいんだそうで」

「やれやれ……」

「この調子じゃわれわれの首も取りはずしかねんぞ」

大熊が言う。

「デパートの万引き係でも当たっておいた方がよいかもしれん」

「私はあんなアホウと心中する気はないですよ」

尾崎はきっぱりと言った。

「しかしこれは君の言っていた占いの踊りもいよいよ近いぞ。帰ってきたらさっそくとりかかるんじゃないか？」

「火を焚く用意をしますか」

「冗談言ってる時じゃないですよ。それで何で首を取りはずしたいんだって言ってました？」

尾崎は真剣な顔で幸三郎に尋ねる。

「さて……」

「理由なんかあるわけないじゃないか」

「い、踊りの邪魔になるんだよ！」

「私もね、あんまり首をはずされるのはありがたくないんだが、まあ、一応取りはずしはきくのでね。指紋でも調べる気ですかな？」

「そこまで知恵が廻るかな、あの先生に」

大熊が、自分のことは棚にあげて言う。

「指紋はさんざんやりましたよ」

牛越は言う。

「指紋の方はどうだったんです？」

幸三郎が訊く。

「近頃、特にこんなホシがいくらか知恵を持ってるらしい事件で、指紋調査が役にたつことなんかありゃしませんよ。ホシだってテレビ観てますしね。それにもし事実、この家の人間のうちにホシがいるのならなおさらです。誰がドアのノブに触れてたって不思議はないですからね」

「そうですな」


御手洗が流氷館に帰ってきたのは午後もだいぶ廻った頃であった。何かよいことでもあったのか、例のうきうきした調子でサロンを横切り、私のかけた椅子のところへ来た。

「法医学の先生の車に乗せてもらって帰ってきたんだ。ちょうどこっちへ来る用事があるっていうんで」

彼は言った。

「ああそう」

私は答えた。

「それで、ちょっとお茶でも飲んでいけばと誘ったんだ」

御手洗はまるで自分の家のような言い方をした。

玄関のところに白衣の男が入ってくるのが見えた。そこで御手洗は、お茶を注文するべく、こんなふうに大声をあげた。

「南大門さん！　梶原さんを呼んでくれませんか！」

どうした気紛れか、梶原の名はちゃんと憶えているらしい。厨房付近の壁にもたれていた阿南が、別段何の抗議もせずに奥へ消えたところを見ると、彼は改名を決意したらしい。

紅茶をすすっていると、サロンの大時計が午後三時を打った。この時サロンにいた人間の名をここに明記しておくと、私と御手洗はもちろんだが、刑事三人と阿南巡査。浜本幸三郎、金井夫婦、浜本嘉彦、早川夫婦、それから厨房には確かに梶原の姿が見え隠れしていた。つまりサロンに姿が見えなかった者は、英子、クミ、戸飼、日下、の四人だった。長田《おさだ》と名乗った法医学者も、その時私たちのすぐ横にいた。

突然、吼えるような男の叫び声が、どこか遠くでした。悲鳴という印象ではなかった。何か信じられないものを見たというような、驚きの声だった。

御手洗は椅子を蹴って立ちあがり、十二号室の方角に向かって走った。私は反射的に部屋の隅の大時計を見た。五分にはなっていなかった。三時四分三十秒というところか。

刑事たちは声の発せられた場所をはかりかね、どこへ向かって走ってよいものか解らない様子だったが、御手洗にしたがうのもしゃくとみえて、ついてきたのは牛越と阿南だけであった。

声の主が日下か戸飼であろうとは思った。姿が見えない者のうち、あとは女だからだ。しかし二人のどっちであるかは判断がつきかねた。御手洗は、だがまったく迷わず十三号室のドアを激しく叩いた。

「日下君！　日下君！」

ハンカチを出してノブにかけ、ガチャガチャと回した。

「鍵がかかっている！　浜本さん、合鍵はありますか？」

「康平さん、大急ぎで英子を呼んできてくれ。あいつが合鍵を持っている」

康平は駈けだした。

「はい、ちょっとどいて！」

遅れてきた尾崎が横柄に言い、また激しくドアを叩いた。しかし誰がやろうとこれは同じことである。

「破りますか!?」

「いや、まず合鍵だ」

牛越が言う。英子が駈けつける。

「ちょっと待って。これですか？　貸して下さい」

合鍵が差し込まれ、回された。ガチンと、確かにロックのはずれる音と手ごたえがした。尾崎は急いでノブを回したが、どうしたことかドアは開かなかった。

「やはり！　もうひとつの方も回してるんですな」

幸三郎が言った。

各部屋は、ノブの中心のボタンを押すロック以外に、ノブの下に楕円形のつまみがあり、それを一回転させると横にバーがとび出す鍵がもうひとつ付いている。これは中からしか操作ができない。

「破れ」

牛越が決断した。尾崎と阿南がドアに何度か体当たりを食らわした。やがてドアは壊れた。

日下は、部屋のほぼ中央に、仰向けに倒れていた。テーブルの上に、読みかけらしい医学書が開かれたままになっていて、部屋は少しも荒らされていなかった。

日下のセーターの心臓のあたりに、今までとまったく同じ登山ナイフが立ち、柄の先から例によって白い糸が垂れている。そして今までと大きく違う点は、日下の胸が時おり上下することだった。

「まだ生きているぞ」

御手洗が言った。日下の顔面は蒼白だったが、瞼《まぶた》は薄っすらと開かれているように見える。

部屋に入るなり、尾崎はぐるぐると頭を廻して部屋を観察した。その時、私も彼に続いて壁の一点に、この一連の事件の性質を明瞭にする異常を発見した。小さな紙が、ピンで留められていたのだ（図8）。

「何を見た⁉　君、何か見たろう⁉　答えるんだ！」

叫ぶなり尾崎は、日下の手首を握ろうとした。御手洗がそれを制した。

「南大門さん、外の車に担架がある。持ってきて下さい！」

「何を言うんだ！　君のようないい加減な男の指図をどうしてわれわれが受けんとい

かんのだ⁉ 気違いは引っ込んでいてもらおう! 邪魔しないで、ここは専門家にまかせておいてもらうぞ」

「是非そうしようじゃないか君、さあ、われわれは引っ込もう! 長田先生、お願いします」

白衣の長田医師が私たちをかき分け、部屋に入ってきた。

「危険だ。今は何もしゃべれんだろう。話しかけないで下さい」

そう専門家は言った。そこへ御手洗の的確な指図によって、担架が届いた。長田と御手洗は、そろそろと日下の体を担架に載せた。

血はあまり、というよりほとんど流れてはいない。長田と阿南とによって担架が持ちあがり、外へ向かって出発した時、信じられないことが起こった。浜本英子が泣きながら担架にすがりついたのである。

「日下クン! 死なないで」

彼女は泣き叫んだ。その様子を、どこからか姿を現わした戸飼も無言で見ていた。

部屋に残った尾崎は、壁にピンで留められた小さい紙片を慎重にはずしていた。それは間違いなく犯人の遺したもののようである。むろんその時彼は、すぐにはその紙に書かれた内容をわれわれに公開しなかったのだが、あとで見せてもらったところで

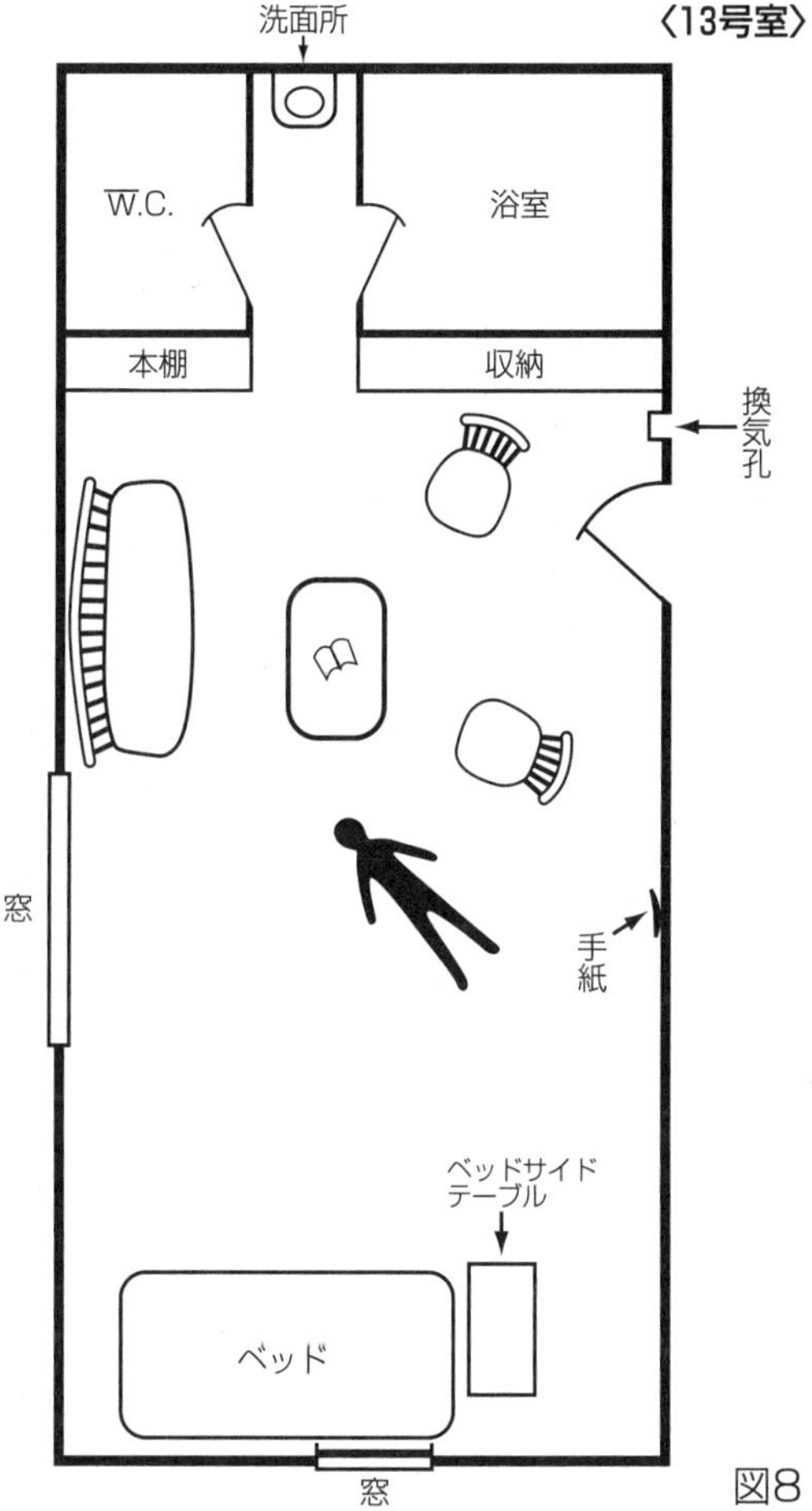

図8

は、次のような簡単な文章が書かれていた。

『私は、浜本幸三郎に復讐する。近いうちあなたは自分の最も大事なもの、すなわち生命を失う』

尾崎はもう刑事としての日頃の冷静さを取り戻していたが、さっき瀕死の人間にあれほど詰め寄ったのも、無理からぬところはあった。見渡せば十三号室は、ドアの施錠が完全であったのみならず、ふたつの窓も完全にロックされ、ガラスもはずされた形跡はなかった。造りつけの洋服箪笥も、物入れも、ベッドの下も、バスルームも、すみやかに、そして完全に調べられ、誰もひそんではいないことが確認された。加えて、何らの異常も発見されなかった。

そして何より特筆すべきは、今回の場合、これまでのケースでの唯一の窓、例の二十センチ四方の換気孔まで、厚手のベニヤ板で完全に塞がれていたのだった。完璧な密室である。ドアも内枠に当って止まる形式のもので、まるっきり隙間はない。

さらに、ドアを破った者も、最初に部屋に踏み込んだ者も刑事であり、しかも大勢の人間がすぐ横でそれを見守っていた。ドアを破った時点で、誰かが何らかのトリックを施す時間的余裕は絶対になかったと言いきれる。となると、唯一の頼みは日下が何を見たか、ということの一点にかかってくることになるのだ——。

約一時間後、日下が死んだという電報が、一同の集合したサロンに届いた。犯行推定時刻は、当然のことながら午後三時すぎ、死因はむろんナイフによるものだったということ。


「戸飼さん、あなた三時頃どこにいらっしゃいました？」

個別に戸飼一人だけをサロンの隅に呼び、牛越が沈んだ声で訊く。

「外を歩いてました。天気も悪くなかったし、考えたいこともありましたから」

「それを証明する人はいますか？」

「残念ながら……」

「でしょうな。こういう言い方は何だが、あなたは日下さんを殺す動機がないとは言えませんのでね」

「それはひどい……、ぼくは今、誰よりも衝撃を受けていますよ」

クミと英子は、二人ともそれぞれ自分の部屋にいたと主張した。この二人の供述はいたって平凡なものだったが、次の梶原春男の証言は、心臓に苔《こけ》の生えた刑事たちの胆《きも》をも冷やした。

「今まで、あんまり意味がないんじゃないかと思って言わなかったんですけど、いや、日下さんの時のことじゃないんです。菊岡さんが殺された夜、ぼくは厨房の入口の柱にもたれて立ってたんです。その時、外の吹雪の音に混じってシュウシュウというような、……蛇の這うような音を、確かに聞いたんです」

「蛇⁉」

刑事たちは、飛びあがらんばかりに驚いた。

「何時頃です⁉　そりゃあ？」

「さあ、十一時頃だったと思いますけど」

「ちょうど殺しのあった時刻だ」

「ほかの人は聞いてますか⁉」

「それが、康平さんたちに訊いても、聞かないって言うんで、ぼくだけの空耳《そらみみ》かなあと思って、ずっと黙ってたんです。どうもすいません！」

「その音についてもっと詳しく！」

「そう言われても……、シュウ、シュウという音のほかには、女がすすり泣くような音っていうかなあ……。かすかな音です。日下さんの時には気づきませんでした」

「女のすすり泣き⁉」

刑事たちは顔を見合わせた。まるで怪談である。

「上田一哉さんの時は⁉」

「気づきませんでした。すいません」

「つまり、菊岡さんの時だけなわけだね？」

「はい、そうです」

警官たちは、ほかの客たちや住人全員にも、その不可解な音のことを一人一人個別に問い質した。しかし梶原のほかには、そんな不可解な音を聞いた者はいなかった。

「どういうことだ⁉　こりゃあ！　本当なのか？　いったい」

大熊が二人の刑事に向かって言う。

「たまらんぞこれは。気が狂いそうだ。どうなってるのか、見当もつかん！」

「私ももう力がつきかけていますよ」

「何かとんでもない魔物でも棲んでるんじゃないか？　この家は。それともこの家そのものが魔物なんだ。まるで家が意志を持って人殺しをやってるとしか思えんじゃないか！　特にこんどの日下殺しだ、絶対人間技じゃない。やれるやつがいるとすれば、この家だけだ」

「さもなければ、何かとてつもない仕掛けがあるんじゃないか……。たとえば機械仕掛けで部屋が持ちあがるとか、ナイフが飛び出すとか……、どっかがぐるりと回転するとかですね……」

尾崎が言った。

「もしそうだとすりゃ、ホシは客分の側じゃなく、招待側ということになる……」

牛越がつぶやく、すると大熊が続けた。

「しかしおらんのだ。わしはね、この十一人の内に捜すとすりゃあだよ、相倉だと思うね。何となりゃあ、あの窓から人形が覗いてたってえ話だ。あんな馬鹿げたことはあり得るわけがない、絶対無理だ。となりゃあ当然ながら作り話ってことになる。ありゃあ嘘つくタイプの女です。それからみっつの殺しともアリバイがない」

「でも大熊さん、そうなるとひとつ妙なことができますよ、あのクミって女は、三号室のゴーレムの顔を二十九日まで一度も見てないはずなんですよ。でも供述《きょうじゅつ》の人相は、細かいところまで、例の人形の顔とぴったり一致してます」

尾崎が言い、大熊は鼻の頭に皺を作ってひとしきり唸った。

「まあとにかくだ、われわれがいつも鼻を突き合わせとる連中の内にはホシは絶対いやせんよ！　何かひそんどるんだ。こりゃ徹底してやるしかないぞ。壁板、天井板を剝がすんだ。特に十三号と十四号だ。もうそれしかない！　そう思わんかね、牛越さん」

「そうですね。明日は正月、気は進まんが、ホシは正月だからって休んではくれんでしょうしね、それしかないかもしれんですな」

そこへ御手洗が通りかかった。

「どうしました？　占いの先生。あんたが来たからにはもう死体は出ないんじゃなかったのかね？」

大熊が嫌味を言った。御手洗はそれには何とも応えなかったが、彼もいくらか元気がなかった。

第五場　図書室

一九八四年が明けた翌一月一日、私と御手洗とは午前中から図書室に二人で閉じこもっていた。彼は、日下が殺されてから自分の面子が潰されたと考えているらしく、ずっとふさぎ込んでいて、私が何か話しかけてもろくに返事をしなかった。両手の指で三角を作ったり、四角を作ったりしながら、何やらぶつぶつひとり言を言った。

図書室の一番隅の椅子からも、流氷のひしめく北の海は望める。私はしばらくそうしていたが、やがて階下から絶えず響いてくるノミやハンマーの音が、私を夢見心地からゆっくりと破っていった。

「おめでとう」

と私は御手洗に言った。彼はうわの空でうん、うん、ああそうだねと生返事をした。

「おめでとうとぼくは言ってるんだぜ」

私はもう一度言った。彼はやっとまともに私を見た。そして、

「何が!?」

と少し苛々した様子で問い返した。

「年が明けたからに決まってるだろう!?　今日から一九八四年だよ」

御手洗は、何だそんなつまらないことかとでも言うように、ちょっと唸り声をたてた。

「だいぶいらいらしているように見えるね」

私は言った。

「あんな大見得《おおみえ》切るからだよ。それより君、あの十三号室と十四号室の天井や壁板剥がしている刑事たちの様子を見にいかなくていいのかい？」

「ははん！」

するとその御手洗は鼻で笑った。

「君は何も出ないと思うんだね？　抜け穴も、隠し部屋も何もないと？」

「賭けてもいいね、今夜お巡りさんたちは、手にいっぱいマメを作ってサロンの椅子でぐったりしてるだろう。特にあの尾崎とかいう若いおじさんは、年齢からいっても今頃は間違いなく一番活躍しているはずだから、今夜はさぞおとなしくなってることだろうよ。楽しみだね」

「十三号室と十四号室に、何もカラクリはないんだね？」

「あるわけがない」

私はそれを聞いて、しばらく黙って考えこんだ。しかし何にも思いいたれなかった。そこでまた声をかけた。

「君はずいぶん何でも解ってるらしいね？」

すると私の友人は、まるで背中に熱湯でもかけられたように、反射的に天井を向いた。そしてまた低い唸り声をたてた。どうも様子が変である。

「もうすべて解ってるっていうのかい？」

「……とんでもない、今大いに困ってるんだ」

御手洗はかすれたような声で、低く応える。

「君は、今何を考えるべきか、自分で解ってるのか？」

すると御手洗は、ぎくっとしたように私の顔をまじまじと見た。

「実は……、それなんだ、問題は」

私はなんだか不安になり、次に怖くなった。これは私がしっかりしなくてはいけないのかもしれないと考えた。

「話してみたらどうかね？　ぼくだって少しは役にたつと思うが……」

「そいつが無理なんだ。話すより解く方が……、いややはりむずかしい。階段には上と下がある。人はこの場合、どっちに立とうとするものなんだろう？　問題はそこなんだ。解答不能かもしれない、ぼくは博打を要求されている」

「何を言ってるんだ……？」

御手洗のこの話しぶりには、はたして見当違いでない場所に頭を使っているんだろうかと、人を不安にさせる感じがある。私には、錯乱一歩手前のようにしか見えない。

「まあいい、じゃぼくの方に問題提起をさせてくれ。あの上田一哉の死体はなんであんな格好を、踊るような格好をしてたんだ？」

「ああ、あんなのはこの部屋に一日もいれば解る」

「この部屋に⁉」

「ああ、ここに答えがある」

私は部屋を見廻した。本棚があるばかりだ。

「適当なこと言うのはやめろよ！　……じゃあこれはどうなんだ？　昨日の日下殺しは。あれに君は責任を感じて沈んでいるんじゃないのか？　どうやらぼくの観察するところ、君はろくに解ってもいないのに、もう死体は出さないなんていい加減なことを言ったんで……」

「あれは仕方がなかった！」

御手洗は悲痛ともとれる声を出した。

「彼以外じゃ……、しかし、いや、そうじゃないかもしれないが……、とにかく今は……」

私の友人は、どうやらことの真相と呼べるほどのものは何も摑んでいないらしい。しかし、どんな場合であろうと、彼の口から殺人に対して仕方がないなどというセリフを聞くのははじめてだった。

「ぼくはちょっと考えたんだが……」

私は言った。

「今君の言うのを聞いて、いくらか自信を持った。日下はひょっとして自殺じゃないのか？」

御手洗はすると、かなりの衝撃を受けたようであった。一瞬呆然とし、それからゆっくりと口を開いた。

「自殺……、なるほどそうか……、それは気がつかなかった。そうか、そういう手があったか……」

彼はしょんぼりと肩を落とした。こんな簡単なことに気がつかないようでは先が思いやられる。

「あれを自殺と推理してやれば、彼らをもっと煙《けむ》に巻くこともできたな」

とたんに私は少々腹がたった。

「御手洗君！　君はそんなこすっからいことを今まで考えてたのか!?　自分がよく解らないもんだから、名探偵を気どることばかりに気を遣ってるのか!?　へえ、こりゃ驚いた。解らないことは解らないと言えばいいんだ。本職の刑事たちが頭を絞り合って解らないんだ、恥ずかしがることなんてない。いっときを糊塗《こと》するから後の恥がより大きくなるんだぜ」

「ああ疲れた。休みたいな」

御手洗は言った。

「じゃあぼくの講義でも聴けよ」

私がそう言っても彼は黙っているので、私は話しはじめた。私も今回の事件に関してはひと通り以上に考え、自分なりの意見を持っていた。

「しかし、自殺したのだとすると、これもまたおかしなことになる。あの例の、壁に遺されてた手紙があるよね？」

「ああ」

「あのひどく文学的才能の欠如《けつじょ》した手紙に……」

「というと？」

「あの文章はひどいじゃないか」

「あそう？」

「そう思わないか？　君は」

「ああいう内容はほかに書きようがないと思ったが」

「復讐の劇的な決意を示す手紙としては、三流品もいいところだ。もっとほかに何とでも美しい書きようがあるだろう？」

「たとえば？」

「たとえば文語調で迫るとか、そうだな……『我《われ》、汝《なんじ》の息の根を止めんとす。我の名は復讐、血の色の馬に跨《また》がれり』とかね」

「とても綺麗だ！」

「こんなふうにいろいろとあるだろう？　あるいは……」

「もういいよ。それより何が言いたいんだ？」

「つまり復讐ということ、浜本幸三郎に復讐するとなると、さっきの日下犯人説では浜本氏に復讐する理由がない。彼は浜本氏と知り合ったのはまあ最近だし、二人の間はすこぶるうまくいっていた。それに、浜本氏を殺さずに自殺しては復讐にならないだろう。それとも彼は、浜本氏の生命を奪えるような、何か仕掛けをしておいたのかな？」

「そいつは今、お巡りさんがさんざん調べている。塔の部屋の方もやると言ってたからね」

「だいたい、上田や、菊岡の生命を奪うことが何故浜本氏への復讐になるのか？」

「そうそう」

「しかし日下説を捨てても、もうこの家に残っている人間というと使用人の三人と、あとは娘の英子、相倉クミ、金井夫婦、嘉彦と戸飼、これだけだからね。この中に浜本氏に復讐心を抱こうかという人間は見あたらないよ」

「見あたらない」

「それではと翻って日下殺しを考えてみると、彼を殺すことだって別に浜本氏への復讐にはならんと思うんだ」

「ああ、ぼくもそう思う」

「それとも英子が日下に関心があったようだから、その相手を殺すことで娘を苦しめ、ひいては父親を苦しめようという、そういう廻りくどいことを考えたのかな。訳の解らない事件だ！　あのにやにや笑いの人形をはじめとして、おかしな要素がいっぱいだ。あの雪の上に立ってた二本の棒とか……」

その時ドアが乱暴なやり方で開き、二人の女性が図書室に入ってきた。浜本英子と相倉クミだった。二人は冷静な、これ以上ないほど落ちついた足どりで窓ぎわへ寄っていったが、二人とも自分を見失うほどの興奮に支配されているらしく、その証拠におっかなびっくりで見守る部屋の隅のわれわれ二人の存在に、少しも気づく様子がなかった。

「ずいぶんご活躍のようね」

と英子が、どちらでもいい晴天の話をする時のような、さりげない口調で言った。

「何のことかしら？」

相倉クミも慎重に応える。これには私も同感であった。しかしあとで聞いたところでは、クミは日下や戸飼や梶原などに、さかんに接近を試みていたという話であった。

英子は、柔らかな笑顔をみせて言った。

「無意味な時間をかけるのはよしにしないこと？　私の言葉の意味が解ってらっしゃるはずだわね？」

英子は見おろすような態度を崩さない。

「さあ……、少しも解らないわ」

クミも見おろす者としての言葉を選んだ。私は固唾を呑んだ。

「ほかのことはいいわ、あなたはそういうふわふわした、いい加減な生活態度が体の奥まで染み込んだ方、私は違う、それだけよね。私にはできないことだけど、そんなことはいいわ、許せないのは日下クンのこと、お解りよね？」

「私に染み込んだいい加減な生活態度って何のこと？　自分に全然ないものだっておっしゃるけど、それなのによく私のそういうところがお解りね」

「質問に答えて下さらないこと？」

「私だって質問してるんですのよ」

「これはあなたご自身のためですのよ。こんな問題にいつまでもかかわっていると、あなたがお困りじゃないかしら？　それとも菊岡社長と秘書たるあなたのご関係について、私に説明して欲しいのかしら？」

　さすがにクミは言葉に詰まった。しばしの血も凍る沈黙。

「日下君のことって何よ」

　クミの言葉遣いの一角が崩れた。それは彼女の部分的な敗北を物語るものでもあったろう。

「あらぁ、ご存知のはずよ」

　英子は途端に素晴らしく優しい声になった。

「その鍛《きた》えぬいた職業的武器で、純情な日下クンをたぶらかしたんじゃなかったかしら？」

「ちょっと、職業的武器ってどういうこと⁉」

「あら、男と寝るのがあなたのご職業でしょう？」

　ここでクミが、何か感情的な反論の叫びをあげなかったのは賢明であった。彼女はぐっと言葉を呑み込んだようであった。それから一種、挑戦的な笑い方をした。

「そういえばあなた日下君の担架にすがって、何だかみっともない様子してらしたわね。何だか女中さんがご主人にすがって泣いてるみたいで、素敵だったわぁ」

「…………」

「それで私の日下君を誘惑した女は許せないってわけ？　バカみたい！　古くていらっしゃるのねえ！　そんなお考えしてらっしゃるとおツムにカビがはえましてよ。そんなに自分の男だと思っているのなら、首に縄つけときなさい！」

二人はあやうく激情の絶望的な爆発を見そうになった。御手洗などは身の危険を感じて、腰を浮かせて逃げ腰になっているほどであった。しかしさすがに気位《きぐらい》の高い英子は、かろうじて自分を守った。

「あなたのような人といると、自分の品位を守って冷静でいるのが苦しいわ」

ほほほっとクミは嘲《あざ》笑った。

「品位ですって？　もう少しやせてからおっしゃい！」

英子はこれでまた次の言葉を口にするまでにかなりの時間を要した。

「はっきり申しあげるわ。日下クンを殺したのはあなたじゃないこと？」

クミはきょとんとした。

「何ですって？」

二人は睨み合った。

「バッカみたい！　どうやって私が日下君を殺せるの？　動機は何だっておっしゃるの？」

「方法は解らないわ。でも動機はあるんじゃないかしら」

「……どんな？」

「日下クンを、私に与えないためよ」

とたんにクミはまた、こんどはけたたましい声で笑いだした。しかし不気味なことに目は少しも笑っていず、じっと英子を見据えたままであった。

「ちょっと、笑わずにいられないようなこと言わないで！　ああ可笑しい！　私が日下君を殺さなきゃならないとしたら、そりゃ彼があなたにぞっこんで、私も彼が好きな場合でしょう？　そうじゃないこと？　ああ、可笑しい！

私は彼のこと何とも思ってないし、彼はあなたのことはもっと何とも思ってなかったわよ。どうして私が殺さなきゃならないの？　彼を殺さなきゃならないとしたらあなたでしょう？　違って？　だって彼、私に興味持ってるみたいだったもん」

「いい加減なこと言うのやめなさい!!」

ついに恐れていた最悪の事態が起こった。

「あんたみたいな薄汚ない女、この家に入れるんじゃなかったわ！　出ていって！　私の家から出ていきなさい！」

「私だってできるものならそうしたいわよ！　お巡りさんがいいって言えばね！　人殺しばっかり起こって、女プロレスみたいなヒステリー女がしょっちゅう金切り声たててるような家なんか、もうたくさんだわよ！」

それから二人はひとしきり、ここに書けないような難解な言葉を駆使して存分に罵《ののし》り合った。われわれは恐怖感から、息を殺して小さくなっていた。

やがて壁が震えるほどの音とともにドアが閉まり、部屋には英子が一人、うっとりするような静寂とともに残った。彼女はしばらく激しい闘争の後の放心に身をゆだねていたが、それからやっと部屋を見渡す余裕が生じたらしく、首を巡らした。すると、当然ながらそこに、特等席にまぎれこんだ貧乏人のように、おっかなびっくりですわっている二人の観客を発見したのであった。

英子の顔からすうっと血の気が引き、唇がわななくのがかなりの距離からでも解った。

「こんにちは」

と御手洗は果《か》敢《かん》にも声をかけた。

「ずっとそこにいらしたんですの!?」

彼女は、強いて冷静さを装っているのがありありと解る声で、解りきった質問をした。それともわれわれが戦争の最中、窓から忍び込んできたとでも思ったのであろうか。

「どうしてそこにいると言って下さらなかったのです?」

「そのう……、恐怖で声が出ませんでした」

と御手洗は実に馬鹿げたことを言った。しかし幸運にも彼女は、冷静さを失っているあまり、御手洗の言った言葉の意味をよく理解できないようであった。

「ひと言も声をかけて下さらないなんて、ひどすぎますわ!　そこでずっと黙って聞いてらしたんですか?」

御手洗が私の方を振り返り、こりゃあやっぱり黙ってないで、応援するべきだったかなとささやいた。

「聞くつもりはなかったんです!」

私は御手洗を無視し、この時とばかり、心を込めて言った。

「でも心配だったもので……」

そう私が言うと、横で御手洗がすかさず、

「そう、成りゆきが」

とつけ加えた。

「どんな成りゆきだと言うんですか⁉」

彼女は嚙みついた。肩が小刻みに震えている。

「いったいどんな興味があって、私たちの話をそこで聞いてらしたんですか！」

話、という言葉には抵抗があったが、英子の声はしだいにかん高くなった。しかし私は、さっきの自分の弁解がそうまずいものだったとは思っていなかったし、この場の雰囲気のうちに、何とかことをおさめられそうなかすかな兆候を、本能的に見いだしていた。私は自分なら何とかできる自信があった。つまり、私が一、人、だ、っ、た、らという意味であるが――。

非常識な友人は持つものではない。私の横にいた男は、そこでまったく人間として信じられないような言葉を口にして、それまでの私の努力をあっさり無駄にした。

「その……、どちらが勝つかと思いまして……」

彼女の肩の震えが一瞬ぴたりと停まった。そして腹の底から絞り出すような声で、

「非常識な人ね」

と言った。

「あ、そう言われるのは馴れています」

御手洗は快活に応える。

「ぼくは非常識にもつい今しがたまで、図書室というのは本を読むところだと思っていたくらいで……」

私は御手洗の脇腹をつつき、よせと小さく、しかし断固とした調子でささやいた。しかしむろん時すでに遅く、事態がこれ以上ないほどに悪化していることは明らかであった。彼女はそれ以上はひと言も発せず、じっと御手洗を見ていたが、ゆっくりとドアの方へ進んだ。

ドアを開け、ちょっとこっちを振り向いて、何ごとか効果的な呪いの言葉を模索しているようだったが、結局思いつかなかったらしく、そのままドアを閉めた。

今度は私が唸り声を発する番であった。私はひとしきり唸った後、

「あきれた男だな……」

と心底そう思いながら言った。

「君には一般的な意味での常識というものが、いっさいないらしいな」

「千回も聞いたよ」

「ああぼくも言い飽きた！　おかげで大した元旦だ！」

「たまにはいいだろう？」

「たま!?　じゃあぼくはいつも君のたまの時とやらにばかりつき合っているらしいな！　君とどっかへ出かけていって君がこういう種類のトラブルを起こさなかった時があったか!?　そんな経験はとんと思い出せないな！　少しはこっちの身にもなってくれ。ぼくの気持ちも考えてくれたらどうだ!?　いつもぼくが何とかことを丸くおさめようと一生懸命努力するのに、君が端から面白半分に突き崩すんだ」

「よく解った石岡君、次からは気をつけようと思う」

「次から？　ほう！　次からね！　次がもしあったら是非そうしてもらおう」

「というと？」

「ぼくは今真剣に絶交を考えているところだからさ」

私たちはそれからしばらく気まずく沈黙した。しかしたちまち私は、こんなことをしている場合ではないと思いはじめた。

「とにかく、そんなことより君は、この事件をやれるのか？　どうなんだ!?」

「そこなんだが……」

御手洗は力なく言う。

「しっかりしてくれ！　こんなところから夜逃げとなってもぼくはつき合わないぞ。

凍死したくはないからね。だがまあこれで解ったこともあるだろう？　あの女性軍二人は何となく除外できそうだ」

私は言った。ハンマーの音はもうやんでいる。

「ぼくにはもうひとつ解ったことがあるぜ」

御手洗が言った。

「何だ？」

私は期待を込めて尋ねた。

「これでもうぼくらは、あの居心地の悪い物置から当分出られそうもないってことさ」

それが解っているのなら、もう少しおとなしくしていて欲しいものだ。

第六場　サロン

その夜、私は内心危ぶんでいたのだが、夕食にはどうにかありつくことができた。客たちの様子はというと、滞在が一週間にもなると、さすがに彼らは憔悴《しょうすい》の色を隠せなくなっていた。それも無理はない。自分たちのごく身近に（あるいは自分たちの中に)、殺人鬼がいることは今や間違いなく、自分の左胸に、いつあの白い糸のついたナイフが突き立つか知れたものではないのである。

しかしその夜、最も憔悴を隠すのに苦労した者は警察官たちであったろう。彼らは御手洗の予想した十倍も疲れており、その肩の落とし方ははた目にも気の毒なほどであった。食事の間中、そして終わってからも、彼らのうちで誰一人口をきく者はなかった。おそらく口をきけば、それまで百回も口にしたセリフをまた繰り返すことになりそうだったからだ。

私はというと、御手洗が刑事たちに向かって、「ネズミの巣でも見つけましたか?」と言いだすことを絶えず警戒していなくてはならなかった。

「いったいどうなってるんだ!?」

大熊警部補が、ついに百一回目のセリフを口にした。応える者はなかった。尾崎などは、奮闘がたたって右手があがらないほどになっていて、彼の場合、口を開けばその点をぼやきそうだったからだ。

「われわれは何も知らない」

牛越がほとんどささやくような声を出した。

「このことはもう認めなきゃいけない。あの登山ナイフになんで白い糸が一メートルあまり付いているのか？　なんで最初の殺人のあった夜、雪の上に棒が二本立っていたのか？

それからみっつの密室だ。特にあとのふたつはさっぱり解らない。事件が起こるたびに密室が難解になっていく。あれほど完全な密室で、誰かが殺人など絶対に行なえるはずがない。絶対に不可能だ。だからわれわれは壁板に天井板に、床板まで剝がした。ところが何も出てきやせん！　暖房のパイプにも、いっさい何の細工もなかった。

われわれは何ひとつ知らない。得たものなどほとんどない。もうこうなれば魔物でも信じるほかない。署への報告も毎日四苦八苦だ。もしこの気違いじみた事件を、常識的に納得できる理屈でもって説明できる人間がいたら、私はどんなに頭を下げてでも話を聞きたい。もしいたらだけどな」

「いやしませんよ」

尾崎は右腕をさすりながら、それだけをやっと言った。

私と御手洗は、幸三郎と話し込んでいた。浜本幸三郎氏は、私たちがこの館の客になってからのわずかな時間の内に、十歳も老けこんだように見えた。口数が少なかったが、話題が音楽や芸術のことに及ぶと、それでも以前の快活さを取り戻した。御手洗はさっきの私の抗議がこたえたのか、それとも自信喪失のゆえにか、刑事たちに馬鹿げた軽口を叩いたりもせず、割合おとなしくしていた。

音楽の話となると、御手洗は幸三郎と案外話が合うらしかった。二人はリヒャルト・ワーグナーの図々しさについて、小一時間にわたって話し込んでいた。

「ワーグナーという男は、中世より完成し、保たれていたあの時代の調和を、音楽により最初に破った革命的な人物でしょう」

御手洗は言う。

「なるほど、彼の音楽は、当時イギリスなどでは、完全に前衛的な、今でいう現代音楽のように遇されていたわけですからね」

幸三郎が応じる。

「そうです。彼のやり口は、ルートヴィッヒ一世へのローラ・モンテスのやり口よりさらに徹底していた。ワーグナーは、純情なルートヴィッヒ二世を通じて、王権へと接近しようとしたのです。あるいはもったいぶった演劇にも似た、当時の絶対君主制の舞台裏に気づいていたというべきでしょうね。でないと彼のあれほどの図々しさは、ちょっと理解がむずかしい」

「そういう考え方はできるでしょう。ワーグナーは、救《たす》けてもらっておきながら、王に堂々と大金を要求したりもしていますからな。しかしルートヴィッヒ二世というパトロンなしでは、『ニーベルングの指輪』以降の彼の傑作群は生まれ得なかった。彼は借金ダルマとなって、ヨーロッパ中を逃亡して廻っていたわけですからな、ルートヴィッヒの救済なしでは、おそらくどこかの田舎街で、空しく朽ち果てていたでしょう」

「その可能性はあるでしょうね、しかしスコアは書いたでしょうが」

「先ほど調和といわれたが……」

「当時のヨーロッパの都市のありようは、ルートヴィッヒやワーグナー出現の直前で、ある調和に達していたと思うんです。たとえば建築を構成する、石とガラスと木材等のバランスなどもしかり」

「ああ、うん」

「当時の理想都市の設計コンセプトは、都市を巨大な演劇の舞台装置と規定するということですね。都市というものは劇場であると。そこで演じられる、庶民の日々の生活上の営みは、すべてパフォーマンスであるという解釈ですね」

「うん」

「そこにおけるガラスという最新テクノロジーの成熟度合いが、舞台装置にとって最も重要な建築のファサードを、たまたま美しく決定していた。あれ以上大きなものはできませんでしたから。ここにあるガラスの斜塔は当時は造れなかったわけです。さらに馬車という乗り物、つまり自動車が現われていない、こういう調和状況に、建築家や都市プランナーのみならず、画家も音楽家も、一定の了解を持って参加していたわけです。

　ところがここに、強力な鉄骨や、巨大な板ガラスや、列車などといったテクノロジーと歩調を合わせるようにして、ワーグナーという怪物がバイエルンに姿を現わしたわけですね」

「なるほどなるほど。彼はゴシックの頃完成していた調和を破るかたちで出現してきた」

「そうです。以来ヨーロッパは悩みを抱え込んで、それが現在まで続いているといえますね」

「そこで純情なルートヴィッヒ二世という青年王が果たした役割というのは何です？　フランスのルイ王朝文化を猿真似するのと同じようにしてワーグナーを取り込んだ、単なるお調子者ということですかな？」

「いや、それは当時のバイエルン人一般にあった傾向でしょう。それはルートヴィッヒ二世を狂人とするために、世間が行なっている『常識』へのゴマすりですよ。彼に限らない、ルートヴィッヒ一世も、パリを真似て、必要もない凱旋門をミュンヘンに造ったりしていますからね。

しかし、ぼくに今最も興味があるのはあなたですよ浜本さん」

「私？」

「あなたはルートヴィッヒ二世には見えない。この家はヘレンキームゼーではないでしょう。あなたほどの知性の人物なら、理由もなくこんな家を北の果てに建てたりはしない」

「買いかぶりというものじゃないですか？　それとも日本人一般に対しての買いかぶりだ。東京には、ヘレンキームゼーよりひどい迎賓館というものがあるじゃないですか」

「この家は迎賓館なんですか？」

「そうですとも」

「そうは見えませんね、ぼくには」

「私から見て、あなたが単なるお調子者に見えないのと同じですかな」

二人はそれからしばらく沈黙した。

「御手洗さん、あなたは不思議な人だ」

幸三郎は言う。

「いったい何を考えてらっしゃるのか、私には少しも解らない」

「ああそうですか。それはまあ、あそこにいるお巡りさんたちよりは少々解り辛いでしょうが」

「警察官たちは、何か摑んでいると思われますか？」

「彼らの頭の中は、この家にやってくる前と同じです。連中はいわば、ゴシック建築のファサードの飾りです。なくても家は倒れやしません」

「あなたはどうなんです？」

「どうといわれますと？」

「この事件の真相です。知ってらっしゃるのか。犯人の名をご存知なんですか？」

「犯人というだけなら、これは誰の目にも明らかでしょう」

「ほう！　誰です？」

「あの人形だと申しあげませんでしたかしら」

「しかしそれは本気でおっしゃっておるとは思えませんな」

「あなたもそう言われますか？　いずれにしても、これはなかなか凝った犯罪です。そしてわれわれはすでにゲームを始めてしまっているらしい。あまりありきたりのやり方で王手を言うのでは、この芸術家に対して失礼でしょうね」

幕あい

一月一日の夜からは、例の脅迫状の一件があるため、幸三郎は孤立していて危険な塔の上の自室で眠るのはやめ、十二号室に、大熊と阿南とに護衛されて眠ることになった。この決定に関しても少々すったもんだがあったのだが、そんなことばかり書いていても煩雑《はんざつ》な印象になるので省くことにする。

翌日の二日は、犯罪めいたできごとは何ひとつ起こらなかった。警官たちは、昨日自分たちが壊したところを一生懸命もと通りにしようとする作業に一日を費やした(しかし全然もと通りにはならなかったが)。

御手洗と刑事たちとは、全然コンタクトするところがないようだったが、牛越だけは私のところへやってきて意見を訊いた。御手洗は頼りにならないので、私は自分が考え、整理していた問題点を、よっつばかり披露した。

第一には上田一哉の、あの両手をV字にあげ、腰をひねったような奇妙な姿勢という点。

第二は菊岡の背に立ったナイフが、心臓のある左側でなく、右側であった点。これは何ごとかを意味するものではないか——？

第三は、上田殺しと菊岡殺しが一日も間をおかず、連続して起こっている点だ。これは妙だといえばまったくもって妙だ。時間はいくらでもあったはずなのに、まるで焦って無理をしたという印象だ。上田殺しから時間があけば、刑事たちもいくらか油断をすると思われる。その時を狙おうとするのが普通ではあるまいか。

現にあの夜、事件発生直後であるために警察官は四人も泊まり込んでいたわけだが、これが二、三日たてば、間違いなく阿南はいなくなっていたと思われる。何故それを待たなかったのか？　上田殺しの翌日となれば、警備に最も気が入っている時だろう。これはそんな危険な時、あえて犯行を強行する理由を、犯人は持っていたと考えるべきではないか？　とすればそれは何なのか——？　時間がなかったのだろうか？　しかし菊岡殺しの直後、流氷館から去った者などはいないのである。

さらにもうひとつ、よっつ目をつけ加えるなら、この家は階段が東西二ヵ所に分かれているという特殊な構造のため、一号室、二号室などから、十三号室、十四号室などへ行くためには、必ずサロンを通らなくてはならないという理屈になるが、これは確かなのだろうか？　この点に何度か救われている者がいる。このあたりに盲点はないか――？

　まあそういったことを、私は牛越に話した。私は刑事には言わなかったが、もっととんでもないことも考えていた。十四号室や、特に十三号室の密室の場合、常識ではどう考えても殺人など行なえない。だから、壁の穴から、何か恐怖で自ら心臓にナイフを突き立てずにはいられないような映像でもひそかに映して住人に見せたのでは、あるいは音を聴かせたのでは――、とまで考えたのだ。

　しかし、これはもちろんあり得ない。部屋は壁板を剝がされ、さんざん調べられたのだ。映写機やスピーカーなどは見つからなかった。さらに、それに類《るい》するあらゆる電気仕掛け、機械仕掛けはなかった。

　一月三日になると業者が仕事始めをするらしく、五、六人の職人たちが午前中から家にやってきて、警官たちがめちゃめちゃに荒した壁や天井板をもと通りにした。十号室のドアはそれまでにすでに直っていたが、十三号室と十四号室のドアもそれでようやくもと通りになった。そこで私と御手洗は、三日からやっと十三号室に移ることを許された。

三日のお昼頃。制服警官が分析の終わったゴーレムの首を届けにきた。御手洗は礼を言って受け取り、三号室で待っていた体に戻して、例の皮の帽子を被せた。

大熊や牛越たちは、その警官から遺留品の捜査に関する報告を熱心に聞いたが、内容はかんばしいものではなかった。登山ナイフも、糸も、紐も、どれもどこの雑貨屋ででも簡単に手に入る代物であったから無理もなかろう。

三日も午後に入ると、天候はにわかに崩れはじめ、窓の外は激しく雪が舞い飛んだ。午後二時になると、もう夕方かと思うほど、流氷館の中は薄暗く、この調子では今夜は確実に吹雪くことが予想された。北の果ての風変わりな館を舞台に展開した殺人劇は、今ようやくその不思議なクライマックスを迎えようとしていた。

クライマックスの前に書き記《しる》しておかなくてはならないことがふたつばかりある。ひとつは三日の陽暮れ時、相倉クミが、自室の天井からかすかな人の息遣いが洩れてくるのを確かに聞いたと言い張ったこと。それから金井初江が、雪の舞う中に、確かに死人がぼんやり立っているのを見たと言いだし、半狂乱になったことだ。

しかしこのふたつは、共通した理由から起こったものということができよう。すなわち客たちは、もう恐怖と忍耐の限界に達していたということである。

今ひとつは、もう少し具体的な事件の報告になる。一月三日の夕食は、文字通り味けないものになった。ディナー・テーブルに顔を揃えた客たちは、誰もが蒼い顔をして、真に食欲を感じている者は一人もなかった。女性たちはナイフとフォークを目の前に置き、食事の間中外の吹雪の音を聴いて過ごした。英子は隣席の戸飼の右手にゆっくりと左手を重ね、怖いわとつぶやいた。戸飼はその冷たい左手を、自分の左手で優しく覆った。

テーブルには警官四人を含め、まだ生きて滞在する全員が顔を揃えていた。その時――。

サロンにある階段から、白い煙がわずかにホールへ降りてきた。最初に煙に気づいたのは御手洗だった。

「おや火事だ」

と彼は交番の中に巡査を発見した時のような声で言い、刑事たちがフォークを放り出して階段を跳びあがっていった。幸三郎も、もし三号室なら一大事と、蒼くなって続いた。

結論からいえば、これはぼやのうちに消しとめられ、大事にはいたらなかった。燃えていたのはどういうわけか、二号室の英子のベッドの上であった。灯油を撒き、誰かが火をつけたものらしい。しかし当然のことながら犯人も、そしてこの馬鹿げた放火の理由も、皆目《かいもく》見当がつかなかった。繰り返して言うまでもないが、サロンのテーブルには、滞在する者たちの完全に全員が、顔を揃えていた。

今や流氷館には、互いに見知った顔のほかに、少なくとももう一人の得体の知れない者――すなわち姿の見えぬ奇怪な殺人鬼――がひそんでいるのは確実と思われるようになった。しかし家捜しとなると、これまで警官たちが何度も、心ゆくまで行なっているはずなのだ。

ただこの時、二号室はロックされてはいず、階段の踊り場のところにある窓も鍵がかかってはいなかったから、この珍妙な放火事件に関する限りは不可能犯罪的な要素はなかった。むろん誰が犯人であるかという点と、目的が何であるかという点を考えなければの話だ――。

外の吹雪が、窓の桟《さん》を手に摑んで揺すっているとしか思えないような荒々しい音を響かせ、中で身を寄せ合った一ダースほどの無力な人間どもを縮みあがらせた。

幕間のすべての準備は整い、最後の夜は更けていく。

終幕が上がる前に、ここに書いておくべき事柄がもうひとつだけある。この言葉を読者が聞き馴れていることを、筆者はむしろ望んでいる。そういう方になら、この言葉は筆者の心根《こころね》をよく伝え、すなわち優しく響くに違いないからだ。この言葉を聞くのがはじめての方は、いくらか戸惑われるかもしれない。しかしここにこの有名な言葉を書き記す誘惑に、筆者は到底太刀打ちできない。

『私は読者に挑戦する』

材料は完璧に揃っている。事の真相を見抜かれんことを！

終　幕

「うずくまる得体の知れぬ者よ、夜の闇より立ちあがれ。そして我に解答の光を与えよ」

第一場　サロン西の階段の一階の踊り場、すなわち十二号室のドア付近

浜本嘉彦が、三階八号室の自室から階段を降りてくる。

牛越刑事は、十三号室の御手洗を訪ねて何やら話し込んでいるふうだったが、ほかの者たちは全員サロンにいるはずであった。表に風の音が強く、菊岡が殺された夜と同じように、誰もが早々に自室へさがる気になれなかったのだろう。

二階の天狗の部屋前の廊下から、一階に向かって階段を降りながら前方を見ると、

そこには高々と、塀のような壁が聳《そび》えている。それは十二号室と十号室が上下に重なった、二階分の高さの壁なのであった。

その壁には、一階十二号室のドアがあるばかりで窓がないため、よけいに壁面がだだっ広く、不気味に感じられる。ドア以外には例の二十センチ四方の換気孔がふたつ、十二号室のものと十号室のものとが縦一列に並んで開いているばかりである。階段の照明はやや暗い。

階段をほとんど一階まで降りきってから、嘉彦は何げなく上を見あげた。壁面の遥か上方の隅に、十号室の換気孔があるはずだった。上田一哉が殺された例の十号室である。その換気孔がこちら、母屋側の空間に向かって開いているのだ。

穴はずいぶんと高いところにある。何故この時、十号室の換気孔を見ようという気になったのか、嘉彦自身も解らない。格別理由があったわけでもない。しかし彼は絶壁のような壁に沿って視線をあげていき、そうして思わず息を呑んだ。遥か頭上で、四角い小さい明かりが、今消えたところだった。光の残像が、嘉彦の網膜に残った。

気づくと彼は、巨大な暗い壁面に向かい合って立ちつくしていた。長く尾を引き、妙に心に残る表の風が、突然その天井の高い空間に飛び込んできて、思うまま荒れ狂いはじめるような予感がした。

急に、荒野に一人立ちつくしているような錯覚が来た。尾を引いて入り乱れる悲鳴に似た風の音は、この家で死んだ怨霊《おんりょう》たちの呻き声のように聞こえる。いや、一人や二人ではない、無数の霊たちか。長くこの北の地にいる、数限りない霊たちに違いない。

ふとわれに返る。信じ難い現実に、今や彼はぶつかっているのだった。放心から醒めて、大声をあげて誰かを呼ぶか、と嘉彦は考えた。

十号室は今誰も使ってはいず、したがって誰もいる道理がないのだった。御手洗と牛越は十三号室におり、残る全員はサロンにいるはずだった。それが今、十号室の換気孔から明かりが洩れていた！　確かに！　それを今はっきりと自分は見た。あそこに何かいる!!

知らず駈けだし、サロンのドアを勢いよく開けていた。

「誰か、ちょっと来て下さい！」

大声を出していた。

サロンにいた者たちがいっせいに振り向き、椅子から立ちあがる。幸三郎、英子、金井夫婦、戸飼、相倉クミ、早川夫婦に梶原、それから大熊警部補と尾崎と阿南、彼ら全員が、ぞろぞろとこっちへ来る。嘉彦はそれらを目で点検した。やはり御手洗と牛越を除く全員がいた。

「どうしたの？」

尾崎が言う。

「こっちへ！」

嘉彦は、十号室の換気孔が見える位置までみなを導いて、廊下を戻った。そして手をあげて壁の一角を指さした。

「あの十号室の換気孔から、さっき明かりが洩れているのが見えたんです！」

「ええっ⁉」

みながいっせいに恐怖の声をあげた。

「そんな馬鹿な！」

大熊が言った。

「どうしたんです？　みなさん」

もの音を聞きつけ、牛越が御手洗と一緒に廊下へ出てきた。

「あ、牛越さん、今あなた方のどちらかでも十号室へ行かれましたか？」

尾崎が尋ねる。

「十号室⁉」

牛越がびっくりしたような声を出した。

「また何で？　われわれはずっと十三号室にいた」

彼のその声の様子や表情に嘘がないことを、嘉彦も幸三郎も見てとった。

「ついさっき、あの換気孔の穴から明かりが洩れていたそうです」

「そんな馬鹿な！　ここに全員、十六人全員がいるじゃないか!?」

牛越も言った。

「いやほんの一瞬ですけど、確かに見たんです。明かりが消えるのを」

嘉彦は言い張った。

「何か動物でもいるんじゃないか？　この家は。オランウータンでも」

大熊が言う。

「モルグ街の殺人ですな」

幸三郎が言った。みな、まさか、という顔をした。しかしその時、

「あの、ですね……」

と普段無口な梶原が口をはさんだ。

「何です？」

「冷蔵庫から、その……、ハムが少しなくなってるみたいなんです」

「ハムが!?」

一同の大半が、いっせいに頓狂な声をあげた。

「ええ、ハムと、それからパンも少々……」

「そんなことは今までにもあったのかね!?」

大熊が訊く。

「いや、ないと思います……。ないと思うんですが……」

「思う?」

「いや、よく解らないんです。すいません」

しばらく妙な沈黙があった。

「とにかく調べにいこう、十号室へ。こうしていても仕様がないじゃないか!」

尾崎が言った。

「無駄だと思うな」

御手洗がつまらなそうに言った。

「何もいやしませんよ」

しかし警察官たちは、勇敢に雪の中へ出ていった。私と御手洗、女性たちと幸三郎、それに金井と嘉彦はその場に残って待った。ややあって換気孔に明かりがつく。

「あ、そうです。あの明かりです！」

嘉彦は叫んだ。

しかし調査は、今度も無駄足だった。尾崎の報告によれば、十号室のドアには「カバン錠が降りて、その上に雪までが積もり、部屋も冷えていて誰もいた気配はない」のであった。結局のところ嘉彦は、幻を見たという話になった。

「あのカバン錠の合鍵は？」

尾崎が訊く。

「それは私が持っておりますが、誰にも貸してはおりません」

早川康平が答えた。

「錠前の方は、しばらく厨房の入口のところに置いていたことはありましたけど」

「それは、あの部屋に誰か泊まっている時だね？」

「はあ、そうです」

刑事たちは念のため、その後もう一度家の中や庭の物置小屋、塔の上の幸三郎の自室などをざっと調べて廻ったが、何ら異常はなかった。

「解らん！　じゃあその光ってのは何なんだ!?」

というのが例によって、刑事たちの結論であった。

その騒ぎから一時間ばかりが経って、サロンからのドアが開き、金井初江が一人姿を現わした。西側の階段に向かって歩いていく。自室にとってきたいものがあったのだ。

風の音はますます強くなっている。階段をあがる時、初江は何げなく手すり越しに地下の廊下を見おろした。彼女は日頃から霊能力があると自負している。あるいはこの時の行動も、彼女のその能力ゆえのことかもしれない。

そうして彼女も、地下廊下に、見えるはずのないものを見たのだ。

一階から見おろせる地階の廊下は薄暗く、まるで墓石を持ちあげて覗き込んだ、納骨堂の暗がりを思わせた。その隅に、白いぼんやりした光があり、それが徐々に人間のかたちを成してきた。

この家にいる生きた人間たちは、全員がサロンにいた。彼女も今、そこから抜け出てきたのである。

底知れない恐怖の感情が、強烈な磁力のように、彼女の視線をぴたりと吸いつけて離さなかった。白くぼんやりとした人影（と見えるもの）はすうっと、紙を床に落とすほどの音もたてず、地下の廊下を滑るように移動した。菊岡の殺された十四号室の方へ行く。まるでそこに霊たちの集会場でもあるかのように。

するとと十四号室のドアが、それに呼応するように音もなく開き、人影はその中へ消えようとした。この時、その光る人像がはじめて頭部を横に向けた。続いてゆっくりと頭を背後に回してくる、と思う間もなく、ほんの一瞬だが、初江の顔をまともに見た。彼女は、その得体の知れぬ存在と瞬間目が合った。その顔！　それは確かに、あの薄笑いを浮かべたゴーレムという名の人形だった!!

自分の髪の毛が逆立つのが解った。全身がみるみる鳥肌立ち、気づくと怖ろしい悲鳴をあげていた。

自分の声ではないようだった。外で吹き荒れる嵐のように、長く尾を引き、いつまでもいつまでも、自分のものでない意志によってそれは迸《ほとばし》り続けた。そうして、その重労働の疲労と消耗のため、すうっと気が遠くなっていく。自らのたて続ける悲鳴を、どこか遠いところから響く山びこのように、初江は聴いていた。

気づくと彼女は、亭主の腕の中にいた。覗き込んでいる大勢の顔々々。時間はいくらも経っていないようだ。全員の顔がそこにある。日頃頼りない亭主の痩せた腕を、この時ばかりは頼もしく感じた。

それからしばらくの間、初江は周囲の人々の質問に答え、たった今自分の見た怖ろしいものについて説明した。自分では素晴らしく要領よく説明しているつもりなのだが、その場に集まっている人間たちには、彼女の言わんとする内容がいっこうに伝わらないのだった。

何て無能な人たちなの！　と初江は心の中でののしった。そして、もうこんな怖ろしい家は嫌！　と錯乱して口走ったかもしれない。

「水を持ってきてくれ！」

と誰かが言ったが、そんなもの、彼女は少しも欲しくなかった。しかし、届いたコップの水に口をつけると、不思議なことに気分が落ちついた。

「サロンのソファで休むか？」

と夫が優しく尋ねる。彼女は小刻みに頷いた。

しかし彼女がサロンのソファに横になり、もう一度たった今見たものを、想像など何ひとつ混じえずに説明すると、彼女の亭主は、さして力もないくせに頑固で排他的な、いつもの小市民に戻った。

「人形が歩くわけがない！」

というのが思った通り亭主の意見であり、

「お前は夢でも見たんだ」

というのが予想通り彼の結論であった。

「あの階段のあたりはちょっと普通じゃないわよ、何かいるのよ！」

あきらめて彼女はそう主張した。すると亭主は、

「日頃からお前はちょっとおかしいところがある」

と決めつけるのだった。

まあまあ、と刑事たちが夫婦間に割って入った。そして、そういうことならこれから三号室のその人形と、十四号室をみなで確かめにいきゃいいじゃないですか、と提案したが、彼らも初江の言うことを信じていないのは明らかだった。

三号室の前に立ち、幸三郎がドアを開けると、尾崎がドアのすぐ内側にある明かりのスウィッチを入れた。ゴーレムは相変わらず天狗の面で埋まった壁の手前で、廊下側の窓枠にもたれるようにしてすわっている。

つかつかと尾崎が、投げだされた人形の足のあたりまで歩み寄った。

「この顔だったのですか？」

刑事が尋ねた。

入口のところに立ったまま初江は、人形の方をまともに見られないでいた。また、見る必要もなかった。

「絶対に間違いありません。こ、この人です!」

「よく見て下さい。確かにこの顔でしたか?」

尾崎が苦笑を表情に浮かべて言った。

「絶対に確かです!」

「しかしここにいるじゃないですか」

「そんなこと、私知りませんわよ!」

「こんなふうに帽子を被って、この服を着てましたか?」

彼女の隣りで牛越が言った。

「さあ……、そんなところまでは、憶えてないわね。とにかくその顔なのよ、にやにやして気持ち悪い顔。でもそういえば……、帽子は被ってなかったような……」

「帽子はなしだったんですな?」

「いえ駄目。憶えてないわよ、そんなところまで」

「だからお前は頭がおかしいっていうんだ」

金井がまた言った。

「あなたは黙っててよ！」

初江が言った。

「あんな目に遭ったら、誰だって憶えてなんかないわよ。そんなところまで！」

刑事たちはしばし沈黙した。彼女の言い分にも一理はある。したがってこれ以上何と言ってよいか、解る者はなかった。つまり、私の友を除いては、だが。

「ですからぼくが申しあげたでしょう！」

御手洗は勝ち誇ったような声を出した。途端に尾崎や刑事たちがうんざりした顔になる。

「犯人はそいつなんですよ。人形のような顔をしてるけど、騙されちゃいけない、そいつは自由に動き廻れるんです。自らの関節をはずせば、小さい穴だって通り抜けられる。そして平気で人を殺すんだ。凶悪なやつです。次は十四号室を確かめるんでしたね？　けっこう、ではそこでぼくが解説をやることにしましょう、そいつの数々の悪業について。あ、お巡りさん、触らない方がいい、命が惜《お》しければね。

さて梶原さん、さっき紅茶を淹れようって話でしたね、では早川さんと一緒に十四号室の方へ運んで下さい。説明は十四号室の方が都合がいいのです」

刑事連中の方に向き直ると、御手洗は自信たっぷりに言う。

第二場　十四号室

十四号室の壁かけ時計が午前零時を指している。梶原と早川夫婦とによって、たくさんの紅茶茶碗が運ばれてきた。部屋の中で所在なさそうに立ちつくした一ダースほどの人たちは、のろのろとそっちへ行動を起こした。

御手洗はさっと両手でひとつずつの茶碗を取り、ひとつは私に、ひとつは横にいた英子に、うやうやしく手渡した。それから大急ぎで受け皿も続けて手渡し、それから自分の分を取った。その様子はなかなかにかいがいしい。

「珍しくサービスがいいね」

私は言った。

「これなら女王さんも文句の言いようがないだろう？」

と御手洗は応えた。

「早くこの訳の解らない事件の種明かしをやってもらえませんか？　もしあなたにできるのなら」

紅茶茶碗を持って突っ立ったまま、戸飼がぶっきら棒に言った。みなも同感だったとみえて、まるで軍隊のかしら右のように、さっといっせいに御手洗の顔を見た。

「種明かし？」

御手洗はきょとんとした。

「種明かしなんてものはないですよ。さっきも申しあげた通り、これは正真正銘あのゴーレムという人形が死者の怨霊によって動かされ、連続殺人を成した事件なのです」

私はこれ以上ないほどの苦々しい気分になった。御手洗の口調に、また例の人を喰ったような、不真面目な様子が感じられたからだ。

「ぼくの調査したところでは、まだこの家が建つ前、このへんは一面の平原でありました。昔々のある夕暮れ時、この家の前になる崖の上から、一人のアイヌの若者が身を投げたのであります」

と彼は話しはじめたが、しかしどうもその内容は、たった今でっちあげた話くさかった。

私は御手洗の真意をはかりかねた。出まかせを口走って時間稼ぎをしているように感じられたからである。

「しかしそのアイヌには、若い恋人がおりました。彼女の名はピリカといった。そして彼女も、彼の跡を追って身を投げたのです」

とどこかで聞いたような話を続けた。

「以来このあたりには、春になると血のように赤い菖蒲の花が咲くようになりました」

私はこの地に到着した日の夜、食事したレストランの名がピリカであったのを思い出した。その店内の壁には菖蒲の写真が貼ってあって、その花に関する詩が印刷されていたのも思い出した。だが赤い菖蒲の花など、見たことも聞いたこともない。

「二人を引き離そうとしたのは、村人たちの心ない打算だった。ピリカを、村一番の豪族が見染めていたのであります。ピリカが彼に囲われれば、村人たちの家には手押し車が一台ずつ配られる約束になっていた。二人はそういう村人に絶望し、命を絶ったのです。以来二人の怨念というものは、このあたりにずっと漂っており、この家が建ったことによって安住の拠点を得たのであります。この霊が……」

「あっ！」

という声がどこかで起こった。気づくと、私の横で英子が額を押え、しゃがみ込もうとしているところだった。

「このカップを」

と彼女は言い、私があわててそれを受け取ると同時に、彼女は床に崩れ落ちた。戸飼と幸三郎が駈け寄り、牛越は、

「そのベッドへ！」

と叫んだ。

「ああこれは睡眠薬です。このまま眠らせておけば、明日の朝には無事目を覚ましますよ」

と英子の上に屈み込みながら御手洗が言った。

「睡眠薬は確かなんでしょうな!?」

幸三郎が尋ねた。

「絶対ですよ。ほら、こんなにすやすや寝息をたてている」

「いったい誰が!?」

幸三郎は呻くように言って、早川たちを振り返った。

「わ、私たちは知りませんよ！」

三人は怯えて手を振った。

「犯人はこの中にいる！」

幸三郎は、老人らしからぬ厳しい口調で言った。

「とにかくここは危険だ。英子の部屋の方へ運びますよ！」

有無を言わせぬ口調であった。こんな時、若い頃の敏腕さがしのばれた。

「しかし、英子さんの部屋のベッドは焼けていますよ」

尾崎が言った。瞬間浜本幸三郎は、電流に打たれたような顔になった。

「それに睡眠薬なんだから、このままそっとしておいた方がいいかもしれませんな」

牛越が言った。

「じゃ、じゃああの穴だ！　あそこを塞いでくれませんか!?」

「しかし、それならベッドに乗らなきゃあ……」

「じゃあ外からでもいい！」

「しかし、睡眠薬で眠っている人間の枕もとでガンガンやると、彼女が明日の朝、ひどい頭痛を起こすかもしれませんよ」

御手洗が言った。

「とにかく、この部屋は危険なんだ！」

「何故です？　十号室や十三号室の例をみても、どこにいても同じじゃないですか？」

御手洗はそうは言わなかったが、十三号室の日下を例にとるなら、あのケースでは換気孔も完全に塞がれていたのである。今さら換気孔を塞ぐことにどんな意味があるというのか？　みなも内心ではそう思っていたろう。

幸三郎は拳を握りしめ、じっと俯いて立ちつくした。

「そんなにご心配なら、ここにひと晩中護衛をつけましょう。まさかこの部屋で一緒に眠らせるわけにもいきませんから、ドアに鍵をおろして、廊下に椅子を置いて、ひと晩中すわって寝ずの番をさせましょう。それならよいでしょう？」

牛越が言った。

「おい阿南君、ご苦労だけど頼みたいんだ。しんどくなったらうちの尾崎を交代させるからそう言ってきてくれ。

この部屋は合鍵はないんでしたな？　それでしたらその鍵はご自分でお持ち下さってもけっこうです。

阿南君、犯人は誰か解らんのだ。われわれの中にいるのかもしれん。だからな、誰が来ても入れるなよ。たとえ私でも大熊さんでもだ。明日朝、みなが起きて顔が揃うまではな。そういうことですから、浜本さんもよろしくお願いします。

さて、お聞きの通りです、みなさん。私は今こちらの占いの先生の面白い昔話で少々眠くなってきた。続きを聞きたいが、そうしたらいよいよ気持ちよく寝てしまいそうだし、眠っているご婦人の枕もとで騒ぐのもどうかと思うんで、もう眠るとしませんか？　時間も遅い。続きは明日ということにしましょう」

牛越の言に、みなもその気になった。

しかし幸三郎だけは、密室で何人も殺されている、それでも安心できない、と低くつぶやいた。

第三場　天狗の部屋

誰もが寝鎮まり、暗いひっそりとした館内や空中の回廊には、風の音だけがわがもの顔に荒れ狂っている。

ごくかすかな音をたて、三号室のドアの鍵がゆっくりと回った。そろそろとドアが開く。廊下から徐々に侵入してくる薄ぼんやりとした光線に、天狗の部屋の大小の人形の顔が、わずかに照らされた。その中には、ゴーレムのにやにや笑いの顔もあった。

誰かが足音を忍ばせ、部屋に入ってくる。薄い氷を踏むような足どりで、ゴーレムに近づく。窓の前まで来た時、廊下からの明かりで、この人物の横顔が照らされた。

浜本幸三郎であった。確かに、この部屋の鍵を持っているのは彼一人のはずである。

彼は、床に足を投げだしてすわったゴーレムには目もくれず、天狗の面で埋まった壁に向かうと、不可解な作業を始めた。壁のお面を手あたり次第にはずしはじめたのだ！

いくつかは床に置かれ、そして十個ばかりは腕に抱えた。それで南側の壁には、中央のあたりにぽっかりと丸く、今まで面で隠されていた白い壁が現われた。

その時だった。奇蹟が起こった！　ゴーレムの足の先がぴくりと動いたのだ!!

その木の関節をきしませながら、投げだした両足をそろそろと体の方へ引き寄せていく。顔には相変わらず例の薄笑いを浮かべたままだ。

ゆっくりと立ちあがる。そして、操り人形のようなぎこちない足どりで、幸三郎の方へ一歩を踏み出した。

ゆっくりと、しかし時計の秒針のような着実さで、ゴーレムは両手をあげていく。そして幸三郎の首を絞めるために、両手のひらで丸い輪を作る。

幸三郎は、壁の大半の面をはずし終わり、手にいくつかの面をまだ抱えたまま、部屋の隅に置いてあった煉瓦を拾うため、背を向け、腰を屈めたところだった。煉瓦をひとつ右手に持ち、ゆっくりと振り返る。すると、そこにはゴーレムが立っていた。

幸三郎はびくりと体を痙攣《けいれん》させ、恐怖の表情を凍りつかせた。風の音が鳴る。かろうじて、彼は叫び声をこらえた。ばらばらと、彼の足もとに天狗の面が落下し、やがて鈍《にぶ》い音をたてて、煉瓦も床に落ちた。

その時！　雷光が閃《ひらめ》くように蛍光灯が瞬《またた》き、部屋が真昼のように明るくなった。幸三郎は反射的に入口の方を向く。刑事たちの全員が立っていた。

「現場を押えた！」

と言ったその声は、ゴーレムに向かって刑事たちの誰かが言ったのではなく、ゴーレム自身の声だった。

「何故その天狗のお面を壁からはずすんです？　浜本さん。この理由だけはひとつしかないはずですよ。つまり、このたくさんの天狗のお面が菊岡栄吉を殺したということを、あなただけが知っているからです」

ゴーレムは言った。そして帽子をとり、例のにやにや笑いの顔のあたりを手を広げて押える。そして下へおろす手の動きにつれて、その気分の悪い表情も消え、御手洗のにやにや笑いに変わった。

「額の文字を消しませんでしたね？　浜本さん」

御手洗は言った。

「お面ですよ。よくできているでしょう？」

彼の手には、ゴーレムの顔そっくりの仮面《マスク》が握られていた。

「多少のトリックはご容赦下さい。あなたから学んだことですのでね」

「そうか！　それで人形に服を!?　なるほど。見事だ！　見事な詰めだ、御手洗さん、完敗を認めなければならん。私は今まで潔《いさぎよ》くあれと自分に言いきかせて生きてきた。私の負けだ、私が上田や菊岡を殺しました」

第四場　サロン

「考えてみれば……」

浜本幸三郎は口を開いた。手には例によってパイプが握られている。ディナー・テーブルには牛越と大熊、尾崎、それに御手洗と私がついている。

「私がこんな異常な告白をするには、こんな夜がちょうどいい。聞かせたくない者は睡眠薬で眠っておりますからな」

ただならない気配を聞きつけてか、サロンにぞろぞろと人が降りてきた。阿南と英子を除く全員が再び集まってしまった。外は相変わらず風の音が強い。みな眠れなかったのであろう。サロン隅の大時計を見ると、午前三時に十分前だった。

「もし少人数の方がよろしければ、どこかにわれわれだけで移りましょうか？」

御手洗が言った。

「いや……、かまいません。そんな我儘《わがまま》は言えない。あの人たちはたっぷり恐怖を味わった。私の話を聞く権利があります。ただ、もしひとつだけ我が儘を許してもらえるなら」

幸三郎は口ごもった。

「娘は……」

「もし英子さんも起こしてきてくれとおっしゃるのでしたら、残念ながら無理ですね。あの睡眠薬はきわめて強力ですので」

御手洗がぴしゃりと言った。

「そうか！　今解りましたよ。英子に睡眠薬を飲ませたのも、娘のベッドを燃したのもあなたですな？　いったいどういう仕掛けでやったんです？　あなたはずっとわれわれと一緒にいたと思うが。さっぱり解らん」

「それは順を追って話します。ぼくが今から言うことで、もし間違っている点があったらおっしゃって下さい」

　客たちは思い思いにテーブルについた。この場の雰囲気から、どうやら事件が終わろうとしている気配をみなが感じとっていた。

「承知しました。が、おそらくその必要はありますまい」

　幸三郎は言った。

「上田殺しの動機には苦労しました」

　御手洗がせっかちな調子で始めた。何やら急いでいるふうだ。

「いや、これには限りません。この事件では動機にはまったく苦労しました。特にこの上田には、浜本さんはまったく殺意がないはずです。

　しかし、菊岡殺しを考えたらすぐに解りました。すなわち、殺したい人間は菊岡一人だけだった。当初の予定ではです。そのために金と時間をかけ、このトリッキイな家も造った。ただ菊岡一人を殺すためです。しかし上田も菊岡に殺意を抱いていた。これだけ計画を練りに練ったのに、横から上田なぞに先を越されては大変だという、そういうことですね？」

「私には、自分がどうしても菊岡を殺さにゃならん理由があったのです。でないと義理がたたん。

先日、娘さんの葬式から帰って来た康平さんたちの様子がおかしいのに気づいたんです。しつこく問い詰めるうちに、とうとう菊岡殺しを上田に依頼したことを白状しましたよ。

私はあわてた。そしてその金の残りは私が出してもよいから、依頼を撤回するようにと言いました。私は彼らを信頼しておりますからね。康平さんは私の言う通りやってくれたと思う。でも上田が引きさがらんと言っておると言うんです。彼は頑固で、ちょっと男気《おとこぎ》なところがあった。彼自身も菊岡に激しい憎悪を抱くようになっていた。どうやらそういう、ちょっとした事件があったようなんですな」

菊岡もまた、ずいぶんあちこちから怨まれたものだ。

「その事件というのは？」

牛越刑事が几帳面《きちょうめん》な調子で口を挟んだ。

「われわれからみれば何でもないことです。菊岡が何かの言葉のはずみで、上田の母親を侮辱《ぶじょく》したというんです。というのは大阪の彼の母親の家が、敷地の問題で隣家と揉《も》めておるということがあって、その隣家というのが火事に遭って、そのために垣根も焼けて境界が曖昧になったらしい、そこへ上田の母親が、近所の車を駐車させて金を取っているらしい、それで裁判沙汰になっているようなんです。母親も意地になっていて、立ち退きをかけて争っていて、それで金が要るという事情があったようなんですが、菊岡がその母親のことを強《ごう》つく婆《ばば》あとか、まあそんなようなことを言ったらしい、それも救いがないような言い方をしたので、上田も心底《しんそこ》腹をたてたようです。しかし殺してやろうと思うほどのことじゃない、いやそんな言い方を私がするのはおかしいが……」

「それであなたは結局彼を殺す決心をした。だがどうせ殺すのなら、次の練りに練った菊岡殺しの伏線になるような、あるいはより捜査を混乱させるようなやり方ができないものかと考えた。それがあのナイフの柄に結んであった糸ですね？」

「そうです」

私はちらと早川夫婦を見た。千賀子は終始俯き、康平は主人から目を離さなかった。

「あれは、次の菊岡殺しにはどうしても糸の付いたナイフ、いやナ、イ、フ、の、柄、に、糸、を、付、け、る、必、要、が、あ、っ、た、。それでその伏線とするために、上田殺しのナイフにも糸を付けたんですね？　上田を殺したナイフには、別段糸を付ける必要はなかったのに。

でも解らないことがある。どうして上田の右手首とベッドとを紐でつないだんですか？」

「あれは、自分でもよく解らない、動顛して頭がおかしくなっていたのも確かなんですが……、私はナイフで人を殺したことがない、それでどんなふうになるものやら見当がつかなかった、半死半生で外へさまよい出られては困ると、そんなふうにも考えたんじゃないかと、いや、これは後でそう思うんですが……」

「よく自衛隊あがりの屈強な男を、あんたが一人で殺せたね」

大熊が言った。

「ええ……。そのために、奸計《かんけい》を用いざるを得ませんでした。自衛隊の話など何度かして、彼は私には気を許していたんですが、いくら向こうが油断しているにせよ、まともにやっては到底勝ちめはありません。彼はそういった種類の訓練さえ受けているのです。

万が一、自分が人に出遭う可能性もないではないと考え、実際それは役にたったわけですが、返り血を隠せるようにジャケットを着ていきました。それを脱いでおいて殺し、返り血を浴びたセーターの上にはおって帰るつもりでした。しかしこのジャケットにはもうひとつ意味があったのです。私が彼の部屋を訪ねて……」

「それは、どういうふうに？」

牛越が言った。

「いや、それはドアを叩き、名乗ると簡単に入れてくれました。当然でしょう、康平さんがやってきたというならともかく、私が、彼や菊岡を殺そうと考えているなどとは、彼が考える理由もありませんから。依頼を撤回したのも、康平さんは自分の意志だと言ったはずです」

「ふむ、続けて」

大熊が言った。

「私は彼の部屋へ入ると、ジャケットを脱ぎ、上田君を見ました。もしできそうなら、そのまま刺すことも考えてはいたんです。しかしとてもできそうではなかった。彼は体も大きい、私は特に彼の右腕が怖かった。やはり殺しをやろうなんていう時は頭が相当おかしくなっていて、ポケットのナイフを握りしめながら、彼のあの右手首さえベッドにくくりつけられたらずいぶんと仕事が楽なのに、と何度も思いました。そして、やはりかねて計画した通りにやろうと思いました。

私は、自分のいくらか上等のジャケットを差し出し、自分にはちょっと大きいから、もし君の体に合えば差しあげよう、ちょっと着てみたまえと言いました。彼が着て、前のボタンをひと通り嵌めると、やはり予想した通り少し小さかった。それで私はやはり小さいなと言いながら、セーターの右の袖口にナイフを隠し、両手でボタンをはずしてやって、襟の下を持って左右に広げ、脱がそうとしました。彼はおとなしくされるままになっていました。ジャケットが小さかったので、彼の両肩をはずれた時、ぐいっと乱暴に押し下げました。私は両側の襟が彼の両腕はそれで一時封じられたのです。その時になっても、彼はまだ私の意図が解らなかった。私はセーターの袖からナイフを出し、力まかせに彼の左胸に押し込みました。彼には、自分の背中からナイフが出てきたように思えたでしょう。今でもあの不思議そうな顔が忘れられません。

それから私はジャケットを脱がせ、自分が着込みました。地味な色のセーターだったし、返り血はあまり目だちませんでした。ありがたかったことは、あまり手にも血がつかなかったことです。

そのセーターは、部屋の洋服簞笥の底の方にしまいました。あなた方は私に遠慮して、あまり底の方まではひっくり返さなかった、それで私は助かりました。しかし今見ても、ほとんど血の跡は解らないとは思うが。

殺人を終えた時、やはり半分気が狂っていたんでしょう、ふと気がついたら、もう刺した後なのに、上田君の右手首を、ベッドの枠にせっせと結んでいました」

聞き、みな少なからず衝撃を受けたようだった。

「殺人者というやつは、相手の心臓にナイフを突き立ててからも、ずいぶんと不安なものです。はたしてあれで死んだのかどうかと。錠の下に雪を挟むやり方をしなかったのも、とにかく、一刻も早くロックしてしまいたかったからです」

「密室の工作は、いつか学生が言った、あの砲丸でいいわけですな？」

牛越が問う。

「その通りです」

幸三郎が応え、あとを御手洗が続ける。

「しかし動顚していたせいにしても、あの手首の紐のおかげで、犯人が密室の中に入っているというアピールは完全なものになった。何といっても次の密室は入れませんからね。これは伏線の張り方として、大きな効果をあげました。

ただ半死半生で、自分の手首が上にあげられていることに気づいた上田は、それでダイイング・メッセージを残すことに思いいたった。両手を上にV字形に上げたら、手旗信号では『ハ』ですね。これは偶然が彼に教えた。手旗信号というやつは、たいていふたつの動作でひと文字を示すことが多いんだが、『ハ』に限っては一動作なんですね。

ところがここに困ったことがあった。『ハ』一文字では『浜本』を示すものとしては弱いんですね、というのもほかに『早川』という名の人がいる、それで彼は『マ』まで示そうと考えた。しかし『マ』は二動作なんです、右手を横水平にのばし、左手をその下三、四十度ばかりの角度でやはり横斜め下に伸ばして添える、それから『チョン』の動作ですね、旗を頭上でかちんと交叉する、この二動作によらなくてはならない。しかしそんな連続動作など、とても一度に示せるものではない。

　ところが足があった。手旗信号というものは文字通り手に持った旗の動作であって、足は常に空いているわけです。それで足でもって『マ』の形を作ろうとした、それがあの形です。『チョン』は横の床に血で描いて示した、それがあの血の丸い点、そしてこれがあの奇妙な『踊る死体』の理由です。ぼくは手旗信号のかたちは、この家の図書室の百科事典で確かめました。それから次は菊岡栄吉殺しの方ですが……」

「ちょっと待ってくれよ御手洗君、まだいっぱい疑問が残ってるじゃないか！」

　私は言った。客たちもざわついていて、私と同感の様子だ。御手洗はこういう時、自分はとっくに解っているものだから、実にいい加減な説明しかしようとしない。

「あの二本の棒は!?　雪の上の」

「私の部屋を覗いていたあのお人形は!?」

「三十分遅れの悲鳴の理由も、ご説明願いたいもんですな」

みな、口々に言いたてた。

「そんなこと！　……そうですな、まず何からいきましょう、みんなつながってます。石岡君、二本の棒のことくらい解るだろう？　雪の上の自分の足跡を消すには、たとえば後ろ向きで屈んで歩いて、手で消しながら帰るなんてのもいいが、つまり同じ道を往復なんだからね、しかしそれじゃ全然不完全だ。すぐ解ってしまう。ではどうすればいいか？　簡単だ、もう一度雪を降らせればいい、それも歩いた場所の上だけにね」

「どうやって!?　雪ごいでもするのか？」

私が言うと、御手洗は目を丸くした。

「それに歩いた場所だけに降らせる？　そんな都合のいいことができるわけがない！」

「だから逆にやるんだ。降らせることができる場所を、歩いておくのさ」

「何？　どうやって雪を降らすっていうんだ!?」

「そいつはもちろん屋根から降らすのさ。屋上の雪を落とせばいいに決まってるじゃないか。うまい具合に雪は粉雪だ。普通屋根の雪を落とせば風でも吹いてない限り軒下に落ちるだけだが、でも都合のいいことにこの家は傾いてる、真っすぐ落とすと軒下から二メートルばかりのあのあたりに落ちるのさ」

「ははあ！」

牛越が言った。

「しかし隠せる場所は限られる、屋根の梁線に沿った一直線だ。これを踏みはずすわけにはいかない。だからあらかじめそこに線でも引いておいて、その線の上を正確に往復するのが最も望ましい。しかしわざわざそんな面倒なこともできないだろう？それに雪が降れば線などすぐに消えてしまう。それが理由だよ。解ったかい？」

「解らん。何で棒を立てたんだ？」

「目印《めじるし》だよ！　線を引く代りさ。あの二本の棒を結ぶ線が、屋根の梁線の真下にあたる。つまり雪が落ちる場所で、ということは歩くべきルートというわけだ。遠くから家を眺めて、屋根の先端からの鉛直線が地面と交わるあたりに棒を立てておいたんだ。何しろ夜は足もとがよく見えないってこともある。行きは西の棒、帰りは東の棒をめざして、帰りは足跡を一応ざっと消しながら一直線に歩いたわけだ。帰る時、棒はむろん抜いて持って帰り、暖炉で燃す。

もちろんこんなトリックは、雪が上田一哉氏を殺した後も降り続けていれば必要はないんだけれどね、雪がやんでしまった時の用心だったというわけさ。役にたったがね」

「そうか、じゃあ上田殺しの後屋根に登って雪を落としたわけか……」

「降らしたわけだ」

「い、い、い、なるほど、そうか……」

「で次は……」

「待った！　あの十号室の近くでバラバラにされてた人形は？　あれは何でだ？　理由がちゃんとあるのか？」

「それは決まってるだろう？　あのあたりには雪を、降、ら、せ、る、こ、と、が、で、き、な、い、からだよ。軒下しか無理だからね」

「え？　ということは……、つまりどういうことになるんだ？　やっぱり、足跡の問題……」

「階段のところなら、手すりから外側にぶら下がるようにして階段の端の角のところを歩くとかして、足跡をつけないようにもできる。でも建物の西の角から階段までの間は、これはどうしようもない。それで人形を置いて、その上を歩いたんだ」

「ああ！」

「しかし一体ぽんと置いただけでは、階段までとても距離が足りない、それで手足をバラバラにして、その上をぽんぽんと歩いた」

「ああ！」

「したがって体をバラバラにできる人形を選んだ」

「そうか！　何でこんな簡単なことに気づかなかったんだろうな⁉　あれ……？　しかし、そうすると相倉さんの部屋の窓から人形が覗いたのは、その前になる……、のか……？」

「いやそれはだな、首、、、首だけなのさ。何でそんなことをしなきゃならなかったかと言うと……」

「私の口からご説明しましょう」

御手洗がいら立つふうなので、幸三郎が言った。

「今こちらがおっしゃった通り、私は人形の体の上を歩き、目印の棒を抜き、足跡のついたところをざっと平らにならしながら家の中に戻ってきた。しかしその時、首だけは持っておったのです。そして首だけは三号室に返し、私自身も最終的には三号室か、その隣りの図書室にでもひそんで朝を待つつもりでおりました。

というのも、私はもう塔の部屋へ帰っていることになっておりましたので、あのうるさい音をさせて橋をおろすのは、朝起きだしてこっちの母屋に渡ってくるいつもの時刻になるまで、できなかったのです。朝七時くらいになったら、まだ誰も起きないうちに私は跳ね橋のところへ行き、一応上下させて、早起きを装う計画でした。

首だけ持って歩いたのは、やはり頭部はひと晩中雪の上などに置いて、傷めたくなかったからです。まず首を三号室に返しておこうかとも思いましたが、どうせあとで行くのだし、また二度も三号室に行くのでは誰かに見られる危険も増しますので、持ったまま跳ね橋のところから梯子を伝って屋上に登りました。そのために私は、前もって跳ね橋の扉を完全には閉めず、体を横にすればギリギリ出られるくらいに隙間を開けておいたのです。

そして雪を落とし、仕事を完了したと思った頃、間の悪いことに英子が起きだし、跳ね橋を完全に閉めてしまったのです。扉は外からは開けられず、また無理してこじ開け、その物音など聞かれて姿でも見られれば、私は文句なく疑われるでしょう。何しろ上田はすでにもう殺してきているのです。私は、菊岡を殺すまでは捕まるわけにはいかなかった。

閉め出された吹きさらしの屋上で、私は一生懸命に知恵を絞りました。屋上の給水タンクのところに、三メートルばかりの短いロープがありました。以前業者がタンクによじ登るのに使って、置いていったものです。しかしむろん地上に降りるにはとても足りません。梯子は跳ね橋のところまでしかありません。その下にこのロープを垂らしても、とても地上までは届かなかったのです。それに下に降りたのでは何にもなりません。もうサロンの扉も自分で内側からロックしてきておりましたから、母屋か、もしくは塔の自室へ帰らなければ疑われることになります。ふと見ると、手にはゴーレムの首がありました。この人形の首と、三メートルのロープとを使って、なんとか家の中へ帰る方法はないものか……。そして、やっとひとつだけ、このクイズの解答を思いついたのです。

まず、そのロープを屋上の手すりに結びつけ、それを伝い下って相倉さんの部屋の窓のところまで降り、窓にゴーレムの顔を覗かせて驚かす、目を覚ませば彼女はまず悲鳴をあげるに違いない。たった今跳ね橋の扉を閉めたくらいだから、英子はまだ起きているだろう、するとその悲鳴を聞きつけ、ベッドに起きあがるに違いない。その頃を見はからい、屋上へ戻ってロープをほどき、英子の部屋側の手すりに結び換えながら、次に私が大声をあげる。英子の部屋の真上だから、うまくすると英子は、立ちあがって窓へ寄り、窓のロックをはずして表を見廻すかもしれない。あいつは気丈なところがあるから、その可能性は大いにありました。

そして窓の下に何も見つけられなければ、次にあいつはどうするか？　まず間違いなく、さっき悲鳴の聞こえた隣りの相倉さんの部屋へ行くだろうと踏んだのです。運がよければ英子は、急いでいるため、窓は閉めてもロックはしないかもしれない、すると私はまたロープを伝い下り、英子の部屋に窓から入れるのです。その時ゴーレムの首は、屋上の西の端から地上へ、それも思い切り遠くへ放り投げておく。

もし英子がうまく一号室の中へ入り込んでくれるようなら、二号室のドアのところからそれを確かめ、素早く跳ね橋をおろして、塔の部屋から今悲鳴を聞いて駈けつけたふうを装うことができるのです。

しかし、もし英子が一号室のドアのところで立ち話をするだけなら、私は英子の部屋のもの入れにでもひそんで、朝までいるよりほかない。また英子が運よく一号室内に入っても、私がまだ鎖を引いている時に出て来られれば言い逃れはむずかしいでしょう。それに窓も開けないかもしれないし、私が窓から侵入しているところを金井さんたちに見られる危険もありました。一《いち》か八《ばち》かです。しかし私は英子の性格をよく知りつくしておりましたので、成功の可能性は高いと判断しました。そしてやってみると、はたしてこれ以上ないほどにうまくいったのです」

「なるほどな！　実に頭がいい！」

牛越が感心して言った。

「私ならたちまち娘の部屋の窓を叩いて、入れてくれと頼むところだ」

「むろん私もそれは考えました。ほとんどそうしかけたくらいです。でも私には、まだやることが残っておりましたんでね」

「そう、菊岡殺しですね。牛越さん、このくらいで驚いているようでは、次の説明を聞くと腰を抜かしますよ。これこそ素晴らしい計画だ。頭の下がるアイデアです」

御手洗が言った。

「菊岡殺し……。しかしあの時、私はずっとこの人と一緒にいた。死亡推定時刻にはずっと一緒にいて、ルイ十三世を飲んでいた。いったいどうやって……？」

牛越が言った。

「むろんつららですよね？　この家に来た時、そして塔を見た時、予想した通り、大きなつららがたくさんあった」

「つらら!!」

刑事たちはいっせいに大声をあげた。

「しかし、ナイフでしょう!?　ナイフですぞ、菊岡殺しの凶器は！」

大熊がわめいた。

「ナイフ入りの、つらら、つららです」

御手洗が、一語ずつゆっくりと口にした。

「軒下に糸でナイフを吊り下げておくと、先端にナイフの入ったつららができる。そうですね？」

「その通り、すべてお見通しだ」

幸三郎は言った。

「この地方でできるつららは巨大なものです。一メートル以上にもなる。そしてできあがったら先端をお湯にでも漬けて、ナイフの刃先を露出させておけばより完全です。そしてそれを冷凍庫にでも保管する」

「なるほど！　それで糸か!!　こいつはまいった!!　しかし……」

「おっしゃる通りだ。でもこれはいざ実際にやってみると、思いのほか大変でした。つららってやつは、糸で吊り下げたナイフの刃先の方にまずできようとする。思い通りの凶器を作るのに、ずいぶんと時間がかかりましたな」

「しかし、何故つららにせんといかんのです？　いや、何でナイフにつららのシッポを付けなければいけないんです？」

牛越が尋ねた。これは私も訊きたい質問だった。

「いや、というより凶器は解ったが、どうやってそいつで……」

「言うまでもなく滑らせたんですよ」

「どこを!?」

私も含め、思わず何人もが声を揃えた。

「階段に決まってるでしょう！　思い出してご覧なさい、この家は階段が東西二ヵ所にある。さらに跳ね橋式の階段を塔に架ければ、塔の台所の窓の下から十四号室の換気孔までは、一直線の、長くて急な滑り台になるんですよ！　この家の二ヵ所に分けた風変わりな階段は、そのための設計なわけです」

「ちょ、……ちょっと待ってくれ！」

私は瞬間、何か釈然としないものを感じ、思わず叫んだ。

「階段を、つらら付きのナイフを滑らせるといったって……、踊り場で止まってしまうじゃないか！」

「どうして？　踊り場と壁との間は、全部十センチばかり隙間があったぜ」

「そこを必ず通過するってのか!?　階段ってやつは広い幅がある。ナイフがどこを滑るかなんて解らない、たぶん真ん中あたりを滑るだろう。そんなにうまく階段の端っこを滑……る……なんて……、そうか!!」

「その通り。ただそれだけのために、この家は傾けてあるのさ。家が傾いていれば当然

図9

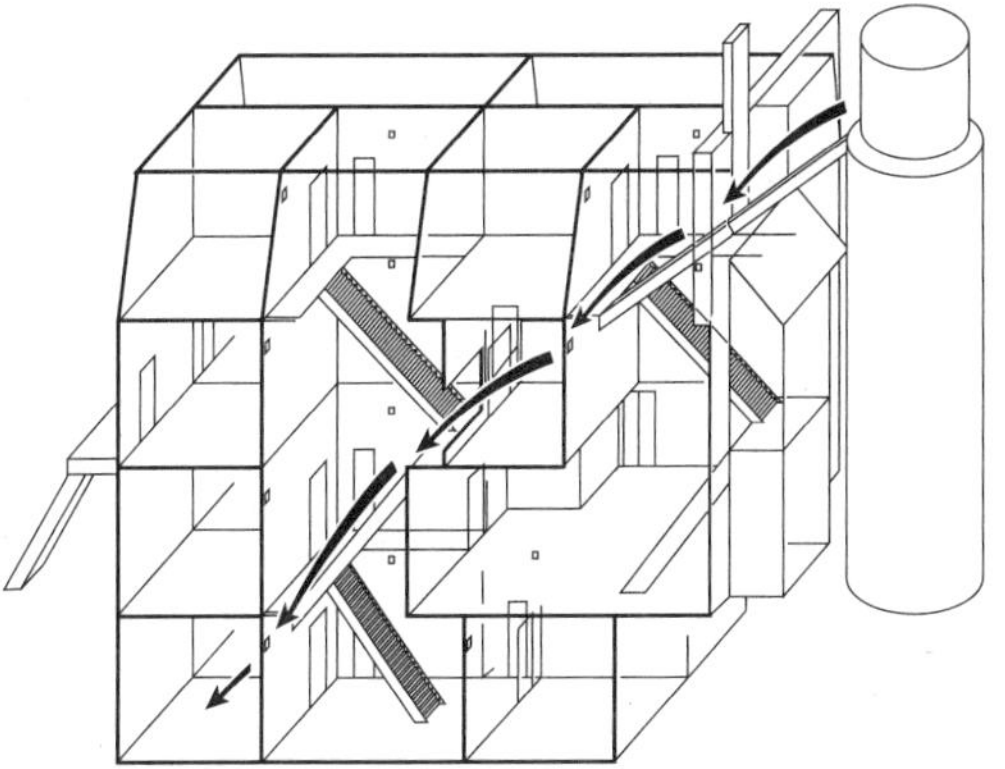

階段も傾いてる。この長い階段の滑り台は、極端にいえばV字形の滑り台になってる。家は南側に向かって傾いてるから、ナイフは必ず階段の南側の端っこを滑っていくわけさ」

「なるほど!!」

私も刑事たちも、そして客たちも、われを忘れて感嘆の声をあげた。もしここに英子がいたら、自慢の父親に対し、どんな賞讃の言葉を贈っただろうか。

「それで、踊り場と壁との十センチの隙間を必ず通り抜けるわけか……（図9）。まさか人を一人殺すためにわざわざ家を一軒造るとは思わんものなァ、しかも傾けて……。しかし御手洗さん、そしてつららは十四号室の換気孔に飛び込むわけですな？

しかし……」

牛越は呻くように言う。

「何度も実験して、ちょうどよい位置に換気孔は開けてあるわけです。跳ね橋階段の一番上に、何の力も加えずにつららを置いた状態で、ということでしょうがね」

私も牛越の言わんとすることに気づいた。

「そうだ、しかし、その長い滑り台には真ん中に三号室、天狗の部屋がはさまってるじゃないか！ ここにはナイフのつららを支えて滑らせる台はないぞ！」

「あるじゃないか」

「何が？」

「天狗の鼻だよ！」

「あっ!!」

と、言ったのは私だけではなかった。

「南側の壁がどうも奥まってると思った。それに窓が、大して必要とも思えない換気と称して、いつも三十センチばかり開いている、変だと思わなかったかい？」

「そうか！ あのおびただしい壁の天狗の面の中には、階段の延長線上に一列に並んでいる鼻があるわけだな、でもそれではあまりに見え見えになるので壁一面を天狗の面で埋め、その一列を目立たなくした。カムフラージュか、こいつは考えたな！　なるほどなあ!!」

「ずいぶん実験されたでしょうね？」

「ええこれは、面の位置にも苦労しましたし、つららのスピードによってもまったく違ってきますし……、ほかにも実にいろんなことがありました、何だか誇っているようなので、あまり言いたくはないいんですがね」

「いや、是非伺いたい」

牛越が言った。

「とにかく、時間はたっぷりありましたから、康平さんや娘を、口実をもうけては家から追い払って何度も実験をしました。つららが途中でふたつに割れはしないだろうか、また大変長い距離を滑っていくわけですから、摩擦熱でつららが溶けてしまわないかということも考えました。そのためにつららをあらかじめ太く大きくしておくのは簡単ですが、十四号室に残る氷があまり大きすぎると、こんどはいくら暖房をあげてもひと晩では溶けない可能性も出てくる。溶けた後の水の量が多すぎるのも困ります。できるだけ細く小さく、しかも溶けずに十四号室まで届いてくれる大きさ、これを決定する必要がありました。しかし実験してみると、つららは長い距離をあっという間に滑りますし、意外なことに、摩擦で溶ける量は非常に少ないことが解りました」

「しかし、溶けて出る水の問題でははらはらされたでしょう？」

「おっしゃる通りです。ドライアイスにしようかと何度も本気で考えました。しかしそれでは購入先から足がつく可能性が出ます。それであきらめましたが、そのために菊岡の死体に危険を冒して水をかけなくてはならなくなりました。

いや、水の問題では、ほかにも心配した要素はたくさんあります。まず階段に水が少し遺ります。それから十四号室に飛び込む時、ごくわずかですがやはり水が地下の廊下や、換気孔の下の壁にかかるのです。これにも気づかれる可能性がないとはいえません。ただ暗い廊下だし、一応暖房のきいた家の中でひと晩経つわけですから、朝までに気づかれなければまず蒸発しているだろうとは思いましたが。ごくわずかな量ですしね」

「そうですね、しかし天狗の鼻とは驚きました。ぼくはそれで、天狗の面の輸出の話を思い出しましたよ」

「それは何だ？」

私が訊いた。

「昔、欧米から日本に大量に天狗の面の注文がきて、お面業者は大儲けしたんだそうだ。それで次におかめやひょっとこの面も大量に造って輸出したのだが、これはちっとも売れなかった」

「何でだったんだ？」

「天狗の面を帽子掛けに使っていたのさ。天狗の鼻を見て、何かを支える目的に使おうと考えないのは、案外日本人だけかもしれないぜ」

「すると、階段から換気孔に飛び込むまでの間には、支えるものはないわけですな？」

　大熊警部補が言った。

「十四号室の換気孔の手前はそうですね。しかしここはもう非常にスピードがついてますから。天狗の部屋の換気孔の手前には、支えるために壁におむすび形の大きな浮き彫り《レリーフ》みたいな装飾が張り出してましたよ」

（この一点だけが、少々アンフェアではなかったかと作者は心残りを感じている。しかし真実に対する真のインスピレーションをお持ちの方には、大した障害にはならなかったと信じる）

「そうか、天狗の部屋の鼻の上から、ふたつ目の階段に飛び出すところけいくらかラフでもいいものな」

私も言った。

「なるほど、それで足を床に固定された異常に狭いベッドか……」

尾崎刑事が、天狗の部屋からこっち、はじめて口をきいた。

「心臓を固定するためですよ。それから薄い電気毛布、これも寝具の上からでも殺せるようにするためです。厚いフトンではナイフが通りにくい。毛布なら、上からナイフを刺していても、殺し方としてはあり得るからです。

しかし現実は奇なもので、ここに予想もしなかった非常にラッキーな出来事と、具合の悪い出来事が起こりました」

「それは⁉」

大熊と牛越が思わず声を揃えて言った。

「このトリックのうまいところは、つららが溶けてしまうと、死体にはナイフだけが残り、ナイフによる殺人のように見えるという点です。さらに、その前に上田一哉氏を実際にナイフで殺しているため、ますます周りはそう思いやすい」

「なるほど」

「それで氷を溶かすために、あの夜はいつもより暖房をあげ気味に指示しておいた。

うまい点というのは、そのために菊岡氏が暑がって毛布を剝いで寝ていたことです。そのためにナイフは、うまく菊岡氏の体に直接突き立った。まずい点は彼が俯伏せに寝ていたということです。

　このメカニズムでは、目ざす相手はあの十四号室のベッドに仰向けに寝ている状態で、ナイフがうまく心臓に突き立つように調整されていたわけです。しかし彼は俯伏せに寝る癖があった。そのためナイフは、背中の右側に刺さってしまった。

　しかしこのことも、結局は次のもうひとつのラッキーを呼んだわけですから、ついてないとばかりも言えますまい。菊岡氏は非常に、まあ小心《しょうしん》なところがあった。自分の運転手が殺されるという異常事態が持ちあがったために、ドアにみっつの錠をかっただけでは安心できず、ソファを移動してドアを塞ぎ、その上にさらにテーブルまで積んでいた。このために瀕死の重傷を負ってのち、急いで廊下へ逃れようとしても手間取ってうまくいかなかったわけです。

　このバリケードがなければ、心臓という急所をはずしたわけですから、菊岡氏は重傷の体を押して、もしかするとサロンまでやってこられていたかもしれない。彼は最後の力を振りしぼって邪魔なテーブルを撥《は》ねのけ、ソファを手前に倒してどけた。しかしそこで力つきてしまった。現場のこの様子が上田さん殺しの時と呼応し合って、浜本さんも意図しなかった、『犯人が室内に入った痕跡』というものを作ったわけです」

「さよう。私はこれに関してはずいぶんつきがあった。アンラッキーだったのはひとつだけ、あなたという人物がやってきた点です」

浜本幸三郎は、しかし格別悔しそうでもなくそう言った。

「おう、今思い出した！」

牛越が頓狂な声をあげた。

「菊岡さんが死んだ十一時に、あの夜、あなたと塔の上でコニャックを飲んでいた時、あなたがかけた曲、あれは……」

「『別れの曲』でした」

「そうだ」

「娘は嫌いだと言うが、私がショパンという音楽家を知ったのはあの曲によってです」

「私もそうだ」

牛越が言った。

「しかし今でも私は、あの曲しか知らん」

「教科書に載ってるからな」

大熊が横から言った。

「あの時、あの曲名に思いいたればよかった」

牛越は悔しそうに言ったが、もしそういうことから彼がことの真相に思いあたったとしても、結末はすこぶる面白味のないものになったろうと私は思う。

「ぼくはこの真相に思いいたりはしたんです」

立ちあがりながら御手洗は言う。

「相倉さんの部屋の窓にゴーレムの顔が覗いたというのを聞いて、すぐにピンときました。これは跳ね橋階段を頻繁《ひんぱん》に利用している人物の仕業だとね。ほかの人間なら、浜本さんの領分である跳ね橋の扉を少し開けておこうという計画の発想は、なかなか出てきにくいでしょうからね。

しかし考えてみると、犯行の立証はできるが、犯人の立証まではできないわけです。実験でもやって見せて、犯人はこんなふうにやったんだと解説するのは簡単だが、それがやれるのは浜本幸三郎氏が一人だけとは限らない」

われわれは考えを巡らせながら頷いた。

「まあ早い話が一、二号室の住人ならすぐにやれるし、早川千賀子さんが犯行時刻付近に塔の部屋を訪ねているのなら、彼女にも犯行は可能です。

今のは階段の頂上から滑らせたと仮定した場合ですが、滑り台の三号室をすぎた地点、つまり三号室の前に出るために昇っていく階段ですね、そこから腕で強くはずみをつけて滑らせるというやり方をしても、むずかしいだろうが絶対に不可能という話にはなりません。何しろ動機の点に関して曖昧なのは、誰しも似たようなものなんですから。使うまで、つららの凶器は自室の窓の外にでもぶら下げておけばそれでいい。表は冷凍庫だ。

そこでぼくは、これは犯人に自分で説明してもらうほかはないと考えた。すなわち犯人を追い詰め、追い詰められた彼のとる行動が、否応なく自分の犯行を雄弁に告白してしまうようなうまい方法を考えることにしました。締めあげて自白させるような野蛮な方法は、ぼくは性格的に好まないんでね」

そう言って御手洗は、尾崎の方をちらと見た。

「犯人の見当はむろんついておりましたから、追い込む方法として、最愛のもの、つまり娘の生命が、菊岡殺害とまったく同じ方法でもって狙われているのだと思わせることにしました。だから彼女を、十四号室のベッドで眠るほかないように仕向けた。

しかし父親は、それが解っても、どういうやり方で娘が殺されようとしているか、警察に打ち明けることができない、自分一人で何とか防がなくてはならないのです。何しろ自分が犯人なんですからね。そしておあつらえ向きに、外は吹雪になった。おや……、やんできましたね」

表の風の音が弱くなっている。

「というのも、この殺しには外で大きな音がしているという条件が必要なんです。つららが階段を滑っていく時、いくぶんか音がしますから」

「そうか、それで上田殺しと菊岡殺しは連続したわけだ！」

私が言った。

「そうだ。吹雪の夜を逃すわけにはいかなかったんだ、次にいつ吹雪くか解らないからね。しかし、柱に耳をつけている人には、凶器が階段を滑る音は聞こえるわけさ、それが……」

「蛇の音ってわけだ！」

「すすり泣きだ、女の！」

刑事たちが口々にわめいた。

「むろんつららですからね、冬という絶対条件も必要ですが。ぼくは今夜、もし外が墓場みたいに静かだったとしても別段かまわない、やろうと思っていましたがね。かくして準備は整った。

浜本氏としては、誰が娘を殺そうとしているのかは解らないわけです。したがっていじか談判はできません。しかしそいつは菊岡殺しの方法を知って、同じやり方で復讐をしようとしている、それだけは解ります。たぶん菊岡の手の者とでも考えたでしょう。

すると、ここで浜本さんの考えることはこうです。それなら跳ね橋の扉は閉まっているし、犯人も音をたててこれを開けるのまではむずかしかろうから、そのすぐ手前、つまり母屋の東階段の一番上から、はずみをつけてつららを放り出すつもりだろう、そう想像します。

だがその次を予想することがむずかしい。幸三郎氏が次にどう行動するか、これを百パーセント正確に読むのはむずかしいのです。東階段に行くか？　これはおそらく犯人と直接向き合うことになりそうだ、幸三郎氏がそれを選ぶか、あるいは西の階段で、滑ってくる凶器を止めるだけに留めるか、この予想はむずかしいです。考えられる行動パターンは何通りもある。西の階段に煉瓦を置き、東階段へ向かうかもしれない。しかし、確実にこれだけはやるだろうと思われることがひとつだけありました。それが三号室の、天狗の面を壁からはずしてしまうことです」

私たちは、何度目かのなるほどを言った。

「しかしこれも、百パーセントそうするとは言い難い。面はそのままにして、別のやり方をするかもしれない、これでも博打の要素は残ります。しかも朝までの時間は長い、犯人はいつやるか解らない、要は人に見られなければいいのです。すぐどけられる煉瓦を置いたくらいでは浜本氏は安心できないだろうし、ひと晩中階段に立ってるわけにもいきますまい。

しかし天狗の鼻は位置が微妙だ、これをはずし、いくつかは完全に燃すなり鼻を折るなりしてしまえば、東階段からの攻撃はほぼ百パーセント封じることができるのです。いずれにしても彼がこれをやらないはずはないとぼくは考えた。

さて、幸三郎氏がこの天狗のお面を壁からはずしているところを完全に目撃されたら、これは九十九・九パーセント言いのがれは不可能になります。ほかの人間なら、寝床の中で菊岡殺しのトリックに思いいたったが、警察嫌いだから自分一人で行動したと、言って言えなくもないかもしれないが、幸三郎氏の場合、何としても生命を守りたい実の娘なわけですからね、警察に打ち明けて相談しないというのは不自然です。その理由は唯《ただ》ひとつしかない、犯人だから。ほかの理由はあり得ません。

しかし、ではそれをどこで目撃するか、これがまた、すこぶるつきのむずかしい問題です。隣りの図書室あたりにひそんで待つか？　しかし三号室に入る前に、幸三郎氏はたぶん図書室を調べるでしょう。何しろ顔を合わせても、とりたてて不自然な要素はないのです。幸三郎氏は、その時点で菊岡殺害のトリックに思いいたったとしてもいい。それは、そのためにあつらえたこの傾いた家を造った張本人だから、立場はすこぶるまずくなるだろうが、まったくの偶然であって、設計の段階では殺人のやれる可能性になど少しも気づかなかったと言い張れば、何ぶん名士のことですからね。

　ま、それはともかく、設計者だから、家のどこに人間が隠れられる場所があるかなどは、ぼくの何倍もよくご存知だろう。これはそういう競争をしても勝ちめはない。だが、幸三郎氏の昇ったあとしばらくして階段を昇り、はずし終わった面を手に持っているところをおさえたというのでは弱い。まああなたはそんなじたばたはなさらないだろうが、寝つかれないので来てみたら、部屋がこんなふうに荒らされていた、面が床にあったと言い逃れをしてもいい。頭のいいあなたなら、ベッドから起きだしてきた警官を利用して、とっさに作戦を組み替えるかもしれない。何しろお面はもうはずし終わったのだから、あとは西側の階段だけです。刑事が出てきたのはかえって都合がよかったという話にもなりかねない。

　だから絶対に、あなたが壁からお面をはずしているところを目撃する必要がある。

のみならず、あとのごたごたをいっさい排除し、事態を単純明快にするために、あなた自身にもぼくがそうしたということを確認していただく必要がありました。そして、まさにこれ以上ないほどにうってつけの隠れ場所が、特等席にすわっていたのです」

「見事だ！」

もう一度幸三郎が言った。

「実に見事だ！」

感に堪えないという語調だった。

「しかし、あのお面は、ゴーレムの顔のお面はどうやったんです？　それもあんな短時間で、どこでどうやって手に入れたんですか」

「それは首を持ちだして、知人の芸術家に製作を頼んだのです」

「ちょっと見せて下さいますか？」

御手洗は面を幸三郎に手渡した。

「ほう……、これはよくできているな。細部の傷まで瓜ふたつだ。素晴しい腕だ、これだけの腕を持つ人が、北海道にいましたかな？」

「たぶん京都にしかいないでしょう。ぼくとこの石岡君の共通の友人で、人形造りの名手が京都にいるんです」

「ああ！」

私は思わず声をあげた。あの人か！

「京都まで!?　あれだけの間に!?」

「三十一日の夜こっちを発ちましたんでね、どう急いでもできあがるのは三日の朝になるという事情があったんです。前もって電話しておいたんですがね、だから解決はどうしても、こんなふうに三日の夜になってしまった」

「正味二日の仕事ですか……」

幸三郎は感動とともに言った。

「いい友人をお持ちだ、あなたは」

「警官に京都まで行ってもらったのか？」

私は訊いた。

「いや、お巡りさんにそんな仕事頼んじゃ悪いだろう？」

「しかし、ちっとも気がつかなかった。できあがったゴーレムのお面はいつ受け取ったんだ？」

「そんなささいな問題はどっちでもいいでしょう！　それより次の十三号室の日下殺

しの密室を、今度は解説して下さらんか」

大熊が言った。それには私も異存はなかった。

「しかし浜本さん」

御手洗は言った。

「ぼくにはどうしてもひとつだけ、解らないことが残りました。動機です。こいつだけはとうとう解らなかった。あなたほどの人が、ただの遊びで殺人をやるとも考えられない。個人的に大してつき合いもない菊岡栄吉を、あなたが殺す理由がない。それを今、あなたの口から説明して下さいますか？」

「おいその前に、十三号室の密室の説明はどうなるんだ⁉　まだ解らないことはたくさんあるぞ」

私が言った。

「そんなのは説明するまでもない！」

御手洗はうるさそうに私を遮った。

「ご説明しましょう」

穏やかな声で幸三郎が言った。私は十三号室の説明と思い、黙った。

「それならもう一人、その話を聞く権利を持つ人をここへ呼ばなくちゃ」

御手洗が言い、

「阿南ですな？」

と大熊が言った。

「どれ、私が呼んでこよう」

彼は言い、立ちあがって十四号室の方へ向かって歩きだした。

「じゃあ大熊さん、ついでに……」

御手洗が声をかけ、警部補は立ち停まってこっちを振り返った。

「十三号室の日下君も呼んできて下さいますか？」


その時の大熊のあっけに取られた顔といったらなかった。おそらくＵＦＯが鼻先に着陸し、中から頭がふたつある宇宙人が降りてくるのを見ても、彼はあれほどに驚いた顔はしなかったろう。

しかし彼のことを笑えない。私も含めて、ディナー・テーブルの客たちはみな似たような顔をしていたはずだ。

阿南と一緒に日下の姿がサロンに現われると、客たちはこの憂鬱な一連の事件の中の、唯ひとつの明るい出来事のために、小さな歓声をあげた。

「天国から戻った日下君です」

御手洗が上機嫌で紹介した。

「じゃあ、京都へ行ってもらったのは彼なんだな!?」

気づいて、私が思わず大声を出した。

「初江さんが見たゴーレムの幽霊も、ベッドを燃したのも」

「パンとハムを食べたのも彼さ」

御手洗は陽気に言った。

「死体を演じるには、彼はうってつけの人物でしたよ。何しろ医学生ですからケチャップの血を使わなくてもいいし、心《しん》タンポナーデの出血量もよく知っていました」

「飲まず食わずの活躍でね、十号室に隠れたり、外でじっと待ったり、二号室のもの入れに隠れたり、本当に死体になるところでしたよ！」

彼も快活に言った。その様子から、御手洗がこの重要な役を彼に割り振ったのも、何となく理解ができる気がした。

「なるほどな、理屈であり得ない密室殺人は、やっぱりあり得ないってわけか……」

私は言った。

「論理性は、信頼しないとね」

御手洗が言った。

「京都へ行くのはぼくだってよかったじゃないか」

「そりゃそうだが、君は、そう言っては何だが演技というものがまるでできない。君がナイフを胸に立てて寝ていても、ポイと抜かれて叩き起こされるのがオチだ。それに以前からの客の一人が死んだ方が、浜本氏に与えるプレッシャーは強くなると思ってね」

浜本氏より、娘に与えたプレッシャーの方が大きかったように私には見えた。

「じゃああの脅迫文も、あんたの作文ですな？」

牛越が言った。

「やれやれ、全員の筆跡鑑定なんぞをやらんでよかった！」

「次はこの友人が書きたいと言ってますがね」

御手洗は私の肩を叩いた。

「われわれまで騙すことはなかったじゃないか！」

尾崎刑事がいくらか荒い声を出した。

「ほう！　じゃあ君はぼくが計画を打ち明けたら、二つ返事で協力してくれたんだね？」

御手洗は、口を開けば皮肉を言う男だ。

「しかし、よくうちの署の堅物連中が承知したなあ……」

大熊が感心したように言う。

「そこが、この事件で一番むずかしかった点です」

「さもありなん」

「しかし中村氏に電話で延々と説得してもらいましてね、渋々ですよ」

「ふうん、中村さんも、なかなか目が高い」

牛越がつぶやいたその声は、私だけが聞いた。

「さて、言い残した事柄はもうないでしょうね、では……」

「そうか！　それであの晩、あなたは嘉彦君と英子さんに、ビリヤード台のところにずっといるようにとしつこく勧めたんですな。警官と一緒にいれば、アリバイとしてこれ以上強いものはない」

牛越が言い、幸三郎は無言で頷いた。父親の娘への愛情、致命的なこの弱点があるために、思えば彼は、友人の罠に落ちたのである。

「牛越さんは、あの男からある程度聞いておられたんですか？」

声をひそめて尾崎が訊いていた。

「ああ、ホシの名と、大ざっぱなところはな。それでとにかく自分の言う通りにしてくれと言うのさ」

「それで黙ってしたがったんですか？」

「まあな。だが間違った判断じゃなかったろう？　ただ者じゃないぜ、あいつは」

「どうですかね、私はそうは思わんですがね、スタンドプレーの塊りみたいなやつだ！」

尾崎は悔しそうに言い、黙った。

「そう、だが奴さんだって、相手によりけりだろうとは思うがね」

「あ……、そうか、髪は、牛越さんと一緒に浜本が、ノブを持ってガチャガチャやったんで落ちたんですね？　十四号室の私の髪は」

尾崎が思いついて言った。

「ああそうだな……。それとね、俺は今気づいたんだが糸の血だ、上田の時は赤く染まってたが、菊岡の時は染まっていなかった。両方とも糸は血に触れてたのにな、気づくべきだった」

「さて、ほかにないようでしたら、ぼくの最も知りたい事柄を、そろそろ伺うことにしたいと思うんですが」

御手洗の、このまるで感情がないような事務的な話しぶりに、私はいくらか残酷なものを感じて、胸が痛む気がした。これは、こういった場合の彼のいつものやり口だった。

ただ彼は、警官がよくやるように、罪人と決まっても決して見下げた態度はとらず、浜本幸三郎という好敵手に対し、敬意を忘れずに振るまっていた。

「そうですな……、何から話していいか……」

幸三郎は、すこぶる気重そうに口を開き、その様子は、私にはほとんど辛そうにみえた。

「みなさんは、何故私が、大して親しいつき合いをしていたわけでもない菊岡栄吉氏を殺そうと考えたか、おそらく疑問に思っておられるでしょう。無理もない。私は菊岡氏と幼馴染でも何でもないし、若い頃つき合いがあったわけでもない。私個人としては彼に何の怨みもない。しかし、私は後悔はしておらんのです。私にはそれでも彼を殺す理由があった。後悔しておるのは上田君殺しの方です。彼は殺す必要はなかった。あれは私の利己主義でした。

菊岡氏を殺さなければならなかった理由というものをお話しましょう。これも決して美しいもの、あるいは正当な、正義感ゆえの産物というわけではありません。若い頃の、私自身の犯した過ちの償《つぐな》いです」

彼はちょっと言葉を切り、何かの痛みに堪えているようだった。その表情は、おそらく誰の目にも、良心の呵責《かしゃく》というものを連想させた。

「もう四十年近くも前になりますが、ハマー・ディーゼルがまだ村田《むらた》発動機といっておった頃のことだ。かい摘まんで話します。その頃村田発動機は、玄関先の土間に机を並べた事務所と、焼け跡にバラック建ての仕事場があるだけの、まあ町工場に毛がはえた程度の会社でして、私は腕にいくらか自信があったおかげで、番頭あたりまで昇格した丁稚《でっち》職人といったところでした。親爺さんは私を頼りにしておりましたし、実際、自分の口から言うのは何ですが、会社は私がいなければ、というようなところはありました。

社長には一人娘がありまして、もう一人上に兄がいたんですが、戦争で亡くしておりました。この娘と私とは、気持ちの通じ合うものがありまして、むろん当時のことですから格別何があったというものでもありませんが、彼女は明らかに私を必要としており、父親もそれを認めているように、私は感じていました。娘と一緒になって、工場の後継者の椅子にすわって、と私にとってはいいことだらけの、そういう野心がなかったとは申しませんが、私の気持ちは純粋なものでした。私は戦争に行っている間に空襲で両親も亡くしておりましたし、養子になることにも問題はありませんでした。

その時、平本《ひらもと》という男が現われたのです。この男はさる政治家の次男坊で、富美《とみ》子《こ》、娘はそういう名だったのですが、彼女の同窓生で、どうやら昔から富美子に目をつけていたということのようでした。

この男は、正真正銘、どうしようもないヤクザな男であったと断言できます。その時もどうやら妙な女と暮らしているようでしたし、これが立派な男であったら、私は富美子の幸せということを誰よりも願っておりましたから、男らしくことに対処したと思います。自分と一緒になることと、社会的に力を持つ者で、人格的にも優れた者と一緒になることとの比較、あるいは彼女の父親のことや会社のこと、私はそういう場合の総合的で客観的な判断ができない人間だとは、自分のことを思いません。しかしこの平本という男は、いわばチンピラの遊び人で、どう考えても富美子に相応《ふさわ》しくないのです。が、親爺さんはこの話に大いに気持ちが動いているのが感じられました。

私は親爺さんの気持ちがどうしても理解できず、日夜悩みました。でも父親になった今、いくらか解るような気もしてきました。父親という生き物は、娘が心身ともに惚れぬいた人間と一緒になることに、心のどこかで抵抗したい気持ちを持つものです。

とにかく、私は自分の身を犠牲にしてでもいい、大事な富美子をあの平本という男の妻になるなどという堕落からは救いたい、そう思い詰めるようになりました。誓って言いますが、私は富美子をわがものにするためにそんなふうに考えたわけではありません。そんなことは、その時は思ってもみませんでした。

そんな時、私の目の前に野間《のま》という古い友人がふらりと現われたのです。彼は私の幼友達で、ビルマ戦線で戦死したものとばかり思っていました。われわれは再会を喜び、大いに飲み、かつ語りました。とはいうものの野間は痩せこけて、顔色も悪く、だいぶ体が弱っているようでした。

要点だけを話します。野間がこの時東京に現われたのは、ある男を追ってのようでした。その男は彼より歳は若いのですが、軍隊時代の彼の上官で、何とも残忍な男らしく、生き残った今となっても忘れることのできないくらいの煮《に》え湯を、外地でさんざん呑まされたということでした。

こういう話は当時無数にありました。しかし彼の場合ちょっと違うのは、その上官は彼にとっては、戦友と恋人の仇《かたき》だという点でした。その上官は、戦時下にあっても部下に私的制裁を楽しむなどというのは日常茶飯であったらしく、ためにほとんど身障者同然になった戦友もいるという話でした。

　野間は戦地で、ある現地人の娘と恋仲になったと話しました、大変な美人だったそうで、彼は戦争が終わり、もしも自分が生き残ったら、この女と一緒になって現地に残ってもいいと考えていたようです。

　しかし戦時下の不幸で、例の上官がその女を逮捕させたというんです。理由はスパイ容疑でした。野間が理由を質し、必死で食い下がると上官は、『美人はスパイに決まっとる』と言ったというんですね。むちゃな理屈です。そして彼はその現地人の女性に、人間として許せない虐待行為をしたというんです。そして彼女は、捕虜として拘置されました。

　それだけならまだしも、いよいよ戦局利あらず、撤退という段になって、その上官は捕虜の全員銃殺を命じたというのです。のみならず、のちに降伏した時、部下たちにそのこと、つまり自分が捕虜銃殺を命じたことを敵軍にしゃべるなと固く口どめしたそうです。ためにその命令を遂行した野間の戦友の一人は処刑されたそうです。しかしその上官はのうのうと生き残り、一定の抑留期間を経て復員したらしい。

　野間は、どちらかと言えば学究肌の、線の細い男でした。それがその上官に復讐することだけを思い詰めて生きているうち、体を壊し、吐血するようになっていました。私の目にも、もうあまり長くはないことが解りました。自分は死ぬことなんぞ少しも怖くはないと野間は言いました。でも、このままでは死んでも死にきれない心残りがあるんだと私に訴えます。というのは、つい先日、とうとうかの上官を見つけたというのです。

野間は、南部式のピストルを肌身離さず隠し持っていました。しかし弾丸は一発しかありませんでした。もう手に入らないんだとやつは言っていましたが、それをかまえてもと上官の目の前に立ってやった時、彼は少しも動じなかったそうです。

上官は復員してくると、何もかも失って裸同然だったようで、酒びたりのすさんだ毎日を送っているようでした。その時も安酒の瓶を持っており、野間を見ると、『お前か、よく心臓を狙って撃てよ』と言い放ったそうです。野間がひるんでいると、『俺はもう失うものは何もない。生命を惜しがる理由がない。死はむしろ救いだ』とも言ったそうです。

自分や戦友、そして最愛の女性が味わった苦しみに較べたら、ここであっさり殺してしまうことがどうしてもできなかったと言って、野間は私の前ではらはらと涙をこぼしました。

こういう話はほかにもたくさんあるのかもしれませんが、しかし、ずいぶんひどい部類には入るだろうと思います。私は憤《いきどお》りました。そして私が代わって仇を討ってやろうかとさえ思いました。野間が私の近況も訊いてくるので、次に私も自分のことをしゃべりましたが、彼に較べれば私の悩みなど、悩みのうちにも入らないと思いました。

話し終わった時、野間の目が輝きました。そして、『お前、その平本ってやつに、俺の残ったたった一発の弾丸を使おう』と言いだしました。『そしたら貴様もその女と一緒になれるだろう。そのかわり、俺は長くないからこの先いつかあの外道《げどう》に失うものがたくさんできた時、俺の代わりにあいつを殺してくれないか』と言うのです。親友の、文字通り血を吐く叫びでした。

私は悩みました。あの平本さえいなくなれば、私は晴れて富美子を妻にし、村田発動機をわがものにもできるのです。そしてそのことはどう考えても、社長にも、富美子にとっても最善の道のように感じられました。私は若く、働き盛りで、自分の腕も非凡なものと考えておりましたから、自分にやりがいのある大きな仕事が与えられないのは不条理だとも思いました。会社を発展させる自信もありましたし、その具体的なアイデアも持っていました。

それからどんなことがあり、私がどんなふうに悩んだかを細々《こまごま》とお話しても、退屈されるだけでしょう。とにかく平本は死に、私は最愛の女と、村田発動機を切りまわせる立場を得ました。焼け跡を腕のない復員兵が徘徊し、飢えて死ぬ子供が日に何人も出ても、誰も何もできなかった時代です。

それから私は身を粉にして、小さな町工場を現在のハマー・ディーゼルにまでのしあげました。この仕事にだけは、私はいくらか誇りを持ちたいと思っております。しかし私の着る上着は次第に上等になっていっても、胸の内ポケットには常に、野間から受けとったかの上官の古い写真と、彼の住所を書いたメモとが入っていました。言うまでもなく、その上官が、菊岡栄吉です」

幸三郎はそこでしばらく言葉を切り、私は素早く相倉クミの顔を盗み見た。彼女の表情には、格別何の変化もなかった。

「菊岡が会社を興したのを人づてに聞きましたが、私は何の接触も考えませんでした。やがて自分の会社が順調に波に乗り、海外投資も次々に成功して、私には野間とのことが、若い頃の悪い夢のようにも思えてきました。社長室に金のかかった服を着て十年もすわっていると、不思議なもので、歩く道も、すわる椅子も、金のなかった頃とは全然違うものになって、まるきり別の世界を生きるようになります。もう二度と、貧しい時代のものに再会することはないのです。私はあやうく、現在の地位は、自分の腕だけで築いたものと錯覚しそうになっていました。しかし、平本の死なくしては、村田発動機はまだ町工場かもしれず、すると私は間違いなく一介の工員のはずでした。それを気づかせてくれたのは妻の死です。

やはり悪いことはするものじゃありません。妻はまだ死ぬような年齢じゃなかった、病死です。それも原因はとうとうはっきりしませんでした。私はあの世からの野間の意志を感じました。急きたてられているような気がしたのです。

その頃、菊岡の会社も軌道に乗りつつありました。私は彼に、できるだけ自然なかたちで接触しました。彼にとっても渡りに船の話だったろうと思います。

あとはみなさんご承知のことです。私は隠居し、この気違い屋敷を建てました。みなさんは単なる狂人の酔狂とお考えになったろうが、私にははっきりとした、目的を持った家でした。

私は罪を犯したが、しかしこのことから得たものもあるんです。先日ワーグナーを聴いていて気づいた。大声もたてないような生活をずっと何年も送ってきて、周りはあらゆる嘘で固まっていきましたよ、まるでセメントに塗り込められているように。私の周りには無数のイエスマンがひしめき、私に発せられる言葉はすべて、歯の浮くようなお世辞でした。しかし私はその一部を壊すことに成功したと思いました。若い頃自分の周りにあった真実が戻ってきておりました。ジャンピング・ジャックといつか言われましたね？」

「ジャンピング・ジャック・フラッシュです」

御手洗が言った。

「跳ね人形のいっときの真実か……、それはゴーレムじゃない、私のことです。ここ二十年ばかりの私の生活は、別に私の人形でも務まる種類のものでした。創造的であったのはほんの最初だけで、あとは雪だるまでね、さっきはああ言ったが、決して美しい仕事じゃありませんでした。

いっときでも自分を取り戻したかった。親友があり、純粋さがあり、そういった過去のめくるめくような自分をです。だから私は約束を果たした。四十年前の、大事な自分との約束をです」

誰もが無言だった。成功の持つ、何という危うさ、儚《はかな》さ——。

「私ならそのまま放っておきましたね」

金井道男が、突然、いかにも彼らしいことを言った。初江がよしなさいと言うように脇腹を突つくのが私の位置からは覗けた。しかし彼は取り合わなかった。おそらく彼なりに、ここが自分の男の見せどころと信じたのだ。

「私ならそんなに律義《りちぎ》にはなりませんでしたよ。この世は騙し合いです。いやよくある意味で言うんじゃございません。悪い意味だけで言うんじゃない、騙すのも芸のうち、仕事のうちです。サラリーマンは半分は嘘つかなきゃ仕事になりません。それが誠意ってことだってある、そうじゃないですか？

たとえば医者だ。胃癌の患者に胃潰瘍だと嘘つきます。しかしこれを誰が責めます!?　本人は死ぬけど胃潰瘍が悪化したと思って死ぬんです。自分はあの怖ろしい癌にだけはならなかった、ああ幸せだ、幸せな一生だったと思って死ぬんです。

会長の友人だってそうですよ。ああこれで友達が自分に代わってあの外道を殺してくれると信じて、安らかに死ぬんだ。胃癌の患者とどこが違います!?　会長はハマー・ディーゼルの社長の椅子にすわる必要があった、だからすわった。どこにも損した者はおらんのです。

私だってあんな菊岡を尊敬しちゃおらんかった。この好色ひひ爺い、絞め殺してやりたいと何度も思いましたよ。しかしこの世は騙し合いだ。それよりはこいつを死ぬまで利用してやる、骨の髄までしゃぶってやると、そう私は思いました。その方が得ですからな。あなたもそうすべきだったんですよ。私はそう思います」

「金井さん」

と幸三郎は言った。

「今夜はみなさんの、非常に、何というか……、不異議な思いやりを感じます。社長室にすわっている時にはこんな気分は味わえなかった。

確かにおっしゃる通りかもしれん。しかし野間は、病院でなく拘置所の、薄い毛布にくるまって死にました。それを思うと、私一人が、死ぬまで金のかかったベッドで寝起きする気にはなれませんでした」


気づくと夜はすっかり明けていた。風も落ち、表はひっそりとして、雪ももう舞ってはいず、まだ群青色《ぐんじょういろ》の空には、サロンの窓から見える限りは雲もなかった。

客たちはしばらくそのままでいたが、やがて三々五々立ちあがり、幸三郎に深く一礼すると、この異常な冬休みを切りあげる仕度をするために、各自部屋へさがっていった。

「そうだ御手洗さん」

と幸三郎は、思い出したように言った。

「はぁ？」

と御手洗は気の抜けたような声を出した。

「あなたはあれは解っているんですか？　戸飼君などからお聞きになったでしょう？　私が彼らに出題した花壇のパズルです」

「ああ、あれですか」

「お解りですかな？」

　すると御手洗は腕を組んだ。そして言う。

「あれは、……そうですね、解りません」

「ほう！　あなたらしくないな。あれが解かれないままなら、私はあなたに完全に敗北したという気になれませんな」

「あ、そうですか。その方がよくはないですか？」

「それがあなた流の思いやりのつもりでしたら、私はそういうのは好みませんな、釈然としない気分が残るだけです」

「では刑事さん方、あの丘まで朝の散歩をする元気はありますか？」

　すると幸三郎は朗《ほが》らかな笑い声をたてた。

「やはり私の思った通りだ。私は君のような人に会えて嬉しく思いますよ。決して負け惜しみでなくね。できればもう少し早くお会いしたかったが、そうすれば私も、あれほどには退屈しないですんだろう。実に残念だ」

第五場　丘

　私たちが白い息を盛大に吐きながら、冷えた空気の中を丘の頂上にたどりついた時、流氷の右手にちょうど陽が昇ってきた。私たちがしばらく滞在した家のあたりだけを、ほんの申し訳程度に残して、周り一面は柔らかい綿のようなものが覆いつくし、それが朝日の色に染まって一種の暖か味を感じさせた。

　私たちの一団は、流氷館とその右の塔の方角に向き直った。ガラスの塔が、昇ってくる朝日を受けて、いっ時目が痛いほどの金色に光った。御手洗が額に手をかざしたまま、じっとそれを眺めているので、鑑賞しているのだと思ったが、そうではなかった。彼はその金色の輝きが去るのを待っていたのだ。

　やがて時が来て、彼は口を開く。

「あれは菊ですか？」

「そう菊です。首の折れた菊です」

　幸三郎が答える。私には何のことかまるで解らない。それでどれが？　と尋ねた。

「あのガラスの塔だよ。菊が折れてるだろう？」

私は、ああ！　とようやく歓声をあげた。だいぶ遅れて警官たちも低く、控えめな驚きの声をたてた。

ガラスの円筒に、首の折れた巨大な菊が咲いていた。それは雄大な一幅《いっぷく》の絵画だった。塔を足もとで囲む花壇の奇妙な図形が、中心の円筒に映ると、ちゃんとした菊の花のかたちになるのだ。無彩色に咲く菊であった。

「あれが平らなところにあったら、ヘリコプターにでも乗らなきゃ鑑賞できないでしょうね。花壇の真ん中に立って見あげたところで何も映っちゃいない。遠く離れて、しかも斜め上方から見おろすのでないとね。

しかしここにはうまい具合にこの丘がある。でもこの頂上からでも高さが充分じゃなかった。それでこっち向きに塔を少し傾けてあるんですね？　するとよく見える。あの塔が傾いているのは、主としてそういう理由からでしょう？」

幸三郎は黙って頷いた。

「そうか！　菊は菊岡の菊ですね。その首を折る、つまり菊岡を自分が殺すという宣言だ！」

思わず私は大声になった。

「私は逃げる気はなかったんですよ。どのみち拘置所に入る気でいた。このままあんな嘘っぱちの生活を続けたところでたかが知れていますからな。ただできることなら、生涯唯一度の私の悪業を、誰かに鮮やかに見抜いて欲しかった。それであんなものを造った、でもその必要は全然なかったですがね。

それからもうひとつ、野間の家は花屋でしてね、彼の父親は菊造りの名人だった。戦前、よく丹精した菊を菊人形に出品したもんです。野間も復員したら父親の跡を継《つ》いで菊造りをやるのが夢だったようです。それに私らの世代には、菊という花は特別の感慨を抱かせるんでね、友人へのせめてもの手向《たむ》けです。

しかし正直言えば、私は忘れたかったですよ、野間との約束を。周りにもっと違う種族の人間が大勢いたら、あるいはそうできたかもしれんと思うが……」

幸三郎はそこでちょっと言葉を停め、哀しげに笑った。

「御手洗さん、最後にひとつ、あなたは今回何故あんなに終始一貫道化の真似を？」

するとするど御手洗は困った顔をした。

「真似ではないです。あれは地ですよ」

私は横で、ちょっと頷いていた。

「私はそうは思わない。あれは私を油断させるためだ。最初から頭脳明晰を披露しては、私が警戒して騙されないと思われたんでしょう。

だがね、私は薄々予感はしていたのです。ゆうべ英子が眠りはじめたのは、ひょっとしてあなたの仕掛けた罠かも、とね。今さら負け惜しみは言わないが、しかし私は、それでももし万一そうでなかった時のことを思うとね、とてもじっとしてはいられなかった」

浜本幸三郎は無言で御手洗を見つめた。

「ところで御手洗さん、あなたは娘の英子をどう思われますかな？」

御手洗はすると一瞬何かを睨むような表情をした。そして、

「ピアノが弾け、育ちのすこぶるいいお嬢さんです」

と慎重な言い方をした。

「ふむ、それから？」

「すこぶる我が儘な利己主義者です。ま、ぼくほどじゃないが」

浜本幸三郎はそれを聞くと御手洗から目をそらし、苦笑いをした。

「ふむ。私と君とはよく似たところがあるが、そこが決定的に違う。そして現在の私という者を考えれば、君はまさに正しい。

さて御手洗さん、君と会えてよかった。できればことの次第を娘に伝えてもらう役目をあなたにお願いしたかったが、我が儘は言うまい」

幸三郎は右手を差し出した。

「もっとふさわしい人間がいますよ」

そう言ってから、御手洗はその右手を握った。

「もっと金を欲しがっている人間かね？」

「使い道がある人間です、たぶんね。あなたもそうだったでしょう？」

短い握手は終わり、二人の手は、おそらく、永遠に離れた。

「柔らかい手だ。労働をあまりしておられんな？」

すると御手洗はにやりとして言った。

「ずっと金を握らずにいれば、手の肌も荒れません」

エピローグ

「ぼくは見た、わが生涯を通じて、たった一人の例外もなく、狭い肩した人間どもが、数知れぬ狂気の沙汰をしでかすのを。同類をけだもの扱いにし、またあらゆる手段を弄《ろう》して魂を腐《くさ》らせるのを。そういう行為の動機を人呼んで栄光という」

（ロートレアモン「マルドロールの歌」より）

今、丘の同じ場所に立つと、まるで昨日のことのように思い出される。

今季節は夏の終わり、いやこの北の果ての地では、すでに秋と呼ぶべきかもしれない。枯れ草を倒しながら渡っていく風を隠すものはまだなく、藍色の海を覆うものものない。

私たちを怯えさせた巨大な犯罪箱はひどく荒れ果て、蜘蛛の巣と埃の棲み家になった。訪れる人もなく、まして手を入れて住みつこうという人はない。

あれから日下か戸飼かが、浜本英子と結婚したという話は聞かない。金井道男のその後のことも解らないが、相倉クミなら青山に店を出したという案内状が、御手洗と私宛に来ていた。二人ともまだその店を訪ねてはいないが。

最後に、御手洗がふと私に洩らした非常に重要な事柄を、私はここに書き留めておく必要がある。

「娘の仇というだけで、早川康平は菊岡殺しを上田に依頼したと思うかい？」

と御手洗はある日突然私に言った。

「ほかにも理由があると思うのか？」

私が訊いた。

「思うね」

「どうして解る？」

「簡単なことだ。つららを滑らせる実験を浜本幸三郎氏がやろうとしても、どう考えても一人じゃできない。天狗の鼻の調節なんかは、彼が三号室にいて、階段の頂上でつららを放してくれる助手が必要だ、とするとそれには誰を使ったろう？」

「早川康平か？」

「うん、ほかの人間は考えられない。それで康平は主人の菊岡殺害の意図を知り、それを……」

「未然に阻止しようとしたわけか！」

「うん、彼は一人の名誉ある人材を、殺人者となる不名誉から救おうとしたんだと思うね」

「そうか！　……しかし駄目だった。浜本氏の決心は固かった」

「幸三郎氏はおそらく、そういった腹心の誠意には結局気づかずに拘置所へ行ったと思うな。しかし彼はまた彼流の優しさを貫いて、実験はあくまで一人でやったと言い張った。そして早川康平も、そういった自分の思惑《おもわく》の推移を決して語らず、胸ひとつにおさめてすませた」

「何故だろう？　どうして早川康平はそういったことを言わなかったんだろう？　それほど尊敬する主人なら、行動を共にすべく、つららの実験を手伝ったことを……」

「たぶん英子のことがあるからだろうな。幸三郎氏の気持ちを知っていたんだと思う。自分も殺人教唆《きょうさ》だが、幸三郎氏に較べれば罪はずっと軽い。両親を失った娘のこの先の面倒くらいは見られるだろうからね」

「なるほど」

朽ちていく流氷館の傾きは、今となってはひどく象徴的だ。この館は今やその役割を終え、ごく短い生を生き抜いて、土に帰ろうとしている。そう考えるとこの家は、沈みゆく、巨大な船のようでもある。

私はこのたび、この北の地を一人旅する機会があり、それで思いたって、わざわざこの思い出深い丘まで足を延ばしてきた。

陽が落ちていく。それが不安ででもあるかのように、足もとの枯れ草たちがざわめく。彼らも、じきに自分たちを深く閉じ込め、眠らせてしまう雪がやってくるまでのわずかな生を、こうして風に晒すのだ。

解説

綾辻行人

『斜め屋敷の犯罪』について語ろうとするとどうしても、個人的な思い出話が中心になってしまう。そうじゃなくて、もっとちゃんとした解説らしい解説を——とも考えたのだけれど、作家歴三十五年、今や日本を代表する本格ミステリ作家として押しも押されもせぬ「島田荘司」である。「解説らしい解説」はすでに数多く書かれてきているのだから、べつに僕が気張ってそういうものをめざさなくても許されるだろう。——と思い定めて以下、「『斜め屋敷』の思い出」的な文章を綴《つづ》らせていただく。

＊

書庫で『斜め屋敷の犯罪』を探したら、計八種類の本が見つかった。これらをぜんぶ書斎に持ち込んで机に並べてみたところ、なかなか壮観である。

『斜め屋敷の犯罪』、講談社ノベルス、一九八二年十一月
『斜め屋敷の犯罪』、講談社、四六判上製、一九八八年六月
『斜め屋敷の犯罪』、光文社文庫、一九八九年一月
『斜め屋敷の犯罪』(新装版)、講談社ノベルス、一九九〇年二月
『斜め屋敷の犯罪』、講談社文庫、一九九二年七月
『島田荘司全集Ⅰ』(『占星術殺人事件』『死者が飲む水』とともに収録)、南雲堂、四六判上製箱入、二〇〇六年九月
『斜め屋敷の犯罪　改訂完全版』、講談社ノベルス、二〇〇八年二月
『改訂完全版　斜め屋敷の犯罪』、南雲堂、新書判並製箱入、二〇〇八年三月

このうちの最初の一冊を手に取り、ページを繰《く》ってみる。奥付には「昭和五七年一一月五日第一刷発行」とある。この年——一九八二年の五月に創刊されたばかりの講談社ノベルスだった。カバーや背表紙のタイトルに「書下ろし怪奇ミステリー」という言葉が添えられているのが、今こうして見るとちょっと微笑《ほほえ》ましい気もする。

八二年当時、僕は読んだ本の巻末の余白に簡単な感想などを書き込む習慣があり、

この本にもそれが残っている。「島田荘司のファンになります。」――と、その一行目に大きく書いてある。「11／10」と日付が記されているから、書店で見つけてすぐさま購入して読んだのだなと知れる。このとき、僕は二十二歳の誕生日を迎える前――入学四年目の大学生だったのだが、健康上の理由もあって早々に留年を決めていた。そしてこれを機に一度、江戸川乱歩賞に作品を投じてみようと思い立ち、小野不由美との共作という形でその原稿を書こうとしていた。まさにそういう時期であったことになる。

そうか――と、当時の記憶が蘇《よみがえ》ってくる。

それで、あのとき書いた『追悼の島』（『十角館の殺人』のプロトタイプとなった長編）の、主要登場人物の一人に「島田潔」という名前をつけたのか。

「島田潔」とはすなわち、「島田」荘司＋御手洗「潔」である。――こう書いてしまうと何とも安易なネーミングに思えるが、「島田荘司のファンになります。」という当時の自身の「宣言」を改めて見るにつけ、「なるほどなあ」とみずから頷《うなず》きたくなる。『斜め屋敷』を読んだ直後の興奮を、ちょうどそのとき書こうとしていた自作に何らかの形で取り込みたいと思った、その結果としてのこの命名だったのか。それほどまでにあのときの興奮は――歓びは、大きなものだったのか。……

いかんせん、あれからもう三十三年も時間が経つので、こんなふうにして今さらながらに思い出されることがたくさんある。

講談社ノベルス版『斜め屋敷の犯罪』のカバー裏には、モノクロの著者近影が刷り込まれている。齢《よわい》三十過ぎの島田荘司の、若くて実にとんがった風貌。付された略歴には「武蔵野美術大学卒。占星術師。」とある。他に何も情報がなかったので、当時の僕は「占星術師」という肩書きを百パーセント真《ま》に受けつつ、いかにもエキセントリックで気むずかしげなこの写真の島田さんを見ながら「この人、本当はどんな人なのかしら」と想像して、何だかとてもドキドキしたものだった。『追悼の島』↓『十角館の殺人』に登場する「島田潔」の人物像は、あのときの勝手な想像をベースにして作り込んだのだったなあ——と、このさいだからここに書き留めておこう。

島田荘司作品との初の出会いは、これよりさらに九ヵ月余り前のことだった。八一年十二月に刊行されたデビュー作『占星術殺人事件』が云うまでもなくその作品で、これを僕は、刊行の一ヵ月半後——八二年の一月二十九日に読了している。

例によってこの本にも巻末の余白に書き込みがあって、そこには「久々の本格探偵小説。」「大トリック、前代未聞。」といった言葉が並んでいる。「今の時代にこんなド本格でデビューする作家がいるとは！」という驚きも記されている。

　第二十六回江戸川乱歩賞に『占星術のマジック』のタイトルで投じられ、最終候補にまで残ったこの長編は、受賞を逸したものの、加筆修正のうえ『占星術殺人事件』とタイトルを変えて講談社より刊行された。選外作だったためか、鳴り物入りの出版という感じではなかったけれど、本格好きの愛好家《マニア》のあいだではたちまち話題になった。終盤の六十ページほどが袋綴《ふくろと》じになっていて、その直前には敢然と「読者への挑戦」が投入されている。なおかつ、そのストーリーはご存じのとおりのあれである。口コミで評判が伝わってくると矢も楯もたまらず書店へ走り、いささかの躊躇もなく購入して一気に読み、そしてやはり大いに興奮した僕であった。

　今では日本の推理小説史を語るうえで欠かすことのできない名作として、完全に高評価が定まった『占星術殺人事件』である。だが、発表当時これを喝采で迎えたのは一部の愛好家だけで、メジャーシーンでの評判は決して芳《かんば》しくなかったと聞く。なぜそうだったのか？　という問題については、たとえば『改訂完全版　占星術殺人事件』（講談社文庫）の「改訂完全版あとがき」などで島田さんご自身が分析的に語っておられるので、ここでは簡単に触れるのみとするが——。

　要は八〇年代初頭のあの時期、『占星術』のような作品は古い、と見なされたわけである。松本清張の登場でせっかく進化した本邦の推理小説を「清張以前」に引き戻すかのようなものであるから、これを積極的に肯定するのはためらわれる。——と、そんな捉え方が出版界の主流として存在したのだという。

僕は関西在住の、単なるミステリ好きの学生だったので、そういった業界の実情を直接的に知る立場にはなかった。——のだが、それでも何となく、あの時期のミステリシーンにそのような空気があることを感じ取ってはいたと思う。

ともあれ、『占星術殺人事件』を読んだ二十一歳の僕は大いに興奮し、大いに感動もしたのである。「前代未聞の謎と大トリックを堂々と前面に押し出し、それを奇矯《ききょう》な天才型の名探偵が、すこぶる論理的な推理によって美事に解決する！」——こんなにも心躍る「長編本格探偵小説」を、同時代の作家の新作として読めるとは当時、あまり期待していなかったから。物語のクライマックスの舞台が京都のよく知ったあたりだったので、興奮のあまりバイクを飛ばして「哲学の小径」へ行き、御手洗潔が事件解決のヒントを得た喫茶店「若王子《にゃくおうじ》」を訪れてみたりもした。今で云う「聖地巡礼」ですな。

しかしながら、そうした興奮の一方で——。

これは大変に失礼な話なのだけれど、このように思ったのも事実だった。

「こんなに凄いトリックを思いついて、こんなに凄い形でそれを作品化してしまって……この島田荘司という新人作家には〝次〟があるのだろうか」と。

いかにも若いミステリ愛好家にありがちな、多分に生意気な疑念や不安を覚えつつ(ごめんなさい！　島田さん)、「『占星術殺人事件』というこの作品は〝奇跡の一作〟なのかもしれない」と思ってみたり、「仮に〝次〟があったとしても、それはもっと普通の、時代の趨勢《すうせい》に寄り添ったような作品になるのでは」と思ってみたり……。これはおそらく僕だけではなくて、当時の愛好家がある程度、共通して抱いた想いだったんじゃないかという気がする。

そんなわけだから、『占星術殺人事件』から一年足らずで発表された島田荘司の第二作の、まず『斜め屋敷の犯罪』というこのタイトルを見て僕は快哉を叫び、一読してさらに快哉を叫んだのであった。

名探偵・御手洗潔、健在！　北の最果てに建つ異形の屋敷を舞台に勃発する、不可解な謎に満ちた連続密室殺人。過去の難事件の謎を追うという『占星術』の物語構造とは打って変わり、今度は現在進行形で発生する怪事件へのアプローチ。またしても読者に投げかけられる「挑戦」。そして、何よりもやはり、かつて経験したことがないほどに衝撃的な、文字どおりの大トリック！

確かこの本を僕は深夜、下宿の電気炬燵《ごたつ》に潜り込んで読んでいた記憶がある。解決編に入ってメイントリックが明かされた瞬間、思わず独り「うわーっ！」と大声を上げた。興奮と歓喜のあまり炬燵から飛び出して、本を持ったまま狭い部屋の中をしばらくそわそわと歩きまわった記憶もある。

島田荘司という作家が放つ〝力〟の凄まじさに感服するとともに、あのとき僕は、『占星術』に続いてこんな、社会派的なリアリズムに背を向けた「ド本格」が同時代に書かれて出版される、されうる——という現実を目の当たりにして、大変な頼もしさを感じ、力強く励まされたような気分にもなったのだと思う。何となれば、ミステリ作家志望の学生であった僕自身が当時、書きたいものの一つとして思い焦がれていたのが、まさにこのような、「清張以前」的な面白さに満ちた「本格探偵小説」だったから、である。

ひょんな巡り合わせがあって僕が、島田さんご本人と知り合う機会を得たのは、これより二年余りのちの話である。この出会いが結果として、さらにのちの「新本格ムーヴメント」につながっていったわけだが——。

『斜め屋敷の犯罪』を読んだ八二年十一月の時点で、すでにプロットが定まっていた『追悼の島』↓『十角館の殺人』だった。ところがその五年後、改稿を重ねた『十角館』の、講談社ノベルスでの刊行が本決まりになったころ、僕はこのデビュー作に続けて「館《やかた》」シリーズという連作を書こうと思いついた。ある奇矯な建築家が手がけた風変わりな建物ばかりを舞台とする本格ミステリの長編連作、である。元を辿《たど》ればこれは、「異形建築もの」の先駆的傑作である『斜め屋敷』から受けた絶大なインパクトがあってこその着想だったのではないか。いま振り返ってみるにつけ、そんなふうにも思えてくるのである。

＊

「この作のアイデアは、七〇年代の後半、一軒の家のいたずら描きをしていたら思いついた。そのいたずら描きが、だんだんに詳細な内部図までともなったのだから、この持続は、何かにとり憑《つ》かれていたゆえであったろう。そうしていたら、これを傾けるアイデアが突然飛来した。」

講談社ノベルス版『斜め屋敷の犯罪　改訂完全版』に付された「著者のことば」で、島田さんはこのように述べておられる。

「以前綾辻行人氏が、自分の創作の起爆剤となったものは、『占星術殺人事件』よりも『斜め屋敷の犯罪』だと語ってくれたことがある。そうならのちの新本格ムーヴメントは、最果てのこの家の傾きから始まった、かもしれない。するとあの時のぼくにとり憑いた何かは、のちの新本格を誘導せんとする、何ものかの意志であったのかもしれない、そう思うことがある。」

　これは確かにそのとおり、なのかもしれない。とすれば――。

「ただそれだけのために、この家は傾けてあるのさ」

　作中、解決編も佳境に入ったところで御手洗潔が発するこの、あまりにも美事な決め台詞《ぜりふ》。奇しくもこれは、作品の外側において否定されてしまったことになる。「斜め屋敷」こと「流氷館」が傾いているのは、「ただそれだけのため」ではなかったのだ。

　かくして――。

　発表から三十三年の歳月を経た現在に至るもなお、『斜め屋敷の犯罪』は変わらぬ輝きを放ちつづけている。日本のミステリシーンに大きな変革をもたらした先駆けの一作としても、『占星術殺人事件』と並んでその歴史的価値は計り知れない。

（二〇一五年十一月記す）

本書は二〇〇八年二月に講談社ノベルスより刊行された『斜め屋敷の犯罪　改訂完全版』を加筆・修正したものです。

作中で引用した文章は、
『ボードレール詩集』（新潮文庫）堀口大學訳、『ポオ小説全集〈4〉』（創元推理文庫）より「盗まれた手紙」丸谷才一訳、『マルドロールの歌』（角川文庫）栗田勇訳などによりました。

|著者|島田荘司　1948年広島県福山市生まれ。武蔵野美術大学卒。1981年『占星術殺人事件』で衝撃のデビューを果たして以来、『異邦の騎士』など50作以上に登場する探偵・御手洗潔シリーズや、『奇想、天を動かす』などの刑事・吉敷竹史シリーズで圧倒的な人気を博す。2008年、日本ミステリー文学大賞を受賞。また、「島田荘司選　ばらのまち福山ミステリー文学新人賞」や「本格ミステリー『ベテラン新人』発掘プロジェクト」、台湾にて中国語による「島田荘司推理小説賞」の選考委員を務めるなど、国境を超えた新しい才能の発掘と育成に尽力。日本の本格ミステリーの海外への翻訳、紹介にも積極的に取り組んでいる。

改訂完全版《かいていかんぜんばん》　斜《なな》め屋敷《やしき》の犯罪《はんざい》

島田荘司《しまだそうじ》

© Soji Shimada 2016

2016年1月15日第1刷発行
2024年4月5日第14刷発行

発行者——森田浩章
発行所——株式会社　講談社
東京都文京区音羽2-12-21　〒112-8001
電話　出版（03）5395-3510
　　　販売（03）5395-5817
　　　業務（03）5395-3615

Printed in Japan

講談社文庫
定価はカバーに
表示してあります

KODANSHA

デザイン—菊地信義
本文データ制作—講談社デジタル製作
印刷———株式会社KPSプロダクツ
製本———株式会社国宝社

落丁本・乱丁本は購入書店名を明記のうえ、小社業務あてにお送りください。送料は小社負担にてお取替えします。なお、この本の内容についてのお問い合わせは講談社文庫あてにお願いいたします。

本書のコピー、スキャン、デジタル化等の無断複製は著作権法上での例外を除き禁じられています。本書を代行業者等の第三者に依頼してスキャンやデジタル化することはたとえ個人や家庭内の利用でも著作権法違反です。

ISBN978-4-06-293265-3

講談社文庫刊行の辞

二十一世紀の到来を目睫に望みながら、われわれはいま、人類史上かつて例を見ない巨大な転換期をむかえようとしている。

世界も、日本も、激動の予兆に対する期待とおののきを内に蔵して、未知の時代に歩み入ろうとしている。このときにあたり、創業の人野間清治の「ナショナル・エデュケイター」への志を現代に甦らせようと意図して、われわれはここに古今の文芸作品はいうまでもなく、ひろく人文・社会・自然の諸科学から東西の名著を網羅する、新しい綜合文庫の発刊を決意した。

激動の転換期はまた断絶の時代である。われわれは戦後二十五年間の出版文化のありかたへの深い反省をこめて、この断絶の時代にあえて人間的な持続を求めようとする。いたずらに浮薄な商業主義のあだ花を追い求めることなく、長期にわたって良書に生命をあたえようとつとめるところにしか、今後の出版文化の真の繁栄はあり得ないと信じるからである。

同時にわれわれはこの綜合文庫の刊行を通じて、人文・社会・自然の諸科学が、結局人間の学にほかならないことを立証しようと願っている。かつて知識とは、「汝自身を知る」ことにつきていた。現代社会の瑣末な情報の氾濫のなかから、力強い知識の源泉を掘り起し、技術文明のただなかに、生きた人間の姿を復活させること。それこそわれわれの切なる希求である。

われわれは権威に盲従せず、俗流に媚びることなく、渾然一体となって日本の「草の根」をかたちづくる若く新しい世代の人々に、心をこめてこの新しい綜合文庫をおくり届けたい。それは知識の泉であるとともに感受性のふるさとであり、もっとも有機的に組織され、社会に開かれた万人のための大学をめざしている。大方の支援と協力を衷心より切望してやまない。

一九七一年七月

野間省一